犀牛故事
创 | 作 | 者

八月槎 著

山海变

指间错

1

湖南少年儿童出版社

图书在版编目（CIP）数据

山海变.1，指间错／八月槎著. — 长沙：湖南少年儿童出版社，2016.5
ISBN 978-7-5562-2120-2

Ⅰ.①山… Ⅱ.①八… Ⅲ.①长篇小说-中国-当代 Ⅳ.①I247.5

中国版本图书馆 CIP 数据核字（2016）第 050423 号

Shanhaibian 1　Zhijiancuo
山海变 1　指间错

策划编辑：张朝伟　唐　龙　　　　责任编辑：唐　龙
质量总监：郑　瑾　　　　　　　　封面绘画：雨　谷
装帧设计：起开工作室　　　　　　内文设计：求赢文化

出版人：胡　坚
出版发行：湖南少年儿童出版社
社址：湖南省长沙市晚报大道89号　　邮编：410016
电话：0731-82196340（销售部）　　82196313（总编室）
传真：0731-82199308（销售部）　　82196330（综合管理部）
常年法律顾问：北京市长安律师事务所长沙分所　　张晓军律师

经销：新华书店　　印刷：湖南天闻新华印务有限公司
印张：9.5　　　　字数：210 千字
开本：880 mm×1230 mm　1/32
版次：2016 年 5 月第 1 版
印次：2016 年 5 月第 1 次印刷
定价：28.00 元

版权所有　　侵权必究
质量服务承诺：若发现缺页、错页、倒装等印装质量问题，可直接向本社调换。
服务电话：0731-82196362

目录
CONTENTS

001　第一章
宁州商人
　　他睁眼的那一刻，看到了一个正在燃烧的诡异世界。在这个世界里，人们渺小如同蝼蚁，一头尖牙利爪的蓝色的巨兽，身带电光。
　　他看到了巨兽体内，那个小小的宁州商人鲜血四溢，四散的血线恰似根须，成为巨兽骨骼血脉。他看到了这头血线织就的巨兽从深蓝色水面挣扎而出，它身上挂满了燃烧的锁链，大怒若狂。

035　第二章
坊中少年
　　教习在上面慷慨激昂地说着，下面赤研弘就打起了呼噜。这些贵族子弟心中的吴宁边，可和教习们口中的大不一样，他们的父母亲戚都和外州走动频繁，吴宁边对他们来说，意味着肥美的羊肉、香酥的乳酪、锃亮的弯刀和身材高挑的少女。除了喊喊口号，他们对这个遥远的地方难说有什么仇恨，他们已经习惯了那些吴宁边的美丽少女，习惯了她们用亮银小刀切割喷香的羊肉和山鸡，他们会用自己的狼吞虎咽狠狠征讨这个远得碰不到的地方。

061　第三章
朱鲸醉
　　极细的金铁摩擦之声，豪麻与赤研星驰先后指推刀柄，刀出二寸，席间再度安静，只有赤研瑞谦紧巴巴的笑声在回荡。众人都看着扬觉动。
　　赤研井田显得非常疲惫，还带着点失望。他的眼神望向帘幕之后，成片银闪闪的刀锋在翩然跃动，只等一句命令。
　　时光似乎突然变得无限漫长。

101 第四章

离　城

甲卓航的笛声中，苍凉已尽，肃杀渐起，仿若已近乡关，那万马奔驰的广阔平原就在眼前。整个街市似乎都静了下来。吴宁边来的武士们听到此处，纷纷以手轻叩刀鞘，发出整齐节拍。

这笛子声音本是清脆，但在他的吹奏下竟显得异常凝重雄浑，又带一点无望的哀婉。如果不是在南渚大街之上，又会有多少人唱起平原落日中的沙场狂歌？

133 第五章

归梦公主

和料想的并没有不同，她虎口被这一刀震裂，小刀也脱手而去，她被这惊涛骇浪般的一刀冲起，像一片风中秋叶，翻腾而起。

然而一箭破风，在一旁静候多时的关声闻飞鱼弩弓弦炸裂，一阵尖锐的疼痛刺入内心的同时，一支熟悉的响箭也呼啸而起。扬归梦睁大了眼睛，看见一支闪亮的银色细箭从自己的胸中穿了出来。

165 第六章

阳　宪

正在这时，酒肆大门上的风铃哗啦作响，走进几个红缨黑盔的军士，门外战马嘶鸣，脚步杂沓，来人数量颇为不少，这进门的几人微微气喘，显然刚刚走过一段不短的路途。

盛夏时节，夜半投宿，这群兵士依旧全副武装，是战时状态。

199 第七章

鹧鸪谷

"我说让他们过去！"这男子张嘴暴喝，如虎啸山林，震得众人耳膜嗡嗡直响。他猛地回头，一刀劈了下去，那军官横刀来挡，当的一声轻响，守关将领上好的精钢刀被从中劈断，他的头盔裂为两半，一道血线从他的额头笔直划过鼻尖，一直延伸至锁骨正中。

241 第八章

海兽之血

离开小湖，顺着溪流的方向，前方是一条溅出彩虹光影的瀑布，"先穿过瀑布，下方的山腹温暖又干燥，然后我们再翻越双石峰，就会看到平明古道了。"

唐笑语从来没有走过这条路，但此刻，她身上仿佛负载了千年的记忆，而一千年里，这条路她已经走了无数遍。巨木之下、重晶之上，那条流萤的长河，也在深夜流淌了一千年。

279 八荒神州的衣食住行

293 名词索引

第一章
宁州商人

他睁眼的那一刻,看到了一个正在燃烧的诡异世界。在这个世界里,人们渺小如同蝼蚁,一头尖牙利爪的蓝色的巨兽,身带电光。

他看到了巨兽体内,那个小小的宁州商人鲜血四溢,四散的血线恰似根须,成为巨兽骨骼血脉。他看到了这头血线织就的巨兽从深蓝色水面挣扎而出,它身上挂满了燃烧的锁链,大怒若狂。

(1)

阳光金灿灿地洒在街道上，含笑花张开了淡黄的花瓣，杜鹃则姹紫嫣红地四处盛放。

南渚首府灞桥城，位于八荒神州东南一隅，这里夏季酷热多雨，冬季湿寒多风，温暖平静的四五月份正是最清爽宜人的季节。

海风带着腥咸的气息，鼓动起卜宁熙的袍袖，他站在鸿蒙商栈前，心中打鼓，看着眼前的行人商旅摩肩接踵，来来去去。

走出了鸿蒙商栈的大门，他便有些心猿意马。

"卜先生，就不送了！"商栈的主人朱盛世向他道别，一张圆脸上挂着敦厚的微笑。他身材浑圆，穿戴得珠光宝气，身后跟着四个账房先生,一水青衣皂巾,每个人的眉眼中都透出十分的精明来。

"留步、留步,一点小生意,怎敢劳动朱公子和四位先生大驾!"卜宁熙毕恭毕敬打躬回礼。

朱盛世脸上笑容更盛,抱拳道:"卜兄的气魄八荒少有,这单生意也让朱某大开眼界,还希望卜兄这次远航朱雀一切顺利!可要多多保重啊!"

卜宁熙连连拱手,看着朱盛世那肥胖的身躯隐没在商栈中,才长长出了一口气。

刚走下台阶几步,好像要再次确认什么,他的一只手不自觉地伸入了胸前口袋。宁州云锦的顺滑中夹杂着纸张的粗粝,他的心略微安定了些,还在,那张薄薄的纸片还在。

鸿蒙商会是南渚最大的商会,而朱盛世则是鸿蒙商会的二当家。

朱盛世出来送客原也算不得什么,只要有万金以上的买卖,他的步子也不是那么难迈动。然而如果有人知道卜宁熙胸前这张金线紫笺的分量,那就完全不同了。那是一张商票,片刻之前,鸿蒙商会大掌柜朱里染刚刚把他的名字签在上面,代表着三百匹宁州云锦已经进入了鸿蒙商会的仓库,三百匹!

卜宁熙抬头,人们在街面上往来穿行、熙熙攘攘,男人们大多着棉布麻衣,灰青长衫,女子们则头插步摇,身上的浓绿轻粉,也不过是坊中的寻常布料。他拍了拍身上的云锦长袍,好像那昂贵的面料上有许多看不见的灰尘。

"锦绣云中来,幻彩逐日月。"卜宁熙嘴里嘟囔着,走下了鸿蒙商栈的台阶。

不要说这里，就是木莲首都日光城的街头，也不容易遇到穿着云锦衣衫的男女，他们都被华丽的华盖软轿和层层的仆从湮没了。

他的三百匹云锦都产自宁州，由桑蚕丝制成，织金叠翠，软似云朵、艳过桃花，是八荒王公贵族和巨商富贾们趋之若鹜的珍品。都说就算是日光木莲的朝堂之上，也只有皇帝朝守谦宠爱的妃子才能穿着云锦起舞。一匹云锦，在浮玉可以换来百亩良田，在云间可以换来千尺精钢，在八荒极北的霰雪原，则可以换来十数匹神力无穷的雪原骏马，而在海外的朱雀大陆，这宁州的华美锦缎，每匹则可以换来千两黄金！

千两黄金啊……哪怕对从商十几年的卜宁熙来说，也是个惊人的数字。他做梦都没有想到，有一天，自己手上竟可以压着三百匹云锦。

三十万两黄金，足够压死几十个卜宁熙，也足以把海神寺前的石神像换成纯金的了！

站在商市街上，卜宁熙左顾右盼，寻找着账房老陈，自己的青布长袍在他手中，说好的，出了门就要把他的云锦外套换下的。

生意场也是势利场，为了做成这笔买卖，他特意咬了咬牙，用真正的宁州云锦给自己打造了一身行头。卜宁熙的观念还停留在花团锦簇才是身份的阶段，命老陈精选了两匹花锦，一路捧到了灞桥最好的铺子绣云斋，把老师傅惊得倒吸一口凉气，人家没见过这样土气的暴发户。在老师傅的劝说下，卜宁熙将花锦改成了靛青素锦，做了一身看起来似乎和街面上的布面长衫没什么区别的衣服。卜宁熙皱着眉头，怕别人看不出这云锦的好来，绣云斋的师傅抵不过他的磨叨，也不过在里面加了一件桃花纹的浅白中衣，连说："够了，够了。"

"够了就好。"卜宁熙将信将疑。

然而等到在鸿蒙商栈中和朱盛世见面，他看到朱盛世眼睛一亮，心里才服气老裁缝的判断。即便是这素锦，真的气派够了，身份够了。

空气清新，嘈杂的市声中隐藏着无数双眼睛，云锦的妙处此刻慢慢显现了出来。

正午的阳光下，那靛青素锦纹理内的绛红色桃花纹淡淡地浮了起来，随着微风鼓动衣衫，好像千朵桃花正在他的身上灿烂盛开，凡是街上行人，没有不为之侧目的。卜宁熙是个小行商，没有前呼后拥的随从队伍和华美的车驾，他开始浑身不自在起来。

"陈诚！"卜宁熙的愤怒声震屋瓦，更引来了无数路人驻足观看，见此情形，他只好闭嘴。

真是倒霉，只有老陈还跟着他。账房陈诚是家里原来的杂役，不过大家族的杂役，倒也识文断字、能写会算。自从卜家的这一支破落之后，老陈便流落江湖，过了一段颠沛流离的日子。这次卜宁熙一声召唤，他便又跑回来为旧主服务。老陈心诚志坚，不过已经五十多岁。人上了年纪，原是有点浑浑噩噩的，所以常常在卜宁熙需要他的时候不知所踪。

"哪去了！"卜宁熙心底暗骂，从鸿蒙商栈门口种的含笑花上扯了一朵，把鼻子埋了进去，装着欣赏花朵的香味。他要老陈帮他去安排一艘开往海外朱雀大陆的牙船，也不知安排妥当了没有。

十几年小本经营，哪知道这笔生意要这样惊心动魄，这样麻烦！

他正心里烦躁，在原地转圈，却见一个女子从他身旁擦肩而过。和绝大多数路人不同，她并没有多看自己一眼，好像自己身上的云锦衣衫和那些棉麻布衣没有区别。那女子不过侧目一瞥，嘴角带着一丝嘲弄的笑容，随即没入人群。

这不屑的一笑让他头皮发紧，他看到了一张薄薄的嘴唇和如烟的眉眼，莫名竟有些熟悉。直到她已擦肩而过，他才有所反应，快走两步，又慢了下来，不知道是不是应该跟上前去，打个招呼。

"公子，在这里，在这里！"老陈总是在最不合适的时间和场合出现。他回过头，瞪着陈诚那张干瘪的脸，一把从他的手中夺过衣衫，草草套在了身上。

"你去了哪里？"卜宁熙有些怒气冲冲。

"我去落月湾找船了呀，"老陈瞪大了眼睛，毛扎扎的胡子翘了起来，对卜宁熙的怒气颇为不解，"正是朱雀和八荒贸易旺季，这船倒是不难找，我已经预定了下个月出海的牙船，公子你尽管慢慢经营，只是好说歹说，定金最少也要三成……"

"你再去一趟码头，找到船只，要大型牙船，可以禁得住风浪的！我们下午就出海！"卜宁熙没好气地说。

"什么？"老陈惊讶地张大了嘴巴，"三十万……"

"对，三十万两金子有着落了！鸿蒙商会大掌柜朱里染愿意先行垫付那十二万金，只要二分利，三个月！"

"三个月么？"老陈表情复杂，鬓角的汗水滑了下来，"这鸿蒙商会的钱可是欠不得的，如果到时候还不上，怎生是好？"

"怕什么！不是还有三百匹云锦在他的仓库里么！"卜宁熙咽了一

口唾沫，他心中实在也没有十足的把握。

"明白，所以我们要早些找到接盘的主顾，把欠鸿蒙商会的口子先填上！我这就去，这就去……"老陈说着拔腿就要走，卜宁熙却伸手拦住了他，拉着他往前走了两步。在两人面前，是一座四层高的金碧辉煌的阁楼，灞桥最为有名的大酒楼兼味斋。

卜宁熙对着兼味斋的招牌瞪着眼看了半晌，终于还是犹豫，指着兼味斋的手指慢慢拐了一个弯，对着灞桥有名的烟火街巷阳坊街，挤出了一句话："找到船了来那家包子铺找我。我们吃些东西再上路。"

"是是，阳坊街的水仙包嘛，好得很、好得很。"老陈着急去找船，倒也没有异议。反而是卜宁熙自己暗暗叹了一口气。

人穷志短这句话说得一点也没错，他终于有了三十万金的身价，却还是舍不得一顿丰盛的宴席。

(2)

卜氏家族是宁州赫赫有名的商人世家，宁州精工誉满天下，卜氏家族的经营能力在八荒也是屈指可数，但物极必反，由于枝叶太广，奢靡无度，卜氏家族在二十年前已四分五裂、渐渐衰败。卜宁熙的本家虽已破落，但好在金贵的姓氏没变，宁州人的长相没变，小时候诵读过的书和摆过的算筹也隐约记得，因此，当机会到来，在千里之外的南渚，凭着他的一张巧嘴和花里胡哨的行头，总还可以撑撑场面。

这一次是有人告诉他，三个月之内，与南渚东北接壤的大州吴宁边必有大战。

宁州和南渚贸易，全靠一条穿过吴宁边的平明古道，如果吴宁边真的陷入战火，那么宁州南渚之间的贸易必定断绝，现在海外的朱雀大陆正热炒宁州云锦，如果谁能在大战爆发前抢运一批云锦到灞桥，只要战争开始，必定暴富！

这个消息来自宁州商会的上层，但没有人敢相信，如今吴宁边大公爵扬觉动的权势威望如日中天，吴宁边几十年来大战小战不断，从未吃过大亏，反而是周边数州，偶有趁火打劫的小动作，都被吴宁边打得丢盔卸甲，苦不堪言。这样强横的一州，居然会战火蔓延，这是人们无论如何也不肯相信的。

只有卜宁熙这样的破落行商，才觉得可以拼一把试试看，反正不成也不会更加穷困潦倒了。然而正当他东拼西凑了几万金，去市上偷偷收购云锦的时候，才发现市面上的云锦通通不见了。接着，有人找到了他的头上。

"我已经将宁州所有云锦全部收购，只要你帮我到灞桥跑一趟。等到战火一起，再转运朱雀。你能出多少金子，可以尽量提供，剩下的部分，我来补足。如果赚了钱，我只要我投了金子的部分就好。"这声音来自一个他不能拒绝的大人物。

卜宁熙望着大金主金光灿灿的脸庞，万分恐惧，"我做不了"几个字就卡在喉头，吐不出来。憋了半天，最后憋出来的回答却是"成、成、成"。

这是他最后的机会，恢复宁州卜家基业的机会……

他的心里乱七八糟，脚步像要飘起来，阳坊街这条嘈杂的老街却越来越近了，各种熟悉的味道扑面而来。水仙包的鲜香、鸿蒙酒的辛辣、炙羊蹄的浓膻……不知道什么时候，一丝微笑挂上了他的嘴角。

来了灞桥不过三五日，他对这条阳坊街已经轻车熟路。这里是灞桥贩夫走卒的聚集之地，肮脏、混乱，充满了勃勃生机。卜宁熙行走八荒，自然知道这里是落魄人的天堂，只要四文钱就可以吃上一枚味美多汁的鲜肉包子，十二文，就有一袋辛辣暖身的麻叶鸿蒙酒，人生干吗要有那么多高远的追求？

就算这三百匹云锦让他押上了所有积蓄，还赊欠了一屁股外债，该吃饭的时候也要吃饭，而且要好好吃饭。走进了小小的马氏包子铺，他选了一张干净的桌子坐下，心里才泛起那么一丝后悔，如果这次生意砸了，只那十二万金的二分利，他是说什么也还不上的。为什么今天不去吃一顿兼味斋？然而一屉刚刚蒸好的咸肉水仙包上桌，他就把那些令人头痛的事情全部丢在了脑后。

"来一壶鸿蒙酒！"运气好的话，下午就会出海。可没有人告诉他，在那个遥远又模糊的朱雀大陆到底能不能安心坐下来喝一顿酒。

"客官，小店没有酒！"马掌柜系着油渍麻花的大兜布，赔着笑。

"怎么没有?！我昨天还在这里喝过！"卜宁熙一愣，随即发现马掌柜的眼睛直勾勾地盯着他的领口。倒霉，又是这云锦！他刚去过了鸿蒙商栈，好酒论壶，村酒论袋，他衣着不同，一字之差，马掌柜竟然不敢应承。

"麻叶袋的就行，掌柜的，麻烦啦。"他放低声音，尽量和气地说。

"好嘞！"马掌柜似乎也发现这客人看来面熟，不再赔小心，转身就去隔壁老萨酒坊提了酒来，再端上一个缺了口的粗瓷大碗。

卜宁熙抄起桌上的黑铁剪刀，剪破酒袋，略显浑浊的青色烈酒就倒在了碗中。

一大口鸿蒙酒下肚，带着麻叶的苦涩，一股火样的辛辣从腹中一直烧到了喉头，他摇头晃脑，大感痛快。

"掌柜的，我这里也来些酒！"一个清脆的声音从耳侧传来。卜宁熙一回头，看见了适才在鸿蒙商栈前错过的那个女子，原来正坐在他的侧面一桌，旁边还坐有一个面色灰暗的中年男子。

此刻他看得仔细，她十几岁的年纪，白色中衣外罩水蓝生绢裙摆，穿着十分素淡，发际有个整齐的美人尖，眉毛淡淡的，薄唇明目，两腮微红，整个脸庞就像玉石雕刻出来的，莹然有光。这样的气质样貌，出现在阳坊街的小店中，实在惹眼，不知自己适才为什么没有发觉。

他眼睛一直盯着这女子看，终于知道自己为什么会觉得她似曾相识，这女子容貌之间虽带着三分中原人士的刚健质朴之气，但那薄唇烟眉，正是宁州女子的典型样貌。宁州离南渚有千里之遥，能够穿过数州来到南渚的宁州商人，十成十是为钱奔命的辛苦行商，家乡的女子自是难得一见。这一刻，他的心中不由得多了几份亲切。加上喝了几杯酒，心里痒痒的，便想上前搭讪。

(3)

马掌柜去拿酒这短短一刻，他的脖子就一直没有正过来，不仅是他，这店中也有不少酒客的目光直勾勾地落在这少女身上。若是一般女子，早就感到娇羞不适，低眉回避，这少女却旁若无人，仿佛四周的目光并不存在。

马掌柜快步奔回，犹豫了一下，还是端上粗瓷大碗，这少女也不含糊，双指一错，那坚韧的麻叶袋便飞出一个小小切口，比刀子划得还要整齐。这少女咕嘟咕嘟将大碗斟满，一仰头，竟喝下大半碗，再一口，一碗酒便见了底。把一旁的卜宁熙看了个目瞪口呆。

"也吃得差不多了，享儿，结账吧。"那个中年男子一开口，卜宁熙忍不住一皱眉头，中年男人声音低哑，中气不足，听起来竟像受了严重的内伤一般。

那少女对这中年男子倒是言听计从，将马掌柜招呼到身边，在身侧兜囊中摸索了半天，却没有拿出银两铜钱，她愣了片刻，想了想，又伸手去衣袋中，摸出一张朱红纸票来，放在桌上。

马掌柜愣在那里，对着那纸票看了半天，也不说话，小心翼翼地将那一张轻飘飘的朱票推回了她的手中："姑娘，这个可真是使不得，我们本小利薄，受不起啊！"

"怎么受不起？这就是银子呀！"那个叫作享儿的姑娘有些奇怪，一脸困惑，"你拿着这银票，去灞桥任意一家钱庄兑换就可以了。"她的声音不小，卜宁熙又特地竖起了耳朵，便一一听在了心里。

朱票？难道是吴宁边丰收商会的银票？卜宁熙行走四方，对各地商会的兑现票据都很熟悉。八荒神州有五大商会，掌握着八荒神州的大部分贸易往来。这五大商会的商票可以凭借信用通兑，在八荒主要州县，都可以换回真金白银。其中使用朱票的，正是吴宁边尚家的丰收商会。

包子铺的马掌柜是个老实人，憋红了脸，讪讪地说："咱不识字，这票子看起来是没错的，但咱实在是没收过银票。"

"咦，那我来教你，"那女孩皱起了眉头，道，"你看，我们这顿饭假如吃了五两银子，这是一张千两的银票，你只消收下这张银票，再找给我九百九十五两银子就是。"

她这话一出，店中的食客无不愕然，齐刷刷看向这个少女，不知道拿千两银票来阳坊街吃包子的是何许人也。

卜宁熙心道不好，这阳坊街是灞桥一条烟火街巷，来往多是引车卖浆的商贩，三教九流，各式各样的人都有，且不论她手中的银票真假，她这样张扬的做派，若是被心怀不轨的盗匪盯上，便是天大的麻烦。他忍不住站起身来，想去看个究竟，那边小姑娘却生气起来。

"你只要拿着这票子去你们鸿蒙的商会兑钱就好了啊！"她敲着桌子。

"姑娘，这一顿饭也不过几十文，把我的整个店赔上也就几十两，我哪里去找千两银子给你！你和这先生的这顿饭钱就算了，算了。"马掌柜被这少女一番话说得大汗淋漓，说话都磕巴起来。

"该不是城中哪个官家来寻开心吧？"

"说不定是谁看上了老马这家店。"

四周议论声起，那少女有些着急，一把扯住包子铺老板的衣袖，恼道："我不要你请我吃包子！是欺负我付不起钱吗？你包子好吃，人怎么不讲道理！这样，我也不要你找了，这张票子都给你了！"

马掌柜也听到了众人议论，惊骇至极，死活不肯收下。

那少女脸上变了颜色，勃然大怒："给你银两，你说本小利薄找不开,都给了你,你又不要,你到底想要做些什么!"

那少女这里正怒火万丈,旁边那瘦削的中年男子轻轻敲了敲桌子。那少女回头看了中年男子一眼,便松脱了拉着包子铺老板衣襟的手,只是那男子好像身体不好,发出一连串的咳嗽,说不出话来。

看那中年男人状态不佳,说话都颇为吃力,却是不能由着这少女再闹下去了。

"这商票可是……"那女子一句话没说完,卜宁熙已经伸手把她手中的朱票扯了过来,她一愣,脸上变色,正要发作,卜宁熙却抛出了一角碎银,叮叮当当地落在了桌上。

包子铺里静了下来,马掌柜张大了嘴,看着卜宁熙,一脸惊讶的神色。

"老板且收好,在下的朋友本是开玩笑的,如果刚才有所冒犯,还请包涵。"说着,他又笑嘻嘻地向着左右的食客拱手,"见笑了,见笑了。"

这里的食客本来都是平民百姓,见到有达官显贵惹是生非,避之唯恐不及,听了卜宁熙两句场面话,众人忙缩回脖子,停了议论。

那姑娘下不来台,满脸通红,一把揪住了卜宁熙:"谁要你来多管闲事。"一句话没说完,那中年男子却道:"享儿!怎么没有轻重!"

"我就是没有轻重!"这少女十分恼怒,但那中年男子接着一连串的咳嗽声掩盖了她的怒火,她小心地扶着那男子在桌旁坐下,给他倒上热茶。卜宁熙自动自觉地跟了过去,坐在那少女旁边。

"姑娘,你拿着这千两银票来买包子,这也实在太……"卜宁熙看着她怒意渐生,两道眉毛缓缓竖了起来,悄悄就换了词语,"不免稍稍有些不妥当!"

他在这里一边小声解释,一边翻看着他手中这张朱票,上面丰收商会四个金字夺目耀眼,果然是吴宁边巨商尚山岳核发的凭信。

那女孩哼了一声,面带寒霜,显出一股威严的神气来,不再说话。

卜宁熙有些尴尬,还好这时老陈又一次及时赶到,进得店来,一屁股坐在了四方桌空缺的那一角,喘着气说:"公子,总算找到一艘下午可以起航前往朱雀的牙船,只是,他们的货不满仓,原定两天后出发,要是下午出发,索价三千两。"他比出了三根手指,在众人面前晃了晃。

卜宁熙一皱眉头,正要责怪老陈糊里糊涂,也不看四周有没有人,就信口把自己的动向漏了出去。他这次前往朱雀,身上带着鸿蒙商会的商票,走漏了消息,恐怕危险得紧。

然而那少女听得老陈的话,却眼中一亮,转过头来:"你是怎么找到这船的,为何我去问了一上午,无论出价多少,都没人肯松口?"

卜宁熙暗暗摇头,心道,你这般貌美如花、挥金如土,哪个船家敢轻易应承,万一有什么了不得的背景故事,岂不是拖累得一船生意人不得好死?想到这一层,忽然觉得自己和他们二人在一起也很是危险。万一他们真是什么逆臣罪犯,自己这生意岂不是也不用做了?

"先生、姑娘,有缘再聚!"卜宁熙打了个哈哈,站起身来正要走,忽然发现腰上一紧,却是那女子直接拽住了他的腰带。

"你的钱我是要还给你的,那三千两我出了,让他们下午就开船!"她一副不容辩驳的口气,"还有,你叫什么名字?"

卜宁熙万般无奈地回过头来，却见她正瞪着一双水汪汪的大眼睛，严肃地看着自己。

(4)

更多的阳光从空中洒下来，被树叶和招牌旗杆遮挡，碎了满地，穿过长长的街巷，灞桥城的东头，穿城而过的青水平静地汇入浩瀚无边的鸿蒙海中。

落月湾停满了大大小小的船只，其中那些规模宏伟的白色牙船，是海商们为远航朱雀特别制造的。朱雀大陆位于鸿蒙海的极东深处，传说那是一片火红的土地，每天日升时分，朱雀大陆便会沐浴在万里火海之中，有神鸟唳天，催动烈焰，焚毁大地，直到日息，才会疲累而止。

然而传说只是传说，百多年前，就有船只漂洋过海，被冲刷到八荒荒凉的海岸上。人们随即发现，原来朱雀大陆上的居民也是一个鼻子两只眼，不过是瞳孔和头发颜色特异，皮肤也更为白皙罢了。上古传说，火神墨羽振翅九万余里，从西方落月山脉到东方的宁州不过一个起落。后来火神墨羽飞跃重洋，陨落朱雀，精魂化作今日的唳火鸟。而宁州人的红发和朱雀人一般模样，是因为整个朱雀大陆的居民，同是火神墨羽留下的子孙。

牙船巨大，随着潮汐缓缓起伏，凭海临风，卜宁熙信口开河，把自己道听途说的故事重加演绎，说得有声有色。享儿则在一旁听得入神，道："你这故事比那些歌师们唱得好玩多了。"

卜宁熙笑笑，看起来自己似乎谈笑风生，但面前这少女怎知他内心的焦灼？

他最终还是无法拒绝这少女的要求，带着她和那中年男子一起上了牙船。

他当然想要早一点到达朱雀，尽快找到买家，拿到预付的货款，填上这单买卖的大窟窿。这次买卖，大金主通过宁州商会投入巨资，盘下了所有云锦，卜宁熙夸口自己可以募来二十万金，人家倒也不和他计较，凭他先把云锦运来南渚。他盘算的，是凭货生利，直接找到鸿蒙商会，请朱里染投资。八荒的大商会多有深厚背景，在某种程度上，能够左右八荒的局面也说不定，如果朱里染肯投巨资，便可侧面证明吴宁边战事将起的消息。

朱里染痛快地答应代收宁州云锦，并放贷十二万金，金票即时送到宁州，卜宁熙的汗唰地一下就下来了。他知道自己这次玩得太大了。宁州商会和鸿蒙商会竟一致看好这桩卖空的大买卖，那么十有八九，八荒将会真的打起来。

朱里染的十二万金和大金主的十五万金加起来，还有三万金的本金缺口，加上陆路运输和海运费用，总缺口在五万金上下，三个月的期限，他要还给朱里染的利息，还在一万金以上。卜宁熙实在是没有钱，又不甘心纯粹做一个掮客，于是在大金主面前把这六七万金硬着头皮扛了下来。只有尽快从朱雀带回部分货款，才能把缺口补上，到时候如果大战真的兴起，云锦价格可以翻上数倍，他不过少些利润罢了。这少女急着乘风破浪远行，不知他心中也恨不得插翅飞过鸿蒙海，早点落在那片蛮荒的土地上。

那少女名叫享儿，那中年男子被称作周先生，两个人是师徒关系，这两个人都惯于盘问别人，对自己的身份故事，却是惜字如金。

"你跑到那么远的地方去做什么？"享儿十分好奇。

"自然是做生意，"卜宁熙笑道，"如果不是大生意，我怎舍得雇下这样一艘大船来乘风破浪。"

享儿一撇嘴，她那嘲讽的神情自然天成，让人如芒在背，"有钱的我见得多了，像你这般为了三千两银子拉我们上船的，哪里有半点有钱人的模样。"

卜宁熙本来东拉西扯正讲得高兴，不料这少女年纪不大，话锋却着实犀利，一句话就戳到他的痛处，他直接被这话憋住，吭哧半天，半个字也说不出来。

他的确缺钱，十岁以后，连续缺了二十多年。

一旁的周先生却道："小姑娘年纪轻不懂事，前往朱雀，航路漫长，风险重重。说说总是容易。"

周先生话头一转，道，"我看这牙船也是公子临时寻下，并无货物登船，不知道卜公子此行是做哪门生意？"

卜宁熙这几天脑中盘旋的都是这笔云锦，此刻不假思索，脱口而出："我做的是人口买卖。"

这话说出来，连老陈都吓了一跳，八荒神州，除了皇家可以豢奴，在臣服于日光木莲的广袤土地上，奴隶贸易早已绝迹。而若是有人胆敢私贩奴隶，便是重罪。卜宁熙口无遮拦，胡说八道，只会惹来无穷麻烦。

"果然是好生意，"享儿却没有什么反应，道，"只是朝家对奴仆要求很高,难道最近他们又喜欢上了朱雀那边的好人物?"

卜宁熙反应了一刻,才明白她说的原来是木莲皇族朝氏家族,听她说起来,仿佛便是在谈论自家亲戚一般。

他心下一动,有意开个玩笑,道:"我哪里敢贩卖奴隶,不过是从这人口买卖中揩点油水,讨口饭吃。"

"哦?这是什么买卖,谁做的东家,你倒说来看看?"享儿听他说得云里雾里,不由得大为好奇。

"你们从吴宁边来,是不是?"卜宁熙先看了这两人一眼。

"是呀,那又怎么?"享儿不解。

卜宁熙轻轻咳了一声,见左右无人,压低了声音道:"告诉你们一个秘密,吴宁边大公扬觉动的小女儿就要出嫁了!我做的,就是这笔买卖!"

他这话确实是个秘密,这次他三十万金的大单也都压在这一条简单的消息上。如果所有人都知道这个消息,那宁州市场必定乱得一塌糊涂。因为扬觉动的小女儿归梦公主,将要嫁的就是南渚当下的世子赤研恭!

享儿本来兴致盎然地等着听他的生意经,听到这个"秘密"忽地面色一寒,厉声道:"你是什么人,哪里得到的这个消息?"说着手便摸向腰际,闪电般地摸出了一把银色的小刀。

倒是周先生的手更加快捷,一把握住了她的手,道:"请卜先生说下去。"

卜宁熙十分震惊,没有想到自己随随便便一件宫闱八卦,竟然激起享儿如此激烈的反应,难不成吴宁边百姓们对扬觉动的爱戴真的到了如此程度？连八卦一下都是死罪？

"扬归梦要嫁给赤研恭，这样秘密的消息，你怎么知道？"享儿语气森然。

卜宁熙起了一身鸡皮疙瘩，脑海中立即出现了一个大大的问号，自己适才只是说扬觉动的小女儿将要出嫁，可并没有说她将嫁给谁，这享儿和周先生，又是哪里得来的扬归梦将嫁给南渚世子的消息？

"是了，扬归梦出嫁南渚，便是卜先生的大机会，未知卜先生这生意如何生利？"周先生身材瘦削，两鬓斑白，不怒自威，这话一出口，仿佛适才的颓废萎靡全部消失，换了个人一般。

卜宁熙的手也缓缓滑向腰侧，却摸了个空。早晨他觊见朱里染大谈生意经，为了那身云锦，随身的佩刀已经解下，此刻忽然身陷险境，却已经来不及去寻刀了。

"吴宁边和澜青二州战事连绵，一直难分胜负，是因为木莲和南渚的态度暧昧不明，如今扬觉动嫁女南渚，两州定盟。以扬觉动的凌厉凶悍，既然已无后顾之忧，岂能让徐昊原这只猛虎在身侧酣睡？"

这一番话都是大金主对他的分析，此刻他情急之下，都拿出来搪塞。卜宁熙自幼也习格斗技击之术，身手和眼力都是有的，刚才享儿拔刀这一下，已是高超手段，周先生把她手腕这盈盈一握，更是妙到毫巅。这两个人如果和自己动起手来，必定是平生劲敌。

他适才说的，并无虚假。木莲朝名义上统治着八荒神州，实际上真正完全掌握的地盘只有中北十州，加上七个附庸势力，也不能完全控制八荒。其中南渚、吴宁边、澜青、浮玉、坦提、霰雪等多个大州都是割据势力演变而来，名义上是木莲一州，接受日光木莲册封，岁贡朝见，但实际上是独立王国。木莲的开国皇帝朝承露逝世已近七十年，近来帝国纲纪废弛，内乱不断，导致诸州之间互相攻伐已成常态。

吴宁边是木莲二十七州中实力最为强悍的大州之一，如今在大公扬觉动的主持下和繁华富庶的南渚结为姻亲，对他的老对手澜青大公徐昊原来说无疑是一个晴天霹雳！

"卜先生果然算无遗策，智谋无双。"周先生的话冷冰冰的，没有什么感情色彩。"没错，一旦两州定盟，八荒势力均衡被打破，澜青、吴宁边战火势必重燃，平明古道将会再次中断。然后，宁州货物将会价格飞涨。虽然我不知道先生贩卖的是什么，想必一定会借着这场战争大大发上一笔啰？"

卜宁熙讪讪地，脸红到了脖子根，不知道说些什么好，他面前站着的两个人正是来自吴宁边，他盼望着大战爆发，借用无辜者的鲜血来充实自己的钱袋，本来也谈不上什么体面，这时更是羞愧。

"没什么，天下大势自有想争天下的豪杰们去考虑，我们这样的凡夫俗子，只能考虑考虑自己是否能够吃饱穿暖，一点眼前的小小满足，就是快乐的人生了。"周先生叹了一口气，松开了享儿握刀的手腕。

海风渐起，层层叠叠的云朵被撕扯成了一丝一缕，也鼓起了白浪号巨大的风帆。他斑白的发丝在风中飘荡，眼神却一直看着繁华喧闹的灞桥城。

"到了朱雀，这里的一切也就和我们无关了。"周先生忽然转过头来，嘴角微微上翘，道，"卜先生，我们的船也该起航了吧。"

果然,船头响起了嘹亮的号角,白浪号的巨锚从深深的淤泥中拔起,巨大的船身晃动着。西风大作,牙船离海岸越来越远。

(5)

"金子就是金子,金子没有对错,你不拿,别人就拿走它。"海天之间,风轻云白,浩荡无边,水鸟飞翔,发出悠长尖利的鸣叫。

宁州商会高高的台阁中,大金主这样对卜宁熙说。

自己虽活了三十几年,在他面前,不过是个患得患失的少年。就在登船之前,他还在心底对自己呐喊:"跑完这一趟,那批货就真正是你的了,辛苦了这么多年,你也将变成一个真正的富豪!"和八荒神州上千千万万等待机会的生意人一样,他在期待自己的智慧和判断能够带来巨额财富,哪怕这财富沾着鲜血的腥气。

然而在看着享儿那透明如冰的眼神时,他又浑身不自在起来。做生意居然做出了羞耻感,说到底,他还是不像一个商人。

鸿蒙海一年四季变幻莫测,一旦雾气弥漫,航道便皆隐没,白浪号破浪而行不过两个时辰,天际的浓云已经滚滚而来。

就在牙船刚刚起航,落月湾尚未完全退出视线的时候,码头上的灯塔忽地燃起,明明灭灭地发出了信号。他急忙询问水手那是什么意思,得到的回答是"风暴将起"。

卜宁熙没有经历过海上的风暴,不知道那是怎样的情况。只是风帆既起,船的生命就交给了大海,想要回头,已没有那么容易。

远处传来隆隆的雷声,似乎整个海面在倾斜。

"他们来了。"这个两鬓斑白的中年男子语调低沉,迈步走向船尾。

"谁?谁来了?"卜宁熙一激灵,难道是海盗?!他下意识地去摸藏在胸前的那张商票。

"喂,你,快跟我来。"享儿的语气颇不客气,就像是在呼唤自家的下人。

看着她紧皱的眉头,卜宁熙也顾不得跟她计较,匆匆跟上,阴沉的天空已经落下如线的细雨,在白浪号身后,两艘朱红长船破浪而来。卜宁熙眯着眼,看着那两条越驶近的红船上烈烈飘扬的旗帜。

旗帜上,一条双翼如刀的银色飞鱼在海天间随风飘摇。

赤铁军?!卜宁熙猛地回头望着享儿和周先生。赤铁军是南渚最精锐部队,飞鱼营是赤铁军中以劲弩速射闻名八荒的虎狼之旅。他们怎么会在这里出现?

"到底还是像膏药一样!"享儿从鼻子里面哼了一声。

"你们究竟是谁?!"雨水和着汗水从卜宁熙的头上流下,现在众人身处汪洋大海,南渚赤铁军的凶暴蛮横人尽皆知,若是在这里让他们登船,恐怕一船人都会凶多吉少。

仿佛呼应他的巨大疑问,远处风暴骤起,一道闪电划过长空,突然巨浪袭来,将巨大的牙船抛上浪尖。卜宁熙一个站立不稳,身子向栏杆外翻了出去。他在空中扭腰伸手,但终究是慢了一步,只有两根手指虚搭在栏杆上。他人在空中,身下就是缓缓起伏的苍绿色大海,他的脑海中一片空白。

他正在飘摇坠落,半空却飞来一道白练,他匆忙抓住。抬头望时，那白练的另一端却正在享儿手上，她没有那样大的气力，只是用脚蹬住舱壁，把白练绕在栏杆上，卜宁熙的身子随着白练荡回，重重地撞击在船壳之上。此时那两艘红船已经靠近，迫不及待地射出数道铁索，破空贯来。

周先生在甲板上大袖一挥，一条重逾千斤的锁链竟被兜头打回，扑通一声跌落海中，而另外几条铁索却贯穿了白浪号的船体，将牙船和两船紧紧勾连在一起。

卜宁熙吊在半空，回望享儿。船本就在海浪中飘摇，她也立足不稳，兀自抓住白练不放，颇为艰难。卜宁熙咬了咬牙，看准身下一条铁链，松手纵身而下，牢牢攀住，向白浪号爬了回去。虽然只有短短十余丈的距离，但他仿佛爬了数年之久。临到船侧，他双臂一振，足下用力，整个人便翻上船来。

他在生死之间走了一遭，好不容易在风雨中立定，胸中气血翻涌，回头，却看到了享儿正瞪大眼睛看着自己。

"好笨！"她浑身已经被雨水和浪花打透，喘着粗气，长发凌乱地贴在脖颈上，嘴角却带着一丝幸灾乐祸的笑容。

咯咯声响，两艘红船上的绞盘卷起，铁索拖着白浪号向两船靠近，带着铁索的锚枪还在不断发射，击打得牙船上木屑纷飞，水手们躲闪不及，竟被直接击落下海。船身倾斜的角度越来越大，所有人都乱了方寸，又惊又怒，大喊："打错了！我们不是海盗，是航向朱雀的商船！"

对面两艘船上的兵士却根本不理这边的呼喊和旗语，又是一记，轰隆一声巨响，飞出的巨大铁锚直接击穿了牙船的主帆，巨大的桅杆缓缓倒下，许多身着赤色铠甲的兵士们便吼叫着抢上船来。他们上船便将缆绳砍断，桅杆推倒，在舱体上捣出无数窟窿来，只不过片刻工夫，白浪号已经支离破碎，海水疯狂地从船身的破洞汹涌而入。

"道逸舟！把那丫头交出来！"海上隐隐传来呼喝之声，这人中气十足，纵是在浪花翻滚、风声呼啸的海上，每个人依然能听得清清楚楚。

"你们百里追袭，被我杀得人仰马翻，居然有脸要人，难道在海上便忽然变得英勇了？"周先生的话语也是一样，在狂风骤雨中清晰可闻。

"原来他叫道逸舟！"卜宁熙看着享儿，瞪大了双眼。

"不要急，就要说到我了。"一支流箭激射而来，享儿用手里的银月小刀一拨，那劲急的一箭就斜斜飞出，钉在了木制的舱门上。

"别射那个女的！"风中隐隐飘过来急切的呼喝声："不要伤了她！"

"道逸舟，在陆地上我们畏你三分，这海上，你还能踏波而行不成！"

"姓道的，你这个杀人恶魔，我今天先把你的船沉了，看你往哪里跑！"

咒骂连珠炮似的一句接着一句，却没有人敢靠近周先生。

"就凭你们这些蠢货？"周先生嘴角带着冷笑，枯瘦的身躯却有一股势不可挡的狂傲之气。

"今天我不剐了你，我就不姓戴！你让小姑娘走开！"对面的声音有些气急败坏，卜宁熙终于看到一个头戴红缨帽的军官出现在牙船船头,他身边还跟着十数名兵士,每个兵士手里都握着一柄青色的弩机,卡在机括中的箭头闪着寒冷的光芒。

"飞鱼营一会就要喂飞鱼了,真是可惜。"享儿索性脱掉了鹿皮短靴,一只手稳稳扒住了剧烈晃动的甲板。"你们不是要找我么?还是就这样不要我了?"

对面的军官黑着脸,道:"梦公主,姓道的已经身负重伤,山穷水尽,还希望公主不要再做无谓纠缠,坏了两州大事,我们在扬大公面前也好有个交代!"

"梦公主?!"卜宁熙的下巴几乎掉到地上。吴宁边那个飞扬跋扈的小公主扬归梦?大公扬觉动最宝贝的女儿?未来的南渚世子妃?也是他这一票大生意中最具决定性的女主角?

人生大起大落得太快,震惊之外,他的第一反应竟是,如果扬归梦死在海上,自己的那三十万金是不是就泡汤了?!

"他要是死了,我就自杀!"她提刀护在周先生身旁,脸上没有表情,语气冷硬得像冰块。

对面的军官愣了片刻,突然面目狰狞,吼道:"那你就跟他一起死吧!射!"

他一个射字出口,卜宁熙来不及考虑,飞身而起,从后面把享儿扑倒,咕噜噜滚到倒地的桅杆后面,只听得噼啪噼啪连响,紧接着响起一阵笃笃的声响,是钢铁钉进木材的声音。卜宁熙把她紧紧搂在怀里,心中一片茫然,对方人数不多,怎么会有如此密集的箭雨?

"松开!谁要你来多管闲事!"享儿满面怒容,撑开他的手臂,弓起身子,狸猫一般弹起,蹿了出去。卜宁熙怀里一空,翻身而起,一瞬间有些茫然，他已经三十有一，平日里温香软玉搂搂抱抱也不在少数，只是这次，冰冷的海上，他怀里的余温却久久不散。

他勉强站定，发现道逸舟身前有一根折断的木梁，上面密密麻麻钉满了箭支，总得有百十支，应是他把那木梁舞起，挡住了这雷霆霹雳般的一轮速射。在他身后二三十步的距离，另有数十支箭密密地钉在牙船的船体上，两寸厚的橡木门板也被穿透。

而道逸舟的一只肩膀也被利箭射穿，鲜血染红了青袍。

"我还以为飞鱼营有多么强悍，不过尔尔。"道逸舟冷哼了一声，他一手折断箭支，用力一拍，那短箭穿过他的肩膀，啪的一声，钉在了舱壁之上。

卜宁熙这才发现，道逸舟虽然负伤，对面却有两个赤铁军被自己射出的箭支钉在了船板之上，显然是这道逸舟不知道什么时候，捉住了弩箭，抛了回去，劲道之大，准头之精，确实是匪夷所思。

"换箭匣！"众人的距离还在靠近，任凭道逸舟是大罗金仙，也难以在如此的距离逃脱劲弩的速射。

一团白影向道逸舟滚了过去，伸开双臂，挡在了道逸舟身前，是享儿！

"公子！公子！"老陈手里死死拽着一根缆绳，缆绳的另一端，是牙船船尾的小艇。

卜宁熙的心怦怦乱跳，对面还有不少兵士没有上船，直接对抗，死路一条。老陈身后，通往小艇的路上，横七竖八都是被射倒的船夫。这也许是他最后的机会。

他在风浪中挣扎了半天，想走，双足却好像被牢牢钉在了甲板之上。他又摸了摸胸前的商票。

"金子就是金子,金子没有对错。"大金主的话语还在耳边回响。

那条断掉的白练是享儿的束腰,此刻犹自系在栏杆上,随风飘摇。

他脱掉扯得破烂的外袍,露出他的云锦中衣来,从胸口扯出那张商票。

"拿好,"他把商票塞到了老陈怀里,道,"我回头去找你!"说着,他把老陈一把推开,几乎飞奔起来,向着那个女孩的方向。

(6)

"你们滥杀无辜,以多欺少,太不道义!"卜宁熙人在半空,张开双臂,身上的靛青云锦如烟似雾,他飞身落在道逸舟身边。

他这话吼出口,心中一股劲长江大河般全都泄了出去,只剩下了一颗心在胸中怦怦跳个不停。对面兵士已经换毕箭匣,缓缓举起的青色劲弩上,一排排生铁箭头闪着寒冷的光芒。

马上就要死掉,最后一句话该说些什么,他一时有些想不起来。

他转头望向道逸舟。

"看好自己!"这个男人忽然伸出手来,在空中虚虚一按,杉木甲板上一道银色的流火猛地蹿了出去,在他的身侧盘旋,凭空画出了一个巨大的六芒星,转瞬之间由银变赤,渐渐淡去,消逝无痕。

"重晶再临!"道逸舟一声暴喝,他们脚下一股白浪涌起,把偌大的牙船翻滚着抛向半空。卜宁熙没有准备,又是整个人被抛了出去,四面皆空，他的眼前是倒悬的苍青海水和零落飞舞的赤色鱼群。

"抓住了！"道逸舟的暴喝在半空炸裂，一条铁索凌空而起，卜宁熙伸手去捉，被它带着直上云层，他看到了享儿在另一条铁锁上飘摇，像一只振翅的白色蝴蝶。

道逸舟面颊如刀，气势如虹，人就像长在了牙船上，这两条锁链分别被他紧紧握在手中，整个牙船被风暴拦腰截断，打成碎片，那些船上的赤铁军也像纸片一样在空中飘舞。

卜宁熙的身子在急速地旋转，偶尔他的脸朝向天空的时候，发现无垠的高处，有一轮金色的太阳在散发着温暖的光芒。有那么一瞬间，在暴风眼的中心，他感觉到了前所未有的宁静。

终于还是坠落，他扑通一声跌进海中，身子在不断下沉，海水从鼻子灌进体内，一股剧烈难忍的疼痛，让他清醒。铁链仍在手中，他攀住铁链向上游去，不能呼吸，一切都是混沌，万物都归于安静。零碎的木屑和死人苍白的面孔在他眼前飘过。他终于浮出了海面，整个人被道逸舟一把提起，丢在了小艇之上。

"该死……"这句话只说了一半，海水便从口鼻中喷涌而出，整个海面上都是牙船和红船零落的残骸。风暴仍频，赤铁军的呼喝就在身后。

仅存的一只红船对在风浪中挣扎呼救的兵士视而不见，径直向他们冲来。

"发生了什么？"卜宁熙满口咸涩，胸中像要炸裂一般憋闷。

"我把海神弄醒了。"道逸舟的话语中不带感情。

海流奔涌，仿似整个鸿蒙海的水都在向一个虚无的深渊倾泻。好像被什么东西牵引着,他们的小船虽然没有桨楫,仍在急速盘旋着向前奔去。

"为了享儿么?难道这水灵猛兽真的存在?"卜宁熙十分震惊。

海神重晶是南渚民众信仰的神灵,在过去的千年之中,受到人们的崇拜祭祀。传说重晶有狂暴犬颉和温顺蕉鹿两种神兽变。蕉鹿和犬颉是海神的两面,一生一死,交替主掌人间,一旦蕉鹿死去,犬颉重生,八荒必将大乱,生灵涂炭。

道逸舟更加虚弱,但气场也更加凌厉:"当然存在!为了千万人可以做的事情,为了一个人,又有什么不可以?"

"先生是圈龙坊中的灵师?"

八荒只有一种人可以借星辰之力颠覆过去未来,他们就是自称神的奴仆的黑衣僧。日光木莲成立后,最后的占星术士已经全部被收入皇家设立的圈龙坊中。民间,人们叫他们大灵师。

"很久以前,曾经是。"他们被海潮推在浪尖,箭一般穿过浓雾。

当小艇猛烈地撞击在礁石上的时候,卜宁熙才发现天已放晴,他们被海浪送到了一个礁石环抱的海岛上。这里土层松软、植被丰茂,一座孤零零的灯塔建造在坚固岩石之上,似一个巨人蹲坐海面。

才转过灯塔,身后又传来一声巨响,是红色的战艇也撞在了岸边。赤铁军们还是如影随形。

卜宁熙从没见过这样美丽的地方,灯塔下是一片平缓洼地,海水漫过浅浅珊瑚礁石,隐约形成一块与大海相连的小湖。湖面上有一汪深蓝色的透明水渍,深于海水,两水漫接处有着浅浅的瘢痕,小湖湖面比海面略低,海水却不向湖中流动。此刻鸿蒙海上波浪起伏,水花四溅,而这深蓝色水面却十分平静,只有微微呼吸样的波纹。

"这就是重晶么?"享儿和卜宁熙都睁大了眼睛。

"没错,这就是万水之水,海神重晶。"

这莹蓝如玉的小湖中,有许多银鱼悠然来去、穿梭似箭,当银鱼不慎进入深蓝水域,速度便迅速变慢,缓慢挣扎几下就沉寂不动,化石一般缓慢下沉。偶有银鱼能够在深蓝水域挣扎而出,又恰似不能承受海水的浮力,变得动作迟缓,仿佛一下子进入了生命的暮年。

赤铁军们的脚步渐渐接近了,这水面依旧平静无波,卜宁熙试着将手指伸了进去,感到了强劲的吸吮之力。然后他发现,湖畔的丰茂草木开始枯萎变黄,仿佛由春天径直进入了深冬。

百十人的赤铁军,一路走来,草木就在他们身边凋零,面对这样的变化,每个人都惊疑不定,把手中的青弩握得更紧。

"道先生,"对面传来的声音显得客气了许多,"星辰秘术将会燃烧心血,我们是代表赤研大公而来,保护梦公主的周全。两州交好,百姓安乐,你护着梦公主千里逃婚,自残自伤,又是何必?"

万籁俱寂,风吹草叶,片片凋零。

"两州交好,百姓安乐,关我什么事!"享儿冷眼看着对面如临大敌的兵士。

"扬归梦!不要卖乖!你知不知道为了找你,已经死了多少人!又有多少人将因你而死?!"对面的军官厉声怒斥。

"真是奇怪,八荒的公爵们争权夺利,打来打去,难道少了我一个就不打了?有我没我,该成功的照旧成功,该失败的一样失败,在小姑娘身上加担子,找原因,还有脸皮么?!"

"你!"那军官气得说不出话来,"我有严令,你逃婚远遁,带不回活人,我就带回死尸!"

"废什么话,要尸体自己过来收!"享儿冷笑,"看你们的蠢样子,那个劳什子南渚世子也不过是一头柴猪!"

卜宁熙终于明白,大金主的消息没错,吴宁边公主和南渚世子是要联姻,只是,这个一向骄纵的吴宁边公主决定反抗,于是逃跑。如果在一天以前,让他面对眼前的局面,他势必五内俱焚,两州不能联姻,战事未知,他的投资毫无意义,六万两黄金足够朱里染和大金主把他吊死一百次!

可是现在,当享儿活生生地站在他面前的时候,当她不再只是一个名字,他忽然觉得,那虚无缥缈的六万金似乎也不是那么重要了。

"道逸舟,你呢?要让你家公主死在这里么?"对面的军士们端起了弩箭。

"你想帮她?"道逸舟看着卜宁熙。

卜宁熙鬼使神差般地点了点头,已经到了这步田地,他还能说什么呢?

"很好,勉强为之,我总有那么一点不舒服。"

"你要做什么?"卜宁熙吃了一惊,已然晚了,道逸舟扣住他的手腕。手指一划,鲜血便顺着卜宁熙的胳膊汩汩流下,在深蓝水面凝聚,如丝如缕,蜿蜒向下,根须般纠缠生长,渐渐团聚成形。

"你这是做什么?"他一阵眩晕,眼前一片亮白。

"召唤犬颉再生,要鲜血精魄来养。"道逸舟的语气平缓,"我们一起来帮她实现愿望。"

享儿的脸上立刻毫无血色，厉声道："不许这样，我不要你这样！我们跟他们回去就是了！停手！"

卜宁熙眼前的世界失去了色彩，他张大嘴巴想要呼喊，却没有声音，想要挣扎，身子却分毫不动，他眼前一暗，古老的过去汹涌而来，贯入他的身体，他在撕裂般的痛楚中难以自拔。

"停下！"扬归梦冲着道逸舟发脾气："你怎么能不听我的话！"

道逸舟并不说话，抬手把她挡在湖水之外。"哪怕我不在，我还是希望你像今天一样，想做什么，就做什么！"道逸舟的话一向简短又斩钉截铁。

湖面上一圈白火燃起，一声惊天巨响，光焰四射，一圈暗红色波纹在卜宁熙身旁弥漫开去，灼热的气浪腾起，众人都被甩了开去，只有道逸舟垂目坐定，纹丝不动。

极度的痛苦和倦怠下，卜宁熙终于闭上了眼睛。

一股冰冷的强力贯入了他的四肢百骸，世界充满了金石摩擦的隆隆轰鸣，他的每一次呼吸，都伴随着震耳欲聋的尖利声响，他的心底升起了一种前所未有的狂暴躁郁，他感到自己具有了无穷的伟力，他的血液在熊熊燃烧！

他睁眼的那一刻，看到了一个正在燃烧的诡异世界。在这个世界里，人们渺小如同蝼蚁，一头尖牙利爪的蓝色的巨兽，身带电光。

他看到了巨兽体内，那个小小的宁州商人鲜血四溢，四散的血线恰似根须，成为巨兽骨骼血脉。他看到了这头血线织就的巨兽从深蓝色水面挣扎而出，它身上挂满了燃烧的锁链，大怒若狂！

他惊恐地呼叫，那巨兽便立于湖面，长嘶一声，身上火链光焰万丈,海天之间充满了尖锐凌厉的啸叫。他无助地寻找着那个叫作享儿的姑娘,那巨兽的一双巨眼便转向扬归梦的方向,水波潋滟。

惊恐的兵士们发出了箭矢,射入了巨兽的身体,他便感到了尖锐的疼痛;他猛地耸身,炸开了周身的毛孔,那巨兽的身形便再度暴涨,成为海面上的一座山峦;他晃动身躯,那怪物便摇头裂齿,长尾轻扫,闪避不及的兵士们被巨兽身上的烈焰掠过,顿时化作白色尘埃!

他一声叹息,怪物口中烈焰腾空,万物凋零……

他终于明白,自己就是那只可怖的巨兽。

那些渺小的影子开始四散奔逃,血液中燃烧的狂热让它振翅扑上前去,把一个又一个的带甲兵士变成四散飞舞的尘埃。一个,又一个,他们已经竭力惨叫,但那些声音都太过细小,细小到湮没在它的呼吸声中。

它终于在那个白衣少女面前停了下来,它爪尖的火焰,就像蓝色的花朵,离她的额头只有一寸距离。它的身躯是透明的,它可以看到她的惊恐和鼻尖上滚落的汗珠。即便在这样的境遇下,她还是倔强地抿起了嘴唇。好想按下去啊!好想!怪兽颤动着,发出了撕裂天地的吼声。

旁边的那个小人呼出了最后一口气,指尖升起一道火焰光轮,中黑外赤,向怪物兜头飞来,它不闪不避,迎头撞上,蓝焰红光碰撞的那一刻,风云失色。

强劲的冲击可以穿云裂石,但它毫发无伤,再回过头来的时候,那个姑娘已经在一艘小艇之中,一波雪白海浪把她托举至十数丈高,水花飞溅,白练穿梭。它暴怒着向她挥出利爪,身形覆盖了整个岛屿,但还是差了一点点,只差一点点!

道逸舟的身体就在这一瞬碎裂成尘。小船上那姑娘如在云雾之中,飞跃长空,渐渐远去。

仿佛被什么扯住了腿脚,那巨兽身形一缓,被身上的火链越束越紧,终于啵的一声,落回深潭。寂寂无声。

卜宁熙感觉前所未有的疲惫,他浮在一片清朗的蓝色之中。是不是睡了一觉之后,会发现这是个梦,自己仍在那艘开往朱雀的商船之上?

包裹着自己的就是传说中的重晶吧?万水之水!

《八荒寰宇志》载,重晶,柔软、质实,百年不迁其穴。水寒化冰,晶寒化玉。重晶寒玉,斩铁削金,价值连城。

那么几片晶玉,可抵三百匹云锦呢?

这是卜宁熙失去意识前最后思考的问题。

第二章

坊中少年

教习在上面慷慨激昂地说着,下面赤研弘就打起了呼噜。这些贵族子弟心中的吴宁边,可和教习们口中的大不一样,他们的父母亲戚都和外州走动频繁,吴宁边对他们来说,意味着肥美的羊肉、香酥的乳酪、锃亮的弯刀和身材高挑的少女。除了喊喊口号,他们对这个遥远的地方难说有什么仇恨,他们已经习惯了那些吴宁边的美丽少女,习惯了她们用亮银小刀切割喷香的羊肉和山鸡,他们会用自己的狼吞虎咽狠狠征讨这个远得碰不到的地方。

(1)

"有点意思!"赤研弘一边的嘴角翘了上去,双手背在身后,昂首立在长长的甬路中央。他被一群半大的少年簇拥着,而所有人的目光都落在一个窈窕的背影上。

那个身着鹅黄春衫的少女正在坊中学官的指引下,向陨星阁的方向缓缓而去。

乌桕被挤在人群外,目睹了赤研弘献殷勤的全过程。

当赤研弘拿着从朱雀买来的夜明珠走向陈可儿的时候,她只是礼貌地和他打了个招呼,她对夜明珠不感兴趣,对和赤研弘纵马长街也婉言谢绝。陈可儿是大家闺秀,礼数周到,但问题是,从来没有女孩敢于拒绝赤研弘的邀请。

鸿蒙海深处滋养千年才生出的明珠，就这样被赤研弘掼到了铺路的青石板上，满地零落的碎屑，在日光下腾起一股青烟。

一阵可怕的沉默，赤研弘肉乎乎的手指在背后绞在了一起，捏得指肚发白。

人群中央的赤研弘人高马大，只看背影，几乎已经是个成年人，他如虹的气势和满满的自信来自他的背景，他的父亲是现任南渚大公爵赤研井田的兄长。

乌桕知道那个女孩的家世同样显赫，但他还是忍不住为她担心。凡是赤研弘想得到的东西，他一定会千方百计搞到手，如果他得不到，他会敲碎它、毁灭它，让别人也得不到。

乌桕今年十一岁，此刻他站在这一群少年的外围，离赤研弘只有十几步的距离，但他非常清楚，他和这群少年实际上的距离，比八荒到朱雀还要远。

圈龙坊是日光木莲选贤举能的贵族学校，这里的每个少年都有着显赫的身份，他们大都是世族子弟，他们的父兄，不是赫赫有名的武将，就是名满八荒的文臣，整个南渚都笼罩在他们的手掌之下。十岁左右，这些孩子便被送入这里学习锻炼，等待有一天封爵受官，继承他们父兄的权力、财富和荣耀。

而乌桕，不过是个已故副将的遗腹子，陨星阁中整理藏书的小童。偶尔被拉来随侍，也不过是用他的学识，去装点这些权贵少年的脸面。

赤研弘不说话，气氛就有点尴尬。他的父亲赤研瑞谦受封威锐公爵，当年南渚大公赤研井田继承大统，曾得到他的鼎力相助，因此，在赤研井田成为南渚大公之后，便委任他统领南渚最为精锐的部队赤铁军，并在左右丞相之上参知政事。

赤研弘的父亲在这个富饶繁华的大州，一人之下，万人之上。

今天圈龙坊里的这些少年，若论家世，除了南渚大公的次子赤研敬，没有人比赤研弘更加尊贵，而论凶暴的程度，赤研弘若称第二，恐怕没有人会有胆认领第一，虽然他只是个十四岁的少年。

"弘兄弟，这陈家的小妞还是暂且放一放好了，连大公都要给陈老头三分面子。"陆兴平比赤研弘还要年长一岁，却对赤研弘殷勤侍奉，寸步不离左右。

"阿叔对他家礼遇，是因为阿叔的性子好，她父亲见到我阿爸不也要下跪见礼！"赤研弘阴沉着脸，"青石城又怎么样，四大主城的兵力都归我阿爸节制，我阿爸让他们咬谁，他们就得咬谁！"

赤研弘气哼哼地迈着大步，踱了两个来回，忽然想起了什么，拉下脸冲陆兴平道，"我听说你父亲是陈家的家将，你是不是在变着法给她说好话？"

乌桕看着陆兴平的脸慢慢涨得通红，张口结舌，说不出话来。他是桃枝城守陆建的独子，而桃枝港是青石城所辖的港口，这样说来，他的父亲确实是陈氏家族的家将。

"怎么会，怎么会，"他说话开始结结巴巴起来，"弘公子和她最相配没有了，我只是说，这样的事情不宜操之过急，稍有波折，岂不更添趣味？"

赤研弘的脸色稍稍缓和，道："有什么相配，她不过生得漂亮些，哪里配得上我？我只不过要和她玩玩，她竟然跟我装清高！你们也知道，我这个人就是性子急，等不得！"他搓搓通红的手掌，把周围几个玩伴扫了一遍。

他的目光扫到哪里，哪里的少年便闭嘴缩脖，目光不敢和他对视。

赤研弘家世无双，背景强硬，说话一向口无遮拦。有些话他说说也就罢了，不会有人来和他较真，但是其他少年只要稍稍长点心，都不敢随便接口。圈龙坊里是个小庙堂，每个少年的言行都和他们的家世相应，和青华坊上的南渚朝堂一样，一句话说不好，也许就会惹来杀身之祸。

"走，我们去金叶池边转转！"赤研弘迈开大步，众人纷纷跟上，他看都不看乌柏，乌柏只得也乖乖跟在后面。

金叶池是圈龙坊中幽静清爽的所在，离陈家少女学习的海潮阁很近。自从陈可儿来到圈龙坊中学习之后，这条水边小路，赤研弘一天不知要走上多少遍。

那少女姓陈，单名可儿，生得眉清目秀，前些日子南渚大公赤研井田特别下诏，准许她以女公子身份进入圈龙坊读书。从来没有女宾的圈龙坊竟然来了个漂亮女孩，立即成了轰动一时的大事件。

陈可儿的爷爷陈穹是南渚赫赫有名的元老人物，以战功被封为武英公，和镇南公李楚、威锐公赤研瑞谦并称南渚三公，虽然年迈，但是威望仍隆。陈家世代镇守南渚四大主城之一的青石，陈可儿的父亲如今拥兵十万，就在青石坐镇，她的哥哥陈振戈又是南渚世子赤研恭一起长大的玩伴，也是灞桥出了名的不好惹的公子哥。这些少年自小在权力圈中长大，都知道厉害，谁也不敢去招惹陈可儿。只有混世魔王赤研弘不吃这一套，一见之下，对陈可儿的美貌朝思暮想，一心想把她搞到手。只可惜他手下的这群虾兵蟹将一看对方是陈家，先自软了手脚。

赤研弘在一池碧水旁团团乱转，普通人家的女孩儿，只要被赤研弘看上，无论怎么挣扎，也跳不出他的手掌，但陈可儿不行。

"乌毛头，说说你有什么办法。"人群中不知道有谁想起了乌柏，嚷着让他说话。

乌柏心中一紧，暗叫倒霉。他不过是坊中的侍童，从小就跟着坊中的黑衣教习洒扫陨星阁，整理古旧书库。这些纨绔少年知道他看过的东西多，总喜欢抓着他一起，遇到有什么不能解释的难题，便问问乌柏如何解决。只是这一次他却不好开口，若是说得赤研弘不高兴，他自然有苦头吃，若是一味顺着赤研弘，万一哪句话说陈可儿说得不妥，传了出去，他同样在坊内无法立足。

"弘公子和可儿郡主是人中龙凤，两人在一起肯定再合适没有，不过我从书上看，木莲各州名门的婚事大都由皇帝和大公们亲定，若是第一流的人物，一定优先皇族或者外州联姻，其次才是本州的公卿门第。"乌柏眼睛看着赤研弘，只见他依旧站在那里，看着海潮阁的方向闷不做声。

"你到底想说什么，我们没听懂！"陆兴平一脸疑惑。

"我的意思是，弘公子身份高贵，不是一个郡主可以束缚的，将来若是能和木莲皇室或者外州大公家族定下一门姻亲，那才是授爵封侯、光耀万世的大事件。"

一句话说完，乌桕心中忐忑，不知道赤研弘会对自己的话作何评价，却看到一旁的赤研敬渐渐皱起了眉头。

"他不是那个小书童么？"赤研弘咳了一声，好像这时才看见乌桕，把他又上下打量了一番，寻到一块石头坐了下来。

赤研弘身材高大，血气健旺，有一副赤红的脸膛，唇上已经生出柔软的髭须，两道眉毛又粗又浓，额头高举，抿起嘴来，颇有威严。

他的长相，便是坊中灵士口中富贵盈门、权势无双的面相。乌桕对此却颇有不同意见，赤研弘的额上生满了米粒大小的火痘，白头青底，退了一茬又来一茬；他的手掌总是通红，表皮每隔几天，就会干瘪脱落，双掌一搓，皮屑飞扬，这都是内火过剩、肝脾不调的表征。他的老师封长卿告诉他，这样的人性格急切暴躁，易怒偏狭，最好不要招惹。

"乌桕，不要乱说话！"大公赤研井田的小儿子赤研敬也在这一群少年之中。

乌桕吐了吐舌头，不知道自己哪句话说错了，竟然把赤研敬也惹了出来，赤研敬的年纪和自己相仿，也被父亲送进坊来读书，和赤研瑞谦不同，大公赤研井田对自己的子女管教非常严厉，赤研敬的功课不错，人也彬彬有礼，但性子总有些阴沉。和其他贵族少年一样，他也跟着赤研弘东奔西走，人们几乎都要忘记他是南渚大公的儿子。

赤研弘斜眼看了赤研敬一眼，道："小弟，你也来坐！"他拍了拍身旁的石头。

赤研敬一言不发，坐了过去。

"我赤研弘当然有更高的志愿，但是可惜呀，父亲和阿叔自有决断。"他把手掌拍得啪啪作响,道,"你们都不知道吧?吴宁边扬觉动要把自己的小女儿嫁过来了!"

"吴宁边?"乌桕愕然,在南渚百姓眼中,那可是个有时是敌,有时是友,有时亲切,有时候又可恶的地方。

(2)

圈龙坊中的少年需要学习木莲朝的历史,在坊中教习的口中,在日光木莲疆域上新兴的这一州是邪恶遍布之地,那个叫作扬觉动的大公,则是八荒神州上少有的冷酷恶魔。

乌桕这样的小童在坊中有专门的凛司管理,但陨星阁的大灵师封长卿很喜欢他,所以他得以常常留在封长卿的身边,听到了很多故事。

八荒神州历史上从来没有吴宁边这个古怪的名字。现在吴宁边割据称霸的一块土地,是当年吴国和宁国的一部分。

七八十年前,日光木莲大帝朝承露试图统一八荒,在白驹城会盟,经过长达十天的讨价还价,所有独立国家终于同意削去王国称号,改制称州,国王接受木莲朝大公爵的封号,押子为质,岁岁朝贡。但木莲也必须承认各州的军事和内政完全独立,不受干预。此后,八荒城禁大开,互通商旅,止戈息战,过上好一阵子的平静时光,偶有摩擦,也在白驹之盟的强力干预下得到解决。

但木莲建立还不到五十年,旧吴国的大将扬叶雨就兴兵叛变,杀死旧吴王白赫,强占吴州和宁州大片土地,封疆裂土,建立了今天的吴宁边。

在海潮阁中,教习们痛恨地对这些小童说:"扬叶雨和他的儿子扬觉动大逆不道,陷百姓于水火之中,上不朝拜木莲皇帝,下不敬重自己的主公,用暴力的手段夺取土地,人们不能信服,因此中原地区进入了连年混战的局面。凡是有见识有气节的人,都应该讨伐这些篡权的乱臣贼子!"

教习在上面慷慨激昂地说着,下面赤研弘就打起了呼噜。这些贵族子弟心中的吴宁边,可和教习们口中的大不一样,他们的父母亲戚都和外州走动频繁,吴宁边对他们来说,意味着肥美的羊肉、香酥的乳酪、锃亮的弯刀和身材高挑的少女。除了喊喊口号,他们对这个遥远的地方难说有什么仇恨,他们已经习惯了那些吴宁边的美丽少女,习惯了她们用亮银小刀切割喷香的羊肉和山鸡,他们会用自己的狼吞虎咽狠狠征讨这个远得碰不到的地方。

"他们喜欢咸鱼和海菜!"在乌柏的玩伴越系船心中,吴宁边又是另一番模样。他是落月湾打鱼人家的孩子,从小就在风浪里穿梭,最喜欢的,就是肯在第一时间买走海产的顾客!

乌柏看过八荒神州的古老地图,想象着,每年平明古道上,都穿梭着装满南渚水产的货车,把那些肥美的梨子鱼送到那个远离大海的地方。

"不过他们是很坏的!"乌柏模仿教习们的口气,"人们都不喜欢他们,他们杀掉了他们的大公,吞并了邻居的土地,还逼着皇帝封他们的领袖作为新的大公!"

"那皇帝是怎么做的?"越系船大感好奇。

"皇帝派兵去和叛贼作战,结果无法取胜,没有办法,只好接受吴宁边的朝贡,封他们的首领为大公。他们创建的这个新州,甚至没有一个好听的名字!"

"哈哈哈哈。"越系船笑得乌柏莫名其妙。

"快点儿告诉我,他们是怎么做到的!"越系船笑得拍大腿。

乌柏觉得越系船实在是不可理喻:"你还笑,他们那么坏!"

"你说扬叶雨和他的儿子们打败了自己的大公,并用弓弦绞死了他?"

"是呀。"

"他们还击退了长期以来一直和吴国为敌的澜青州军队?"

"嗯!"

"他们还守住了箕尾山,让木莲朝征讨的十万大军不能前进一分一毫?"

"嗯,他们是这样说的。"

"然后扬叶雨死了,扬觉动挥军宁州,几乎把宁州整个灭掉,最后迫使宁州割让了将近三分之一的土地?"

"没错!"乌柏有点不耐烦了,"你到底要说什么?"

"嘿嘿,照我看,创建吴宁边的扬叶雨和他的儿子们都是大大的英雄!"越系船把一条黑鱼翻上光溜溜的案板,利索地大卸八块,"你说,如果真的没有人喜欢他们,谁去给他们打仗?为什么前后诸侯、数十万大军都要消灭他们,他们却能一一击败,还迫使皇帝都不敢不承认他们?你们的先生们都在想些什么我不知道,我觉得他们可太了不起了!"

越系船一边把分好的大块鱼肉挂上铁钩，一边把这段话说得兴高采烈。他十四岁，是街头打野架的好手，从来信服的，就是拳头里面出道理。

然后乌柏就真的愣住了。他想反驳越系船，却又不知从何说起。于是他回到圈龙坊中找大灵师封长卿，他懂得天上和地下所有的事！

"扬叶雨一家确实都了不起。"封长卿好酒，这是他虽然资历颇深，却一直不能被赤研井田重用的主要原因。那天，他回答乌柏的时候，醉眼迷离，满嘴酒气。

"他们都恨扬叶雨和扬觉动，是因为他们做了别人不敢做的事，他们告诉那些普通人，没有永远的大公，也没有永远的国王。"封长卿躺在他的竹摇椅上，喝着酒，看着风吹着屋檐下的铃铛，串串轻响。"朝家也害怕，害怕有一天扬觉动打进日光城，告诉天下人，八荒没有永恒的皇帝。"

这是乌柏对吴宁边的全部印象，一个冷酷的、强大的、令人害怕和令人尊敬的、不守规矩的新"国家"。

而赤研弘居然说，吴宁边大公扬觉动，要把自己的小女儿嫁来南渚！仿佛传说中的神仙就要降临凡间，怎能不让人好奇？

赤研弘搓着自己手掌上的皮屑，道："扬觉动怕了我们，要把自己最漂亮的女儿嫁过来。哈哈哈！"他在他华贵的绸衣上擦手，沙沙作响，每到兴奋的时候，他都会习惯性地做出这个动作。

这话说出来，照例是一片寂静，没有人接话。听赤研弘的意思，吴宁边大公扬觉动是要将自己的女儿嫁给赤研井田的长子赤研恭。而赤研恭，早被定为南渚世子，也就是未来南渚大公的继承人。赤研弘粗俗，在这里胡说八道，万一那个姑娘真的嫁过来，谁敢对未来的大公爵夫人如此不敬？

赤研弘仿佛感觉不到众人的尴尬，还在自顾自地说着："可惜了可惜了，都说扬觉动的三个女儿貌若天仙，倒是便宜了赤研恭！"

赤研敬在一旁变了脸色。

他该不会翻脸吧？乌桕有些紧张，赤研恭是赤研敬的长兄，今年十九岁，正代表赤研井田出使木莲首都日光城。赤研弘这样胡说八道，若是普通人，十个脑袋也砍了，但赤研弘就是不同。此前，也有谏官向赤研井田揭发赤研瑞谦一家品行不端，但是赤研井田没有反应，最后，倒是赤研瑞谦得到消息，勃然大怒，把这些人一一寻衅处死，此后，再也没有人敢说赤研瑞谦一家半点不好，赤研瑞谦权倾朝野，整个南渚，私底下都把他称作二大公。

只是这次不是什么小小谏官，赤研敬是赤研井田的亲儿子，他会不会发作？

赤研敬比乌桕大上一岁，身材和乌桕相仿，也是个瘦弱的少年，平素里和乌桕接触还多，因为赤研井田为儿子指定的教师占祥，是坊内和封长卿齐名的另一位大灵师，他们两个的老师十分熟悉，这两个弟子也就时常有机会碰面，只是赤研敬自矜身份，从来不和乌桕搭讪。

乌桕觉得他不会说话。

果然，赤研敬的胸口强烈起伏了一阵子，终于渐渐平静，继续听赤研弘大放厥词。

赤研弘转向了乌桕，道："你说得有点道理，南渚这些姑娘，也都一个模样,有什么意思!还是外州的女孩新鲜一些。"他拍拍手,站了起来,"只是扬觉动三个女儿一个已经出嫁,一个已经订婚,这一次赤研恭又排在前面,陈家这个小丫头,我只是一时兴起,聊胜于无!"

"这陈可儿也不怎么漂亮!"陆兴平有些抱怨,赤研弘专喜欢惹麻烦,他身边的几个跟班大多时候肆无忌惮纵情快意,偶尔提心吊胆起来,就有些受不了。

"这你就不明白!"赤研弘哼了一声,"我喜欢的,就是她们那股矜持劲!扭扭捏捏这不好那不行,还透着点骄傲清高,这东西一般的侍婢民女哪里有?"

"如此说来,弘兄弟将来的女人当在日光城里,听说朝家的姑娘都有一张长长的马脸,难看是难看了些,但是很不一般!"陆兴平一句话,大家又笑成一团。

赤研弘和陆兴平这样的对话自然而然,这就是圈龙坊中的习气。和乌桕这样家世破败的小童不一样,世家子弟们不需要努力,只需要等待,十六岁,他们就会被赋予官职,离开圈龙坊。就算年轻时候有什么劣迹,自然也一笔勾销;如果勾销不了,也会被他们创造出来的更加恶劣的事故映衬得微不足道。

原来皇帝家里的孩子,都有着长长的马脸,乌桕也跟着大伙笑了起来。

(3)

人群散去,赤研敬却在火棘花下向乌桕招手。

"敬公子？"乌柏迟疑着，一步一步挪了过去。

"刚才赤研弘说的话，你都听见了？"赤研敬脸色并不好，他每天锦衣玉食，却无法让他的身子健壮起来。

大公赤研井田只有两个儿子，最喜欢的是赤研敬的大哥赤研恭，却极少提到这个小儿子。赤研恭在圈龙坊读书的时候，赤研井田三天五天总要过来一回，劝勉鼓励，而到了赤研敬这里，则十天半月也见不到自己的父亲一面。

人们都说，这是因为赤研敬的母亲是个普通婢女，当赤研井田意外得知自己还有一个骨肉时，第一件事就是下令赤研敬的母亲自尽，让自己的妻子把孩子抱来抚养。赤研井田的妻子善妒，可以看出来，大公夫人对赤研敬也不上心。十岁，赤研敬跌跌撞撞被送入圈龙坊的时候，赤研恭已经出坊，赤研弘正是坊中的风云人物，赤研敬虽然有着显赫的身份，却没有人来巴结奉承，每天灰溜溜的，很快变成了赤研弘的跟班。

因此，他在坊中的第一个朋友，是更加没有身份和地位的乌柏。

"听见了。"乌柏不知道赤研敬想说些什么，和赤研敬在一起的时候，他总是有些不自在。

"这只肥猪还在跋扈！等我大哥当了大公，第一个就要把他杀掉！"赤研敬恶狠狠地说。

乌柏吓了一跳，忙左顾右盼，确认四下无人，才悄声道："敬公子，可不能这样说，万一被弘公子听到，那可不得了。"

赤研敬道："把自己的嘴巴管好，传出去也是你死！你也听到他是怎么说世子了吧？"

乌柏口干舌燥，只能点头。

"我哥哥随便挑出一点，都要比这肥猪强上千倍万倍，他一个公爵的儿子，居然敢这样飞扬跋扈，出言不逊！陆兴平那几个龟蛋，只会在旁边煽风点火，将来也一定没有好下场！"赤研敬在原地兜着圈子，"你以为我阿爸就那么喜欢他的蠢哥哥么？前两天，在青华坊上，他们还吵得很厉害！就是为了这件亲事！"

"啊？"乌柏大感意外，赤研井田兄弟的和睦友爱是出了名的。赤研井田就任南渚大公这十年，只要赤研瑞谦想要做的事情，赤研井田一律首肯，赤研瑞谦所下的决断，赤研井田只是署名，从不发表意见。人们都说，正是两兄弟的相互扶持，才有了南渚今天的富饶繁华。如果说他们竟然会为了赤研恭的亲事大肆争吵，乌柏还真是不敢相信，何况，人家要给自己的儿子找媳妇，赤研瑞谦跟着凑什么热闹？

"哼，占祥对我说，吴宁边和南渚的私下密谈已经进行了几轮，这门亲事已经说定，不几日，扬觉动就会亲自来到南渚定盟！这样的大事，赤研瑞谦居然明确反对，不给阿爸面子，我看他们家的好日子也快到头了。"

"这么说，吴宁边真的要把他们的公主嫁过来？"不知道为什么，此刻乌柏脑海里浮现的，是赤研弘对陈可儿那如饥似渴的眼神。

"当然，这还有假？谈判的密使就是占祥。哼，他倒好，一方面忙着去吴宁边谈判，一方面还不忘给我布置功课。也是阿爸信任他，他才敢对我左右训斥！"

"占先生也是好意。"乌柏有点为占祥鸣不平，和封长卿一样，占祥也是这圈龙坊中数一数二的星算家和大灵师，只是他没有封长卿酗酒的恶习，因此早被赤研井田征调到青华坊中做礼宾典使，专门负责与木莲、各州的邦交事务。占祥的星算功夫上佳，只是为人过于急躁了些，每天对赤研敬的学习督促不已，而赤研敬天赋有限，很多时候并不能完全领会理解，占祥就时常对他加以训斥。

在世家少年结伴玩耍时，赤研敬被赤研弘压着不得翻身，在坊中学习，又要被占祥训斥，赤研井田许久不现身，偶尔来一次圈龙坊，必定对赤研敬的学习功课大发雷霆。有时候想想，赤研敬这一肚子邪火还真是无处发泄，只能背地里对所有人恶毒攻击，这一次，是连自己的老师也没有放过。

"今天看赤研弘的样子，我总算知道为什么我伯父一定要阻挠这门亲事，想来是觉得他这一门还不够光耀，是想让他那肥猪儿子娶了吴宁边的公主才好吧！"

"怎么会，兴许二大公是想为世子找木莲的皇族也说不定。"乌柏看赤研敬越说越离谱，这样推理下去，岂不是赤研瑞谦一定谋反，取代赤研井田成为南渚大公？

"我哥哥结婚，扬觉动送来他的女儿，本来没什么稀奇，你知道赤研弘在其中做了些什么？"

"他能做出什么来？"乌柏十分疑惑。

"他派人去打听嫁过来的公主是哪一位，漂不漂亮。他一叫唤，四周自然有无数人摇尾呼应，于是就有人绑了来南渚谈判的吴宁边的使节。说来也好笑，吴宁边和我们谈判，谈着谈着人没有了，他们大为震骇，以为我们要变卦，正准备飞骑逃回，告诉扬觉动南渚毁盟的消息,谁知道他们被绑走的官吏又自己走了回来,说,被几个莫名其妙的人架走,他本来打算抵死也不说与盟约相关的内容,不料人家对定盟的来龙去脉也丝毫不感兴趣。只是问了一个问题,他们的梦公主漂不漂亮!"赤研敬气呼呼的,说得口中白沫飞溅。

"你说,这样离奇的事情,除了赤研弘,还有谁能做得出来?!"

听完赤研敬的牢骚,乌桕脑中确实只剩下了一个名字,赤研弘。

他挠了挠脑袋,道:"弘公子的脾气确实比较怪,只是这一次不知道又看上了人家的哪一点。"

"他想驯服烈马!据说扬觉动的这个小女儿十六岁,脾气骄纵,不可一世,在大安城,是人人避之唯恐不及的人物。我倒觉得她未必适合我哥哥,只是漂亮,有什么用!"

两个人说着,步子渐渐靠近了陨星阁。陨星阁是上古时留下的建筑,推开大门,一股沉木的味道弥散开来,阳光从敞开的门口斜斜射入,空气中细小的灰尘纷纷扬扬。

在陨星阁的地面上,有一张大大的星盘,转动的时候,它会发出耀眼的光芒和铿锵的巨响,然而安静的时刻,显露出来的,只是黑玉石的地面,和它上面隐隐流动的金线和银槽,一些代表星位的小孔中散发着隐隐约约的光芒。

"占祥告诉我,大灵师可以根据这些杂乱无章的星象来预知八荒的未来,你觉得呢?"

乌桕没有说话,每次进到陨星阁,他都会被一股凌厉沉默的气场所包围。他熟悉这里的每个房间,也熟悉这块黑黝黝的地面。在振动机括之后,它会飞速运转起来,带着电光和火花,星辰闪耀,星野轮换,除了坊中有限的几位大灵师,谁也不知道怎么让它停下。

"我不知道。"乌柏说的是实话,封长卿告诉他,星辰的力量可以改变人间命运,那些最好的灵术师,可以借助星辰运动,来唤醒大地上潜伏的神祇,譬如海神重晶和火神墨羽,假如它们真的存在的话。

"乌毛头,在圈龙坊中我没有什么朋友,说实话,我的星算也及不上你,我觉得是占祥比不上你那个酒鬼老师。但是我还是希望你能把我当作朋友。"赤研敬表情严肃,声音闷闷的,"我也是大公的儿子,为什么他们在我哥哥和赤研弘面前那么谄媚,到了我这里,又都显出一副骄傲的面孔?他们从心里看不起我,我知道!"

陨星阁的大堂古老而空旷,这里是禁地,平日里没有什么人来,赤研敬的声音就在那些梁柱间绕来绕去。

乌柏不知道该说些什么,有那么一会儿,他想到了他自己。他虽然因为父亲的身份进了圈龙坊,却没有家,从他记事起,父亲和母亲就都去世了,因为这,圈龙坊里的少年都说他是阳坊街上的孤儿,是醉鬼封长卿喝多了酒,从街上抱回来的。赤研敬无人理会,起码还有父母,还有一个大公之子的身份,他却什么都没有。哦,不,他有几个朋友,他们是渔夫、铁匠和酒坊老板们的儿子。

"敬公子,我当你是朋友的。"乌柏不知道这算不算撒谎。

话一出口,他又觉得有些犹豫,这个人真的是我的朋友么?

赤研敬敏感多疑,也不那么讨人喜欢,他喜欢把所有的不是和过错都推到别人身上。就像刚才,占祥是圈龙坊里最好的灵师,连封长卿都十分佩服,但到了赤研敬这里,占祥一切让赤研敬进步的心思和努力,竟被赤研敬轻轻巧巧一句话,全部抹杀。

就像现在，他只能承认赤研敬是自己的朋友，他无法想象否认的后果是什么。

"我就知道我是有朋友的！"赤研敬咧开了嘴，笑了笑，"我也不知道为什么就特别对你有些亲近感，你不过是个阳坊街上的野孩子，我刚进圈龙坊的时候还踢过你吧？"

"很多人都踢过我，但是不是所有踢过我的人都要和我做朋友。"乌柏笑了。

都说他父亲的大功让他进了圈龙坊，可是副将乌重也因为这场大功死去了。于是功臣之后乌柏，只是圈龙坊中服务的小童，乌柏以这样的身份和这些世家子弟相处，不知受了多少委屈。

越系船告诉他，要是有人打你一拳，你一定要双拳还回去，这样人家才不会打你第二拳。但是越系船不会明白的，在圈龙坊中，就算有人给自己一百拳，他也不能还回一个小指头。而且乌柏觉得自己的心硬不起来。

他跟越系船争辩的是，如果一拳打回去，别人会不会也很疼？

越系船就把眼睛瞪得跟铜铃一般："你没救了！"

是啊，乌柏也觉得自己很不可理喻，明明知道赤研敬是个怎样的人，现在他不过说了这样一句和颜悦色的话，自己竟然几乎要热泪盈眶了。

幸亏赤研敬对他的表情根本视而不见。

"我迟早要让所有瞧不起我的人都付出代价！"赤研敬在空旷的大堂中攥紧了拳头，道，"我希望这里面没有你！"

(4)

　　离开陨星阁之前,赤研敬再次告诉乌桕,扬觉动,那个只在故事中存在的人,很快就要来到灞桥了。

　　"这是个秘密,不要告诉任何人!"赤研敬的声音很低。乌桕明白,这是赤研敬对友情的回报。但是他还是忍不住想找个人说说,他想到了越系船和他那个古灵精怪的妹妹。

　　青水奔腾,乌桕从宽阔的灞桥上跑过。每天的这个时候,海市收了摊,越系船都会带着妹妹来阳坊街转转,顺便从老萨的酒坊里给老爸越海潮打上一袋麻叶鸿蒙酒。

　　然而这一次,越系船的两只眼睛却红得跟兔子眼睛一样,不仅他脸红脖子粗,他的妹妹越传箭脏兮兮的小脸上也泛起了两坨红晕。

　　"发生了什么事?"乌桕很惊讶,老萨的酒坊外,越系船一副似笑非笑的神情。

　　"我有一个好消息和一个坏消息。"越系船一把抓住乌桕的小细胳膊,嘿嘿笑着。他一开口,乌桕就知道发生什么了,越系船喝了酒,天哪,传箭只有四岁!

　　"好消息是,越海潮前几天出海,到现在都没有回来,而我发现了他藏钱的罐子,所以我每天都有酒喝了!"越系船举了举手中的麻叶袋,越海潮是他的父亲,打鱼人家,父子之间也没什么讲究,都是直呼其名。

　　"坏消息是,人们都说他们的那条船遇到风暴,再也不会回来了,所以这酒也喝不了几天了。"越系船的声音一下子就低了下来。

乌柏心中一紧，越海潮是个身体强壮的人，妻子生下传箭便一病不起，他没钱再娶，便一个人拉扯系船和传箭兄妹长大。海上打渔本来也是个靠天吃饭的营生，如果越海潮遭遇意外，还真不知道他们两个将来怎么办才好。

"不用管他了，"越系船随手递过麻叶袋来，道，"鸿蒙酒，你也来一口！"

如果是平时，乌柏多半不会喝，但是今天这样的情况，这口酒却是无论如何不能不喝的。

他接过麻叶袋，小心地往嘴里倒了一口，这酒辛辣爽滑，又带着麻叶的苦涩，初入口还不觉得怎样，一到腹中，马上变成一道燃烧的火线，由下自上顶了上来，把乌柏呛得眼泪直流。

"再来一口！"越系船笑嘻嘻的。

乌柏却受不了，连连摆手。

旁边一个声音却高叫着："我还要！"

越系船嘿嘿笑着，把手中的麻叶袋递给了越传箭，却被乌柏劈手夺了下来："干什么，她这么小，怎么能喝酒！"

传箭就满脸的不高兴，噘起了嘴。

鸿蒙酒是市面上大家都喝的寻常酒品，每个酒坊都会有，竞争起来，为了出新出奇，有许多酒坊就在酒中加些果蔬，调出不同的味道来。只有阳坊街上老萨家的酒，什么也不放，理由是，不纯不烧，喝来做什么！因此老萨的酒，只用浮玉稻浸泡发酵，加以蒸馏，所得的酒又辛又辣，却十分爽口。

虽然封长卿每天都喝得迷迷糊糊，但乌桕是第一次喝酒。让他不安的倒不是这几口酒，而是越海潮不见了，兄妹两个怎么办。

"自然是换我出海了！"越系船的语气很随便，"他能做的事，我一样做得来！"

"可是你出海，传箭怎么办?!"越系船从小跟着越海潮在海上讨生活，又继承了父亲的强壮身体，乌桕毫不怀疑他可以跟着大伙出海行船。只是觉得传箭还小，越系船这样一走了之有很大的问题。

"还能怎么办，在家里待着呀。"越系船挠挠脑袋，"要不让明叔和明亮帮着照看一下？"

"他们难道不跟你一起出海？"乌桕知道明大离和他的儿子明亮，明大离是越海潮的老友，明亮则是越系船从小长大的伙伴，只是，他们不是一起出海的么？

"算了，不说这个！"越系船烦躁地摆了摆手。

乌桕叹了口气，一句"我来照顾"差一点就从嘴里滑出来。可是，他不过是个圈龙坊中的小侍童，他又靠什么来照顾别人呢？越系船提到明氏父子，显然是随口一说，他并不愿意提到这个话题，传箭太小，不能出海，越系船也确实没有什么安置她的法子。

"你要是一下子长到十四岁该有多好，"越系船蹲下，捏着传箭的脸蛋儿，"你不是喜欢乌毛头嘛！那我就可以把你嫁给他了！"

"不要！"越传箭张开嘴要咬越系船的手指，气鼓鼓的，"那他比我还小！"说着扑到了乌桕这边，一把抱住乌桕。

"说吧，你这次出来，有什么新鲜事?!"越系船站了起来，三个人向落月湾走去。

乌柏想到了什么，从衣襟里掏出一角银来，放在越系船的手里，"先把这个拿着！将来要还的！"乌柏早就知道越系船会说些什么，抢先说出了口。"这是给传箭买包子吃的！"他在圈龙坊中，不管有没有钱，起码是不担心吃住的，而阳坊街上的孩子，虽然在盛世之中，也常有人会冻死饿死。

越系船的脸愈发地红了，捏住那角银子，没有说话。

"啊，对了，我这次来，是要告诉你最近要发生的一件大事的！"乌柏赶紧转移话题。

越系船撇了撇嘴。乌柏觉得奇怪，看着他。

"我知道，不就是吴宁边的一个劳什子公主要嫁到南渚来么！"

靠近落月湾，海浪的声音，淹没了灞桥的繁华，夕阳给褐色的大海镶上了一道金边，这里有海神寺的遗址，海鸟们在这些曾经庄严肃穆的殿堂遗址中搭建巢穴，把白色的鸟粪甩得到处都是。

"你怎么会知道！"乌柏惊讶地睁大了眼睛。

"什么我怎么会知道，整个灞桥都知道了呀！"越系船反而对乌柏的态度很奇怪，"是吴宁边扬大公最小的女儿，而且大家都说，扬大公会亲自来到灞桥呢！"

乌柏彻底目瞪口呆了，圈龙坊是非常接近南渚权力中枢的地方，坊中的少年，知道这件事的，也不过是赤研敬、赤研弘几人而已，这个消息什么时候传遍了南渚？

"谁跟你说的？"

"嗯？包子铺的马老板在说，锋凌炼坊的浮师傅也在说，野非门的城门守辛都尉在说，说书的陈二先生也在说，呃，陈二先生一开口,灞桥还有人不知道么?"越系船哈哈大笑起来。

"大家怎么说?"乌桕觉得自己笨到家了,赤研敬说什么秘商,什么争吵,没准都是胡说八道,不过为了骗取自己一点信任而已,自己也就真信了,这传遍了灞桥的八卦还拿出来贩卖,未免也太没意思。

"大家说,前几年吴宁边被澜青打得非常狼狈,多亏了咱们南渚的帮助才能站稳脚跟,这次把姑娘嫁过来,是要报恩。好没意思!"越系船的口气几许失望。

"怎么会,不是的!前几年两州大战,是木莲不守信义,突然偷袭吴宁边,才让局势倒向澜青一边的,咱们的星驰将军确实率军北上,但是不过是表明态度而已!"乌桕大略知道这件事,也知道扬觉动是越系船心中大大的英雄,这次这个无往而不胜的枭雄居然要把女儿嫁来南渚,想必他很难理解。

南渚偏安一隅,太平时光太长,不仅军心懈怠,官吏更是贪腐成风,近几十年来和周边诸州的大小摩擦,几乎都是讲和告终。南渚的赤铁军号称八荒劲旅,也只是在镇压民众反抗的时候格外生猛,虽然灞桥的贵族们过的都是纸醉金迷的生活,但是对升斗小民们来说,再繁荣的盛世,他们一样饥寒交迫。若是要越系船这样的贫苦渔民支持这些整天在他们头上作威作福的军队,简直没有可能。

果然,乌桕这话一说出来,越系船的眼睛一亮,道:"我就觉得他们在胡说八道,吴宁边如此强盛,对我们感什么恩,不过是贬低人家罢了!街头巷尾,这些人一个个得意扬扬,好像人家来见赤研大公,是来家里拜会他们自己一样,真不知道这自豪劲儿是哪里来的!都在那里说,这扬归梦是如何漂亮,如何聪颖,如何如何,这扬大人也是，怎么知道南渚这些人的小人嘴脸！"

"也不能完全这样说，恭世子人品那是没得说，和蔼亲切，又有学问，我见过他，将来要是他做了大公，保证大家的生活会过得好好的。"

"就你能说！"越系船一脸不以为然的神色，他咕嘟咕嘟把手中的麻叶袋喝了个干净，丢在了一旁。

越家的茅草房越来越近了，已经可以看到凌乱石基上灰色的土墙。第一次见的时候，乌桕十分疑惑，海边的房子这样盖，万一起风下雨，不是很危险？越海潮倒是安慰这个来自华丽建筑中的小朋友，没关系，就算塌了，也砸不伤人的。他给乌桕拿出晾晒的干咸梨子鱼，那洪亮的笑声仿佛还在耳边。

哪怕系船和传箭的父亲真的消失在大海中了，他们至少还有父亲，还有人陪他们度过了这样长的时光，自己呢？乌桕看着太阳渐渐向大海沉了下去，忽然有点情绪低落。

"我知道扬大公哪一天进城，不如我们那天去看热闹好不好？咱们这儿已经好多年没有来过这样的人物了！"越系船重重拍了一下乌桕的肩膀，"振作起来，伸出你的拳头！"

越系船伸出了他的胳膊，常年在海上捕鱼拉网，这是一条充满活力的臂膀，一条条青筋浮在鲜活的肌肉上，充满了青春的力量。越系船的手指攥起来的时候，乌桕听见了关节中发出咯咯的脆响。

乌桕也伸出了自己的胳膊，挽起袖子。十一岁的少年，胳膊瘦得跟麻秆一样，手指细长，所有的血管都隐藏在肌肤深处，只能看到苍白的皮肤上细细的汗毛，它们在渐渐变冷的海风中一根一根立了起来。真是令人羞愧!

"我们一起去看热闹!"乌桕收了胳膊,为了转移话题,转身把传箭抱了起来。路走得有些远了,传箭累了,眼睛渐渐就睁不开了。"传箭困了,我们先回家吧!"

"我猜扬觉动身边一定有一百名,不,两百名金甲武士护卫,他本人壮得像一头熊,骑的是最高大的坦提风马,他的胳膊比我的还要粗上一倍,在马上就能拉开最强的弓,而且,他能够掰断长柄的木枪……"

越系船的声音渐渐被海风带走了,这是一个打鱼少年对于英雄的全部想象。

【第三章】朱鹮醉

极细的金铁摩擦之声,豪麻与赤研星驰先后指推刀柄,刀出二寸,席间再度安静,只有赤研瑞谦紧巴巴的笑声在回荡。众人都看着扬觉动。

赤研井田显得非常疲惫,还带着点失望。他的眼神望向帘幕之后,成片银闪闪的刀锋在翩然跃动,只等一句命令。

时光似乎突然变得无限漫长。

(1)

刀在鞘中滑动,铁齿咬合精钢,发出生涩尖利的声响,让人的血液缓缓凝固,继而瞬间沸腾。

豪麻走马从野非门下穿过的时候,用手指轻轻把他的赤心推出了半寸。

灞桥的城门高大雄伟,青色的砖墙从济山脚下绵延而来,宛若长龙。伴随着晨光,城中一道道炊烟薄得透明,海鸟啸叫着低低盘旋,大海的呼吸沉稳而浑厚,掩盖了商旅们纷杂吵闹的声响。

豪麻一手松松地挽着马缰,他的目光一直盯在野非门上悬吊的三个朱漆木笼上,中间和左边的木笼装着两颗人头,右边的那个则空空荡荡地在风中摇晃。距离太远，他看不清楚笼中人头的表情。笼中的首级干瘪萎缩，海风和烈日蒸发了血肉。这两颗头颅被吊上门楼的日子显然不短了，但每个从野非门下经过的人，都忍不住去看上两眼，小声嘀咕几句。

这场面豪麻并不陌生，他虽然年轻，但已是吴宁边攻城拔寨的悍将，每次占领敌城，少不得要填上几个这样的木笼。只是在承平百年的南渚，百姓们似乎还没有习惯这样血腥的做法。豪麻在商旅繁茂的灞桥北门外停了片刻，对那个空着的木笼凝望了一会。

穿过城门的时候，他感到了赤心的不安，这把刀的主人原是大公的四弟扬觉风。扬觉风死的时候，只是一名十七岁的少年，但是他的马蹄却让整个离火原为之震颤。

"赤心的刀鞘很紧，要用你胸中的血溅到它的刀上，它才舍得出鞘。"

三年前，扬觉动在风旅河战场把赤心交到了他手上，说这句话的时候，他们的眼前一字排开的，是澜青的五万大军。敌人的骄傲和他们簇新的甲胄一样，正在太阳下闪闪发光。

随后，豪麻拔出了赤心，带着他的四千轻骑插入敌阵，就像鲨鱼的背鳍划开了平静的水面。

此后，赤心出鞘时生涩的金石摩擦声，便常伴豪麻左右，每次，它都会饱饮鲜血。渐渐地，这把刀越来越顺手，简直就像是他自己身体的一部分。

马儿随着人流穿过城门，即使人声喧闹，豪麻依然可以听见那些挂着木笼的铁链吱呀作响。

查验通关文书的过程异常顺利,灞桥繁华,拿了银两的门吏对这支三四十人的商队问都没问。

"想知道一天之后,我们的头会不会替下木笼中那几个可怜鬼么?"吴宁边右相浮明光身材高大,眉毛胡子都已斑白,看着豪麻问道。然后,这大陆上身份最尊贵的人之一、吴宁边大公爵扬觉动就在马上回过头来。

扬觉动笑了一笑,这个五十上下的男人鬓角已生白发,双眼顾盼有神,一身素净便装,看起来不过是个普通商人模样。

赤心还在跳跃,豪麻用力把它压回了刀鞘,发出喀的一声。

"浮叔真会开玩笑,我们是来定盟的,赤研井田要是真有龌龊心思,我们就把他的头颅挂上去好了。"豪麻的副将甲卓航咧开嘴,对浮明光笑道,"我的闷葫芦兄弟,他在想老婆!"

豪麻眉头一展,感觉脸上发热,甲卓航就是这样一个跳脱飞扬的性子,惯于胡说八道!

他回头,自己这一行三十四人,面上都有了风尘之色。从毛民镇出发以来,这已经是第七天了。扮作商旅进入南渚,一来联姻,二为定盟。

纵然已经在战场上纵横驰骋过,但这一次来得也实在不容易!

八荒神州的众多割据势力中,唯有吴宁边没有传承、没有血统,它的每一寸土地都是战士们一刀一枪夺来的。无论是第一任大公爵扬叶雨,还是现任大公扬觉动,都是八荒一时之雄。当然,吴宁边摧毁了旧吴,使它分裂衰弱,又强占富庶的宁州的大片土地,打破了木莲各州之间的实力均衡,因此引发了战火连绵。

三年前,扬觉动曾和宿敌、澜青州大公徐昊原有过一次生死之战,由于木莲的突然介入,扬觉动未能将澜青一举荡平。这一次,澜青和木莲再次集结大军,消息一传来,扬觉动便决心倾全州之力,做霹雳一击!

决胜千里的必要条件,是必须抚平四方关系。尤其重要的,吴宁边需要南渚这个商贸重地、鱼米之乡的全力支持。有了南渚的支持,吴宁边才有稳固的后方。赤研井田一定不喜欢吴宁边倒下,这意味着南渚失去了北面的屏障,届时,他便要直接面对木莲王朝的强大压力。

谈判由扬觉动的智囊疾白文和南渚左相米容光主持,具体磋商则由南渚礼宾典使占祥与吴宁边大将李精诚进行。经过长达数月的谈判,条件都已议定,最重要的一条,是扬觉动将小女儿扬归梦嫁给赤研井田的长子赤研恭。

那个活泼好动、蛮霸顽皮的小姑娘,就要嫁给南渚的世子了。

豪麻抿紧了嘴唇。

在扬家,女人和男人一样,都拥有爵位的继承权。两家结为血亲,这样的筹码不可谓不重。

万事俱备,只差定盟。

扬觉动忽然决定,要亲自来南渚看一看。

大公出境,大安城中的权贵炸了窝,只有豪麻一句话都没有说。他知道,扬觉动想要的,是天下,怎么可以少了肥美的南渚呢?

但豪麻还是很担心,赤研家族在八荒一贯有狡猾自私、背信弃义的名声，为了自己的利益，这个古老的家族能够做出任何事情。著名的白驹之盟中，南渚曾率先结盟旧吴对抗强大的木莲，但这并不妨碍它在背后不断蚕食旧吴的疆域。

浮明光说得没错，豪麻的心时时刻刻都悬在半空。他是扬觉动手下以强悍闻名的将领，也是此行扬觉动的第一护卫。走过城门的那一刻，强烈的不安在他心里的每个角落弥散开来。他确实害怕，一天之后，扬觉动的首级会被装进那个空空的木笼中。

尤其不妥的是，进了灞桥，街谈巷议竟都是两州定盟的消息。这样绝密的消息是怎样传到普通百姓的耳朵里的？他们开始面面相觑，神情不觉都变得凝重起来，毫无疑问，不是每个人都喜欢他们，接下来会发生什么，谁也不知道。

只是箭在弦上，不得不发。入城之后，豪麻的手再没有离开过刀柄。

(2)

灞桥城里果然繁华，只他们路过的这条阳坊街，各种商铺酒馆就连成一片，醉醺醺的酒客们在拍着桌子大声争辩，挑着货担的行人为了避让车马，只能常常避在街旁的屋檐下。

不到半炷香的时间，鸿蒙商栈的招牌就出现在了众人的面前。

"就是这里吧，又可以住店，又可以吃饭，还真他娘的气派！"神箭手伍平用手遮住阳光，抬眼望着那四个金灿灿的大字。

商队还没到客栈大门，小二已经迎出门来。

"甲卓航、甲卓航?"浮明光和豪麻同时皱起了眉头。

甲卓航出身商业巨族,是吴宁边军中的理财好手,负责众人一路的差旅经营,只是生性诙谐贪玩,此刻却不知哪里去了。

"我来吧!"一贯沉默的骑兵教习尚山谷先走进了商栈。

谁进来都没关系,只要银钱放在桌上,南渚人的热情和精明便同时迸发了出来。很快,众人便被安排得妥妥当当,扬觉动则和豪麻、浮明光等几人,登上了二楼临街的座位。

伙计殷勤,上来布了几道小菜,拿来一壶当地的鸿蒙酒。豪麻伸手要接过酒壶,扬觉动却自己加了一杯酒,道:"不必了。"

浮明光道:"大公,这也快正午时分了,占祥怎么还没有消息?灞桥街谈巷议的都是这件事,恐怕不妥当。要不要早作准备?"

鸿蒙商栈门前,贩夫走卒来来往往,一派繁华景象。

良久,扬觉动才收回自己的目光,道:"没有迎礼是我们的约定,本来是密约,平平静静也是应该。赤研井田为人虽小气了些,但还不愿意木莲独霸八荒。倒是对那不通款曲的赤研瑞谦,要多些心思。尚山岳的丰收商会和朱盛世过往紧密,恐怕对这位二大公的财路多有妨碍。"

浮明光点头,没有再说话。

扬觉动略停了停,又道:"我以为吴宁边这些年经营尚好,已经颇具规模,但与眼下这繁华景象相比,竟是大大不如。这许多年木莲对南渚鞭长莫及,赤研家却是辜负了大好时光啊!"

豪麻看着扬觉动,那张他熟悉的面庞上已经有了深深的倦怠,二十年来,这个人几乎都在四处征战,而今,平和安宁的生活却似乎离他越来越远。

他知道扬觉动的话大有深意,今日木莲权力衰微,民怨沸腾,诸州之间攻伐不断,日光木莲王朝已坐在了火山口上。南渚偏安一隅,百年未有大的战事,又拥有海陆贸易和万顷良田,如此得天独厚的争霸条件,偏偏武备松弛,民风柔弱,覆巢之下无完卵,如战火再起,这满眼的丰饶如不能撑起千秋霸业,必定化作一缕云烟。

几人缓缓闲聊,豪麻的目光始终盯着商栈门前大路。此次扬觉动亲临南渚,本是一等一的机密。按照约定,他们入住鸿蒙商栈后,占祥将亲来迎接,引他们入青华坊。可是不知道是什么缘故,如今天已正午,占祥却毫无踪影。豪麻心中烦躁,强压着性子坐在座位上,后来扬觉动和浮明光又说了些什么,竟是一丝一毫也没听进去。

"公子、公子,楼上实在是客满……"小二一句话没有说完,伸开的双臂忽然合拢,去接甲卓航抛来的银子,不由自主地让开了一条路,甲卓航三步两步就来到了桌前。

只不过片刻不见,他身上七零八落,已经挂上了许多灞桥街上买来的物件,浓粉艳绿煞是好看,连外衣也换了上等春衫,只是眉宇间却藏不住焦急。

"大公,青华坊正在集结兵马,直奔这里而来,请早作决断!"甲卓航的声音压得极低。他一句话没说完,另一桌的伍平已经呼地站起,手就要伸向自己包裹里的家什。

"干什么!"豪麻回过神来,冷着脸看了伍平一眼,此刻他的心里也万马奔腾,只是为将和为兵不同,不是一味武勇就可以解决问题。

伍平闷哼一声,坐在椅子上,吼道:"小二,酒上得快些!"

豪麻不去理他，却多看了尚山谷一眼，他要确定，队伍中的所有人都已做好了撤退的准备。

扬觉动却向甲卓航招手，道："来，坐下，慢慢聊。"

(3)

赤研家族已盘踞南渚百年，这青华坊一直是南渚的行政中心、赤研家族权力的象征。豪麻虽然坐着，但整个人都绷得很紧，他很想知道，赤研井田从青华坊派来的，到底是一支怎样的队伍。

果然，不一刻，商栈前的大路上便开始骚动，两队赤铁军跑步奔来，一路呼喝，气势非凡。兵士们把南渚黑红两色的军帜五步一支，插了满街。接着，由八位驾着枣红骏马的武士作为前导，一架六马鎏金銮大车流苏带风，气势万千地向商栈而来。

扬觉动眉头微皱。

豪麻神色冷峻、面无表情，没有他的命令，吴宁边的武士们依然端坐，饮酒吃菜。

浮明光低声道："诸侯礼制，锦旗迎宾，现在军旗相列，说好的密会变成了堂会，这赤研井田到底是什么意思？"

扬觉动把手放在豪麻握刀的手上，轻轻按了按，一股温热让豪麻心底一暖。

"既来之，则安之。木莲尚且不想与我撕破脸皮，何况南渚？我们静观其变好了。"

说话间，商栈门口已经排好了阵仗，十数丈的空间内空无一人，百姓走得慢的,被兵士踢得连滚带爬。这些兵士表情肃穆,身姿挺拔,都望向那辆鎏金銮大车,等车稳稳停下,车上走下来一个身材微胖的中年男子,他头戴深红貂皮帽盔,胸前挂串金玉璎珞,贵气逼人。

这人大步走到商栈门口,昂首去望那门上匾额,商栈老板早带着随从奔出,在那男子面前下拜,道:"二大公今日好兴致,小的们未及远迎,死罪死罪!"

"朱里染呢?"那人语声不高,透着一股威严。

那胖胖的商栈老板满脸堆着笑,道:"叔叔身体不好,下楼不便,顷刻就到,顷刻就到!"

客栈内的客人听得"二大公"的名号,无论外州本州,轰地乱作一团,二楼的客人则尽皆站起,拥到栏边观望,只有随同扬觉动来的这数十人神情不变,纹丝不动,一下子便突了出来,成为众人目光的焦点。

甲卓航凑到栏杆前,俯身下望,面露不屑,哼了一声,道:"好大的架子!"

浮明光眉头一皱,道:"不要乱说话!"这边扬觉动已经站起,伸手把豪麻拦在身后,只轻轻咳了一声,当头走下楼去。

离站在客栈门口顾盼自雄的"二大公"越来越近了,扬觉动脚步从容,豪麻的掌心却冒出了冷汗。

"今天不知道来了什么人物,竟要城守大人亲自出现!"

"前阵子二大公手下砸了朱家铺子,这次是不是要来抄朱家的家呀?"

在人们的窃窃私语声中,扬觉动一行走下楼来,又听到人群中几声嘀咕:"今日二大公如何便穿起军服了?"距离越近,扬觉动脸上的笑意越浓,伸臂迎了过去。

果然是他,南渚威锐公爵、灞桥城守、大公赤研井田的兄长赤研瑞谦。赤研瑞谦眼睛不大,远看只有一条缝隙,一张多肉圆脸鼓鼓胀胀,身上火红铠甲油亮发光,透过华美甲胄的缝隙,可见打底的宁州云锦,华贵庄严。

豪麻紧跟在扬觉动身后,寸步不离。显然,赤研瑞谦已经知道了扬觉动的身份。

扬觉动的双臂依然伸着,赤研瑞谦却纹丝不动,眯着眼睛把扬觉动上上下下打量了一遍,这一刻安静得可怕,所有的喧哗都消失无踪。

豪麻从没有经过这样难熬的时刻,他看着赤研瑞谦的嘴角一点一点慢慢翘起,终于变成了一个笑脸,大声招呼:"扬大公别来无恙,今日莅临南渚,我们真是怠慢了。"说着走上前来,打了一个拱手,腿也不伸,只是做了一个将要拜倒的姿势。

这一口气憋得好长,再呼吸时,豪麻几乎将一颗心吐了出去。

扬觉动脸上笑容不变,笑声爽朗,不等赤研瑞谦慢吞吞去完成动作,忙一把托住赤研瑞谦将要前送的双手,道:"哎,威锐公实在是见外了,你戎装在身,不必拘礼。你我多年不见,正怕生疏了,我们道路不熟,还有劳公爵引路,让我也有机会去青华坊拜访瞻仰。"

赤研瑞谦嘿嘿发笑,做了一个请的姿势。豪麻看着他那僵硬的笑容,心中怒意渐升,这赤研瑞谦连最基本的礼节都不愿完成,更当街叫破扬觉动的身份,异地大公在这样的情况下现身街市,自然气势全无,好不尴尬。

"朱里染见过威锐公爵。"一个颤颤巍巍的老者在仆役的搀扶下出现在众人面前。鸿蒙商会大老板的出现引起了一阵骚动,这个南渚口口相传的神秘人物,原来竟然是个干瘪瘦弱的小老头。

赤研瑞谦却不理睬,只是把双手背到了身后,引扬觉动一行出门。他昂首挺胸走在前面,浑身叮当作响,身后仆从如云,引得路人纷纷侧目。

走出十余丈,豪麻才发现,停在商栈门口的,除了一辆鎏金鎏六马大车外,还有一辆双马金丝楠木卧车。扬觉动一路微笑跟从,直到看到这辆小车,脚步才微微顿了一顿。

赤研瑞谦拱手道:"此次大公秘密来访,南渚人多耳杂,井田大公的意思,还是低调为好。只好委屈大公坐一坐这双马卧车了。"

豪麻一股热血涌上头顶,扭头去看扬觉动。

如果说秘密,扬觉动一行人神不知鬼不觉进入南渚,可算秘密,但一进灞桥,却发现贩夫走卒街谈巷议都是吴宁边大公将要入城嫁女的消息,不知道南渚这秘密是如何守的。既已公开,这赤研瑞谦偏又弄来一辆不合礼制的平民之车,勉强扬觉动登车。这样的吆五喝六,招摇过市,无非是想让全城都知道,吴宁边大公是在怎样卑微的情况下,去觐见赤研井田。

这样的境况,连浮明光脸上都显出怒容,反倒是扬觉动的神情不见异样。

这边正在寒暄,豪麻瞥到那个原定的密使占祥被挤在人群之外,一脸焦急,满头虚汗。他见豪麻总算注意到他,先瞄了一眼远去的赤研瑞谦，这才抬起手来，比个手势，这是表示前路无忧的意思，豪麻稍稍放心，也对占祥点了点头。

两州谈判，豪麻也代表扬觉动参与其中。这占祥是赤研井田身边的要员，骄傲自负、自视甚高，但为人却一贯拖泥带水、首鼠两端。赤研井田对他委以重任，他便生怕办砸掉，从占祥小心翼翼、色厉内荏的讨价还价中，倒是可以看出赤研井田也是着意促成本次联姻的。因为木莲一旦决定全力支持澜青，以它绝对控制的中北十州兵力压下来，吴宁边必被摧毁。要想维持八荒实力均衡，当年白驹之盟定下的南北对抗姿态必将重现，吴国已经消失，南渚必须同宁州、浮玉、白吴、李吴、吴宁边等诸州再次联合才行。

这一次密迎扬觉动入青华坊，这占祥看起来比自己还要紧张，也许南渚内部对这样大的举动也有不同意见。譬如，这个突然出现的赤研瑞谦，居然调来一队兵马，劫法场一般大呼小叫地来迎扬大公，这样低劣的示威，不是对方有十足的把握，就是希望吴宁边自己在压力下乱了阵脚。豪麻最担心的，是赤研井田变卦，然而看到了占祥的表现，今天的迎客，也许并不是赤研井田的意思。

但是，赤研瑞谦竟可以这样违逆南渚大公的意志么？虽然，那是他的弟弟。

更为好笑的事情发生了，占祥在人群之中，有话要说，又怕赤研瑞谦注意到他，就泥鳅一样左钻右挤，却近不得扬觉动的身旁。直到赤研瑞谦对扬觉动说了一个请字，自行上了鎏金銮车。占祥才凑上前来，作为此次迎宾密使，他竟连个和扬觉动说话的机会都没有，已然气得浑身发抖。

看赤研瑞谦已绝尘而去，占祥挺起胸脯，大步向前，想穿过卫士们的队伍，不料却被护卫的赤铁军横臂挡下。他脸上当即变了颜色，还想硬冲，对方一挺胸脯，又把他挤在一边。

豪麻觉得好笑，旁边的甲卓航已经是笑了出来，不知道这身着普通人服饰的南渚高官在这里折腾什么。只见占祥一把撸下帽子，捏在手里，叉腰指着旁边的兵士破口骂道："你是什么东西！不过家奴一名！竟也如此嚣张！"那兵士不屑地白了他一眼，依旧纹丝不动，一股红色便从占祥的脖子根儿忽地升起。

"这回可以直入青华坊了。"豪麻把占祥事先给的通行密令拍在甲卓航手心，甲卓航在手里掂了掂，顺手就把这枚银戒抛给了伍平。

银戒在日光下翻滚，闪闪发光，落入了伍平粗大的手掌。

占祥脸上青一阵红一阵，站在那里左右晃了一会儿，愤愤甩袖而去。

扬觉动看占祥的身影消失在人群中，道："走吧。"

豪麻弯腰替扬觉动掀开车帘，扬觉动便躬身钻了进去。

一路跟在扬觉动身边的，不过浮明光、豪麻几人，他们正要随行，但那赤铁军兵士却伸手一拦，把众人都挡在身后。浮明光眉头一皱，低咳了一声，甲卓航的手便放在了刀柄之上。

车帘掀起，扬觉动道："老浮，大家都累了，好好歇歇，你们都在这里等我回来，豪麻跟着我就行了。"

有了扬觉动的这句话，众人没有再挪动半步，所有人的目光都停在了豪麻身上。

"你要的东西，我给你买好！"甲卓航瞪着豪麻，用手拍了拍自己的佩刀。

豪麻则挺直了胸膛，最后看了一眼这些一起出生入死的兄弟，返身进入了车内。

(4)

车帘落下，车内光线一下子暗了下来，仿佛是另一个世界。

这卧车虽小，但并不简陋，极是平稳、舒服。距离青华坊稍有路程，一路上喧闹嘈杂，市声传入帘幕，都像是针对车内二人而发。

扬觉动和豪麻相向而坐。

如果此行真是一个陷阱，说不得也只好把自己的命交代在这里。那赤研瑞谦骄横跋扈，对大公怠慢不恭，将来必得诛杀！扬觉动纵横沙场三十年，什么时候受过这样的委屈！豪麻心中越想越不舒服，不由得紧绷着脸，眉宇间杀气弥漫。

他十二岁进入扬府，充当马童，就在扬觉动身边长大，对这个严厉的老人视若父兄，敬若神明，一向不能容许有人对扬觉动有一丝一毫的不敬。

扬觉动闭目不语，脸上的法令纹深了许多，一改刚才容光焕发的模样，显得十分疲惫。

"这赤研井田欺人太甚。"豪麻闷闷地说。

"不要紧，看占祥的表现，这不是赤研井田的意思。兄弟间有分歧，这是好事。"扬觉动并不睁眼，"赤研家族的支持很重要，南渚商道稳固，我们就没有后顾之忧。"

停了一刻,他睁开眼看着豪麻,又道:"年轻的时候,人容易心急,心思要转得慢一点,你真的慢了,头绪、机缘都会自己出现。"

豪麻点头,但眉宇间的戾气不见消散,忍了半天,终于还是问了一句:"大公,你真的要将梦公主嫁给赤研恭吗?"

扬觉动眉毛一跳,简单地嗯了一声,便又无话。

易子为质,是百年来王国诸侯间通行的结盟手段,但若遇到扬觉动这样没有儿子的,便只剩了政治婚姻一条路。

扬觉动的眼睛很深邃,豪麻看不透里面到底藏着什么。

他是底层小民出身,也经历过惊心动魄的恢宏场面,十四岁以后,跟着扬觉动左右征讨,出入朝堂,当真是历经刀兵生死、看破锦绣繁华。从心里面来说,这绝对不是一桩好亲事,不用多么聪明的脑袋,谁都知道政治联姻大多数以悲剧告终。豪麻曾被扬觉动送入木莲军中两年,跟随青石卫转战南北,亲眼见过那些身世显赫的王公贵胄为质他乡的屈辱生活。他身世贫贱,以前遇到这些身不由己的世族子弟,还会有那么一丝报复性的快意,然而等到这件事情竟真的落在扬归梦的身上,他却实在无法接受。

打得过就打,打不过就死,为什么要把自己最亲的人送到陌生人手里作践?他的家人请托打点,把十二岁的他送进扬府,这时扬觉动的大女儿已经远嫁木莲,扬府中的两个宝贝,娴公主扬一依和梦公主扬归梦比豪麻还要小,不过是两个天真的小姑娘。

扬家没有寻常富贵人家的势利眼,扬一依温婉,扬归梦执拗,虽然豪麻只是个马童,但两个女孩都把豪麻当哥哥一般看待。尤其是扬一依,从小知书达礼,对人温柔体贴,对他更是多加照拂。而豪麻心中只是羞愧，面对扬一依的关心，他每次都手足无措，到了后来，则是能躲就躲，一个下等马童和一地大公之女之间的距离，恐怕比天上人间的距离还要远些。他多少还有些自知之明。

而那个顽皮的小姑娘扬归梦则和她的姐姐完全相反，爱玩爱闹，每天没有一刻安静，连一贯严厉的扬觉动也对她没有办法。等到年岁渐长，豪麻也跟随浮明光学了一身技艺，扬归梦更是把他黏住不放，在外面打架吃了亏要来找他，学了几手新的招式要来找他，甚至想到什么整人的鬼点子，也要拿他来试验。与和扬一依相处时的手足无措不同，扬归梦虽容貌漂亮，但个性更像个男孩子，所以豪麻和她之间，一向大大咧咧。

他有心打探扬一依的情况，对扬归梦的要求便总是尽量满足，而扬归梦也看出他对扬一依格外用心，更是拿着鸡毛当令箭，找豪麻做的事情，一大半都打着扬一依的旗号，豪麻满心无奈，但心甘情愿。

从心底来说，扬归梦也是他亲爱的小妹妹。

可是不知什么时候，这个天真活泼的姑娘竟慢慢长大了，居然要被嫁给一个千里之外的陌生人了。

"你出来前，一依有没有和你说过些什么？"扬觉动问。

"她想尝尝济山的青橘。"豪麻内心涌起一股暖意。

"好，你们在一起，我很放心。"

"我永远不会辜负娴公主！"豪麻低声回复，声音坚定。

怎么会呢？辜负那个珍宝一样的姑娘！几个月前，扬觉动在青基台上，当着吴宁边的满朝文武，拉过扬一依，把她的手放在了豪麻的掌心之中。那一刻，豪麻不敢相信自己的眼睛。

扬家的公主居然许给了一个马童！虽然那时他已经是吴宁边骠骑将军，代替扬觉动，和百济公扬丰烈一同节制全州兵马。

豪麻十四岁从军，一直跟在扬觉动麾下，扬觉动对他格外支持关照，他也悍不畏死、力争上游，十七岁获得人生第一场大胜，被扬觉动送入木莲勤王，十九岁回归，参与风旅河大战，连败澜青名将，此后三年南征北战，身披数十创，所部横扫数州，战绩震惊八荒！但在这个老人身边，他永远不敢骄傲，在那个明眸如水的女子面前，他更是感觉卑微。他确实默默喜欢着娴公主，但他怎么也不会想到，有一天，扬觉动居然会真的把她交到自己的手上。

扬觉动宣布，当变乱初定，他们将择期成婚。

万众瞩目的青基台上，扬一依的脸红了。

她愿意，她愿意和我在一起！豪麻如此激动，都没有意识到自己捏疼了她，如此不可思议的幸福，竟这样荣耀地降临到了他的身上，战场之外，第一次，他充满自信地挺起了胸膛。

他永远不会辜负扬一依，永远！他会永远照顾她、呵护她、珍惜她，直到黑色的死亡来临。

"早些回来，我等你回来。"这次出发前，扬一依把手帕系到了他的衣襟上，"我希望我需要你的时候，你永远在。"

她笑着问："你会吗？"

"我会，一定会！"从这一刻开始，从来把生死置之度外的豪麻忽然开始忧虑死亡。他要回来，护着大公，回到大安城，回到和扬一依告别的地方！

似乎碾到了一颗石子，木车轮颠簸了一下，车窗上的几层薄纱摆动交错，露出了一条缝隙，车内多了一条明亮的阳光。

豪麻不知道扬觉动为什么突然提起扬一依，此刻他担忧的，是关系到此行安危的另一件大事。

就在十几日前，原定将要嫁给赤研恭的扬归梦突然逃跑了。

扬归梦出嫁，是两州密盟的最重要的条件。这个秘密决定，扬觉动并没有正式通知扬归梦，军中也绝少有人知晓。

三个女儿中，扬归梦是庶出，最小，但扬觉动最疼爱的也正是扬归梦。所以扬归梦从小到大，几乎没有受过委屈。不过扬觉动的脾气向来是说一不二的，扬归梦同样知道，父亲只要决定了什么，便再没有讨价还价的余地。

十几日前，扬归梦就有些不对劲，格外招摇，正闹得整个大安城鸡飞狗跳，然后忽然和她的老师道逸舟一起消失了。浮明光马上派人去追，四路人马中，唯有西南一路无人回报，众人都很意外。扬觉动更是因此大发脾气，怕就怕扬归梦已经被南渚劫走了，定盟一事，就此生出无数变数。

豪麻在军中，知道虽然表面上日光木莲局势风平浪静，但是底下暗流汹涌，澜青州大公徐昊原和扬觉动一向不和，三年前两地交兵，徐昊原兵败，此后一直在厉兵秣马，意图反扑。吴宁边实力强于澜青，扬觉动上次大兵压境，眼看就要一举拿下澜青州，想不到木莲突然出兵，攻占吴宁边补给要道南津镇，掐断了扬觉动大军的粮道，害得扬觉动在占据全面优势的情况下，几乎丧师风旅河。而那一次木莲出兵不过是小试牛刀，皇朝内部正乱，并没有倾力干涉。

这一次，木莲皇帝朝守谦再次集结军队，更让扬觉动小心警惕。

吴宁边成立二十年来，扬家一直对木莲保持谦卑姿态，避免直接冲突，然而实力说明了一切。吴宁边的强大已经让木莲不能坐视。

这一次徐昊原兵力异动，扬觉动便疑心木莲是幕后推手。假如真是这样，这一战便再无退路，木莲今天依然是白驹之盟的盟主，如果吴宁边失败，即便是在道义上，也会出现八荒共伐的局面，吴宁边的倾覆，只在转眼间。南渚武备较弱，但资财丰足，有赤研家族的支持，吴宁边才有获胜的可能。

三年前，赤研井田不愿吴宁边全面崩溃，所以出兵相助，这一次呢？

这个形势扬觉动懂，赤研井田懂，徐昊原和木莲皇帝朝守谦更没有不懂的道理。偏安一隅的南渚就这样成了帝国棋盘上一颗至关重要的棋子。

然而天下大棋盘上诸位霸主举棋未落，就在这个当口，扬觉动小棋盘上最重要的棋子扬归梦却跑了。议定的定盟日期已到，扬归梦依旧毫无消息，虽说定亲和迎亲尚隔时日，但到时能否找到扬归梦也是未知。

在扬归梦不知所踪的情况下，扬觉动照常进行他的南渚之行，就有了孤身犯险的意味。只是这个猛虎一样的人同样绝顶聪明，从来不需要别人提醒。

豪麻直起了身子，嘴角拉成了一条直线。

马车摇晃前行，微风吹动车帘，离开大安城已有十余日，不知道扬一依过得可好。

市声渐止，青华坊就在眼前，豪麻一颗心悬着，跟着马车荡来荡去,右手始终紧紧握在刀柄上,捏得指节发白。

(5)

青华坊前甬道,赤铁军武士排成两行,威武雄壮。

豪麻先下,抬手替扬觉动掀开车帘。

正是午后,天际白云如丝,阳光耀眼。

赤研瑞谦不见踪影,一名赤铁军校尉上前引二人前行。

前堂影壁前,一位青年将领守候已久,他一身红色盔甲略显陈旧,虽经过打磨保养,但依然隐有刀砍斧斫的痕迹。此刻远远见扬觉动行来,他前趋俯身半跪,腰刀点地,先行了一个标准的大礼,浑身甲胄哗啦作响,朗声道:"拜见大公爵!"

扬觉动快步上前,将他扶起,连声道:"星驰将军快起,不必拘礼!"

这个俊朗青年豪麻并不陌生,他是南渚王族,大公赤研井田的侄子赤研星驰,幼年曾入质木莲,以军功被封冠军侯,现任南渚赤铁军副都统。

赤研星驰礼毕站起,双手一振,全院赤铁军侍卫接着轰然跪倒,以木莲标准行大军礼,同呼:"拜见吴宁边大公扬觉动大将军!"一时间地动山摇。

扬觉动仿佛身在连营之中,微微点头,不再说话,右手做了一个起的姿势。哗啦一声响,所有兵士同时起身,确实是训练有素的精兵强将。

赤研星驰这才迎上一步抱拳："大公安好！"侧身又对豪麻："豪麻将军安好！"扬觉动笑得和蔼，豪麻则拱手还礼："星驰将军多礼了！"

见礼已毕，赤研星驰冲豪麻笑笑，又举起了一只右手。豪麻犹豫了一下，也伸手出去，和那只手有力地握在了一起。豪麻和这赤研星驰颇有交情，今日这等场合相见，心中都带三分感慨。

吴宁边首府大安城地处离火原要冲，为兵家必争之地，加之近年来木莲内外交困，对各州的控制力日渐衰弱，扬觉动坐大，引发各派势力猜忌，诸侯间冲突不断。

三年前，扬觉动的宿敌、澜青州大公徐昊原自恃实力雄厚，自首府平明城发兵东进，掠取吴宁边商地，正给扬觉动争霸机会。扬觉动亲率大军，击破澜青军，长驱直入。豪麻正是在这场战役中充作前锋，连战连捷，让澜青将士闻声色变。

正当战事胶着之时，作为宗主国的木莲王朝以居中调停为名，趁扬觉动主力在外，突然发兵越过风旅河，抢占吴宁边战略要地南津镇，断绝扬觉动大军补给。扬觉动三万主力措手不及，被徐昊原堵在了平明丘陵。

吴宁边与南渚都是独立于木莲的割据势力，一向唇齿相依。南渚大公赤研井田为势力均衡计，不愿扬觉动受到毁灭性打击，于是派赤研星驰调兵北上，与吴宁边军队一同击退了澜青军。

豪麻亲历了整场战役，战役中最为困顿的时候，他见到了风尘仆仆率兵赶来的赤研星驰。当日驰援风旅河的八千赤铁军大都缺乏临阵经验，而赤研星驰则看起来一脸文气，豪麻知道他是个出身王族的公子哥，对他的第一印象并不好。南渚这支军队，又的确不像能够冲锋陷阵的样子。扬觉动大概有着同样的判断，于是决定将赤研部留中不发，依然派豪麻统帅自己的嫡系部队与澜青部队短兵相接。

吴宁边从上到下，完全明白，南渚当然不会将自己的精锐投入战场。赤研星驰所率部队本是来掠阵压惊、表明态度的。但让豪麻没有想到的是，在自己的四千轻骑浴血苦战、陷入重围、刀损粮尽之际，居然是这个一脸文气的赤研星驰带着赤铁军冲上前线。坦率说，八千赤铁军的战力有限、临场混乱，有冲击力的，不过是赤研星驰贴身的银梭营一支，但这一次山呼海啸的冲击彻底表明了南渚对吴宁边的支持态度，促使澜青军队提前撤出了战场，豪麻残余的两千骑兵也得以保全。

当日离火原一战之后，众人把酒言欢，赤研星驰带着副将关声闻特地找到豪麻和甲卓航。先是惊奇于吴宁边兵士已经饿了几天肚子，稍作补充，即上战场，却仍有战力。继而讨教如何在逆境之中，让兵士纪律不散、拼死效力。看得出来，这个赤研星驰并不是个简单的纨绔子弟。

在军阵之中滚刀子滚出来的战士，对同袍战友自有一份特殊的相惜相敬之情。豪麻不知道赤研星驰带领部下这样隆重地迎接究竟是出于本心，还是代表了大公赤研井田的意思。但连番冷遇之后，赤研星驰的一片赤诚，还是让他颇为感动。

三年不见，赤研星驰面上的明朗已经褪去，带了些心事重重的模样，人也显得更加成熟挺拔。他依旧穿着当年那身铠甲，上面多出来的许多刀斧痕迹，正是一个军人的勋章。赤研星驰也把扬觉动和豪麻上下打量了一遍，然后，和豪麻相对一笑，抿着嘴角，引着二人走过那些曲折的回廊。

一路上，赤研星驰的手指都在轻轻叩击刀鞘。

豪麻注意到了这个小动作，当日风旅河战场上，这正是赤研星驰每逢大战的习惯动作。豪麻心中一沉，赤研星驰一人实力就十分强劲，今日如生变故，大概生还之望渺茫，说不得自己也只能拼命一搏，看能不能刺得赤研兄弟的性命。

说话间，已经进入青华坊大堂，这里画栋雕梁、熏香缭绕，果然一派富丽堂皇。

正中雕有海兽犬颉的铁木镶金座椅上，站起了南渚大公赤研井田，他遥遥起身拱手，哈哈笑道："扬大公远道而来，未及远迎，罪过罪过！"这赤研井田细眉长目，窄脸薄唇，不知为何，和那赤研瑞谦并不十分相像，态度倒很是热情。

扬觉动表情也极为亲热，拱手还礼，道："赤研大公多年不见，身体仍然康泰！"

双方见礼一过，便由侍从引导坐定。

赤研井田居中主位，扬觉动坐左首主宾位，豪麻陪坐，赤研瑞谦坐右首，与扬觉动相向，赤研星驰陪坐，再往下两边依次是南渚高品阶文武官员。豪麻估量了一下，自己与赤研井田之间的距离在三丈开外，而与赤研瑞谦之间的距离更远，赤研井田身边有持刀护卫，赤研瑞谦身旁则坐着赤研星驰。如果真翻起脸了，恐怕也只能相机而动了。

占祥坐在赤研星驰下首不远，目不转睛地瞪着扬觉动和豪麻，一会儿又偷瞄赤研瑞谦，神色不定，豪麻不禁多看了他几眼。

不谈国事，赤研瑞谦先招呼开宴，乐声淙淙，菜品便流水般端了上来。

南渚靠海，先上的却是极北寒地的鹿肉、熊掌、驼峰、绒鸡四味，随后摆上荷叶鳜鱼、雪梨龙蟹、济山豆腐、杏仁鹧鸪四道南渚名菜。所上菜品均极为精致，更有一道琉璃鱼骨，是鸿蒙海中特产，一碗乳白浓汤中浮着一节弯曲透明的红色骨架，晶莹剔透，看起来不似食物，倒像一件难得的工艺品，极为诱人。

细细分辨，宴上诸般菜品大多是南渚本地难觅的上上佳品。其中绒鸡一味，竟是吴宁边特产野味，是离火原东部红叶野鸡错时串种所生，所产绒鸡只有一代，不能复生小鸡，因此极为难得，就是在吴宁边，想吃到这道菜也要看时令和运气。

每道菜品上桌，侍女都会金盘布菜，详加说明，扬觉动便一一品尝，微微颔首。

豪麻自然也是见过大场面的人，此刻看到赤研井田如此排场，也忍不住暗叹南渚富饶，百年来的商贸往来积累下的丰饶，果然名不虚传。

宾主寒暄未已，两名侍从已经端上金杯玉盏，为众人添酒。这酒色微青，弥漫一股稻香，正是上好的特酿鸿蒙酒。

酒尚未倒完，赤研瑞谦便举杯先尝，抿了一口，便大皱眉头，吐在一旁的碗中，嚷道："今日是两州大公相会的场合，怎么不上朱鲸醉？正好我还藏有一坛，大家一起来饮。"说着挥手，让人上酒。

他此言一出，赤研井田微微一愣，随即转向扬觉动笑道："也是，扬大公远来，也许未尝过我南渚的特产呢。"

豪麻已经打定主意滴酒不沾，以防酒后生变，所以对此细节也未留意，倒是把那几道菜品一一尝来，鲜、浓、滑、软，滋味各有不同，及至尝到那琉璃鱼骨，甫一伸筷，忽见对面占祥眼神闪烁，不禁敏感起来，放下筷子，不再动它，正要提醒扬觉动，不想扬觉动已经夹起一节鱼骨，放入了口中。

顷刻侍从再上，便端上来数觞琥珀美酒，分与首座数人。这酒颜色深红清亮，仿若胭脂，中有寸长一丝红线在杯中飘动，极是奇特。豪麻忍不住又看了占祥一眼，他却低眉垂眼，一脸愁苦，不知在想些什么，豪麻不禁心中暗暗奇怪。

美酒已满，大公赤研井田起身举杯为寿，道："这杯酒首先是个欢迎的意思，我们两州都在木莲东南，木莲建国，我们两家都曾鼎力相助，今日商旅往来、络绎不绝，就是我们两家结好的明证。如今恰逢暮春，八荒变乱，扬大公亲临灞桥，更是多了一层唇齿相依的意思。来，赤研井田不才，提议为两州万千百姓的和乐安康共饮这一杯！"

豪麻心中稍稍一松，赤研井田话说得周密，也是先给酒宴定了调子，此刻众人都是一饮而尽，细品其中滋味。唯有他只是略沾了沾唇，并未饮下。刚停杯落座，就见占祥眼神游移。

果然，赤研瑞谦遥遥指着豪麻，奇道："你怎么不喝？"

豪麻拱手道："有劳威锐公美意，豪麻自小体质殊异，难饮玉液琼浆。"

赤研瑞谦脸色一变，把酒杯往桌上砰地一放，道："这就是你的不是了,这朱鲸醉,难得得很,且有通血强体之效。我南渚大公举杯为寿,你竟不喝!想要怎样!"

赤研瑞谦果然来意不善,先抬出了赤研井田,控诉豪麻倨傲不恭。

豪麻眯眼,转向赤研井田,只见他也放下酒杯,面有不豫之色。豪麻略一思忖,放下酒杯,起身拜道:"非豪麻不饮,实在是豪麻酒后言行无状,怕惊扰朝堂,还请大公恕罪!"

赤研井田看了赤研瑞谦一眼,说:"哎,算了,豪麻将军不必多虑,威锐公不过是心直口快罢了,你不善饮,那就我们几人一醉方休好了。"

见赤研井田说话,赤研瑞谦不便再行发难,只是对着豪麻嘿嘿一笑,把豪麻笑得浑身一冷,偏过头去看扬觉动,却发现扬觉动面色发红,神思恍惚,竟似有了几分醉意。

(6)

看到扬觉动的神态不对,豪麻心中大惊,扬觉动本是善饮之人,只几杯酒下肚,怎么会如此异常?他端起酒杯轻轻抿了一口,倒不觉有什么异样。

赤研星驰看他疑惑,叹了口气,便道:"豪麻兄弟有所不知,这朱鲸醉是我南渚神品,要将浮玉稻发酵三蒸三聚后,再加入济山黄米酒曲及深海鲸血酿造而成,喝完能使人飘飘欲仙,的确是解乏宁神的极品。"说到此处,他戛然而止,似乎还有些话未说,便生生收回了肚里。

豪麻心中更是奇怪，忽地想到了刚才他要吃那鱼骨的时候，占祥的古怪神情，他心中焦急，便又折了一小段鱼骨放入口中。那鱼骨温暖燥热，入口即化，一股浓香入口，直达心窝，他没有计较，那鱼骨暖流和适才的少许朱鲸醉汇在一起，却蓦地炙热了起来，一股宁静安逸的感觉就此散入了他的四肢百骸，豪麻隐隐觉得血脉贲张，心内过往喷薄欲出，不禁强压心神，十分难受，连对面赤研瑞谦的身影也渐渐模糊了起来。

偏是此刻，乐官起乐，两排舞姬长袖飞舞，身着五彩，轻巧登上台来，玉臂轻挥，做霓裳之舞，一个个妩媚妖娆至极。场上众人已是酒过三巡，不禁都心旌摇荡。有定力差的，已经扑向场中，嬉笑失态，随即便被侍从拖了出去。

豪麻暗道不好，这酒和鱼骨定有古怪，自己不过稍稍品尝，就有如此大的反应，扬觉动大口吃酒，一盘鱼骨也吃了大半，会受到什么样的影响，实在难以估量。万一在这宴会之上做出不恰当的举动，这一地大公的身份，可如何收场？

他努力晃了晃头脑，把所有幻觉驱出眼前，发现扬觉动已是眼窝深陷，一手扶额，打了一个大大的哈欠。

豪麻看出不对，心中大怒，他瞪着那些飞舞的妙龄女子，臂上发力，赤心在鞘中跃动轻颤，心中正想着如何才能突破这群碍事的女子，直取赤研瑞谦。

不料扬觉动静了片刻，却大喝三声："好！好！好！"

他这三个字铿锵有力，说罢伸手在桌上重重一拍，朗声道："都说朱鲸醉配上燥热海流中的琉璃鱼骨,可销凡人三魂七魄,可见鸿蒙海上楼台!扬某今日一品,果然天下绝味!"

这一掌下去,当是并无大碍,豪麻浑身劲力一卸,胸中气血翻涌,坐在一旁半晌动弹不得。

扬觉动这一句话出口,各人表情不同,赤研井田好似松了一口气,赤研瑞谦却瞪圆了眼睛。

豪麻看着赤研瑞谦,心中明白,这朱鲸醉一宴,恐怕杀招还在后面。

赤研瑞谦是赤研井田的二哥,看起来心思并不像其外表那么粗豪。此次见面前,南渚主事们青华坊议事,曾就是否支持扬觉动对战徐昊原进行讨论。占祥的表述是,众人咸称扬觉动大公盛世之雄,盛赞两州联姻!

然而实际情况吴宁边也清清楚楚,这两年澜青州与吴宁边战事不断,南渚夹在中间时日也已经不短,他们的一贯策略是左右平衡,在吴宁边占据上风的时候,便控制两州粮草贸易,限制吴宁边的战力,一旦木莲介入,吴宁边局势堪危,又出兵相助,倒向吴宁边。

南渚将扬觉动视为卧榻之畔的猛虎,已经不是一天两天,然而两州密约,结亲定盟,南渚究竟去向何处,这次必须要有个决断。

对于如何处理同吴宁边的关系,南渚朝堂内部早有分歧!

扬觉动得到的消息是,二大公赤研瑞谦和部分朝臣,力主趁此次扬觉动来访,将他就地格杀,理由是吴宁边近些年来飞速发展,武备雄厚,已经对周围诸州构成强大压力。不管将来是利是弊,先拔除眼中钉终究没有害处。

而南渚左相米容光和礼宾典使占祥等大臣却力主加以援手，如果帮助扬觉动开战徐昊原，最起码可以削弱双方的实力。如果任由澜青军和趁火打劫的木莲军打垮扬觉动，那南渚北面门户便洞开无疑。失去吴宁边的制衡和缓冲，南渚难以维持几州间的实力均衡。

此事悬而未决的最重要原因，是大公赤研井田一直犹豫，带着大部分骑墙派朝臣也跟着左右摇摆。扬觉动坐大诚非他所愿，但他还有另一层顾忌，南渚以商业立国，商人势大。吴宁边商地三年前为澜青掠取之后，通向东北的商线已被迫改道，南渚权贵的收益因之大受影响，若是吴宁边全境陷落，恐怕南渚陆路向北的商路便会完全断绝。这种损失，是城内巨富权贵们万难接受的。

最后，由赤研井田授意，在米容光的主持下，南渚与吴宁边达成默契，扬觉动嫁女为质，赤研家族以南渚财力，助吴宁边稳定西南边境。经过双方密使的多次磋商，终于促成了双方的这次会盟。

这样的结果正如扬觉动所料，也因为这些复杂的因素，他的南渚之行显得尤为凶险。

但扬觉动必须要来，一是因为大战在即，吴宁边不能再等，二是双方本来没有互信的基础，加上定盟的核心条件联姻，因为扬归梦的突然失踪罩上了一层阴影。如果对此事没有合理解释，赤研井田就无法肯定吴宁边的诚意和决心。盟约破裂，恐怕也在顷刻之间。

豪麻看扬觉动一副自在悠游的样子，自己却早已经心乱如麻，不知道扬觉动会如何在这样的乱局中锁定乾坤。

赤研瑞谦挥挥手，上来一名侍从，将他面前那碗分毫未动的琉璃鱼骨端下。

赤研瑞谦拱手道:"扬大公定力超凡,我着实钦佩,尤其是对这朱鲸醉配琉璃鱼骨了然于胸,知道饮下绝难把持,竟豪饮长啸,不失方寸。实在是赤研瑞谦平生仅见,一人而已!"

豪麻面色铁青,这赤研瑞谦暗中下套,又大方承认,好似亲密无间的玩笑一场,如果说这世间还有无耻之人,当非他莫属。

"我一听到两州联姻的消息,可真是欢喜无限,于是就广而告之了。我南渚百姓可是个个雀跃,都想一睹公主芳容啊!"赤研瑞谦把场上歌舞女子扫视一遍,嘿嘿道:"早听闻大公幼女年方二八,出水芙蓉,不知道比诸我南渚女子如何?"说着手向场中一扬,那些舞姬一曲间歇,袅袅婷婷、肤白胜雪,正列队对四方下拜,眼神中满是顾盼不舍的模样。

他此话一出,豪麻大怒,扬归梦乃堂堂大公之女,赤研瑞谦竟拿来和歌姬舞女相比,若不是今日形势所迫,他早就一刀劈将过去,不计后果。怒归怒,绕了半天弯子,终于说到了关键问题,扬归梦失踪已久,若是已落入这人手中,看赤研井田对这兄长一向是退让三分,搞不好会被挟持着当场翻脸,这样一来扬觉动必将饮血当场,什么王霸雄图顷刻尽归尘土。

扬归梦早已拉着道逸舟漏夜逃婚,至今不知所踪,若此时提起婚事,实在是大大不利。

场上众人听得赤研瑞谦如此张扬挑衅的问话,不禁都停下筷子,不知扬觉动将如何应对。

扬觉动对众人目光浑似不觉,飘飘忽忽站起,摆手道:"小女年幼，北地风尘磨砺的孩子，和南渚水灵滋润的女子自然是没法比的。"

赤研瑞谦也笑，道："一看扬大公就是在说笑，梦公主的如花容颜早已传遍五州，不知何时能有幸一睹芳容。我赤研家可是极为盼望啊。"这话说得和颜悦色、语气悠长，总算有点拉家常的样子了。场上气氛一松，陪酒的官员们早知这门姻亲，纷纷举杯附和。只有豪麻知道这话的险恶，若是扬觉动说出扬归梦逃婚，大庭广众之下赤研井田面子上是绝对过不去的，若是施一个拖字诀，婚礼前能不能找到扬归梦难说，最怕扬归梦落在赤研瑞谦手里，当场挑明，这一次的和亲就彻底完蛋。

扬觉动晃了一会儿，笑着坐回座位，听到赤研瑞谦发问，却不慌不忙，道："小女贪玩，最近和她的老师离家出游了，我倒是也不知她的去处。若是威锐公寻见，还请代为照顾！"他脸膛赤红，这句话听着像是醉话，又说出了无穷意味。

赤研瑞谦面露凶相，等的就是这句话。他怒发冲冠，把桌子猛一拍，把赤研星驰的杯子都震翻在一旁，厉声道："扬大公，你这姑娘嫁人嫁丢了，难道是戏耍我们赤研家不成！"

豪麻眼睛一眯，赤研瑞谦这一怒，恐怕已经准备了许久。

扬归梦失踪之后，吴宁边早派出了精锐人马追踪搜寻，在途中发现，原来还有南渚势力介入其中。只是道逸舟和这些南渚赤铁军分分合合，等到脱离吴宁边的势力范围，终于失去消息。扬觉动最为担心的是，南渚有人重金买通道逸舟，一路上又暗中保护，引着扬归梦和道逸舟向南奔逃，以便在南渚境内直接将扬归梦擒获。

这样一来，扬归梦行踪成谜，无姻可联，南渚恐怕只会怀疑扬觉动临时变卦，无法接受这样的侮辱，两州定盟顿成泡影。只不过幕后人没有想到的是，扬觉动定盟决心已下，竟然会不顾利害，亲来南渚。

扬觉动亲来，事情如果私下密商，自然没有解决不了的问题。但对方在扬觉动启程之后，把吴宁边嫁女南渚的消息传得人尽皆知，满城风雨，这样一来，扬觉动无女可嫁就成了天大的问题，特别是刚才，赤研瑞谦这一闹，摆明了是要把盟约在众目睽睽之下公之于众，让扬觉动自食其言，没有退路。

南渚朝野对于定盟本有分歧，用这样的手段煽动起官民的不智情绪，扬觉动一个处理不当，恐怕就要血溅南渚！

就今日朱鲸醉一宴来看，也不用猜了，这个设计扬觉动和吴宁边的人，无他，就是赤研瑞谦！豪麻咬紧了牙齿，看来扬觉动的猜测全中，八成扬归梦已经在他手上了！说不得，也只有延缓大婚，尽力救回梦公主这一条路了。只是这样，时日不定，一是南渚未必应允，二是大战将起，时间上恐怕也来不及！

这一次不仅满座宾客，就连赤研井田都望向扬觉动，不知道他将如何继续。

扬觉动道："哎，瑞谦将军，小女贪玩，年纪尚幼，且由她玩上几年罢了。"

众人不言，等他下文。扬觉动一字一句道："原定和赤研家结为秦晋之好的，是小女一依啊！"

(7)

扬觉动此言一出，一片寂静。

赤研瑞谦脸上神色古怪，占祥的手也抖了起来，他全程参与了与吴宁边的密谈，双方往来不下十数次，对其中内情了若指掌，此时更是一脸惊愕。

"不是都说是扬觉动幼女扬归梦出嫁，何时又变成了扬一依？"

"盟约未定，他说什么就是什么了，反正都是他的女儿！"

一时间众人议论蜂起，嘈嘈切切，只是当事人都木雕泥塑一般，不知道说些什么是好。

众人正没有计较，豪麻却听得五雷轰顶，头脑中一片空白，扬觉动的话就像利箭，将自己射了几个对穿。扬觉动转过身来向他举杯，脸上饮了朱鲸醉后的红潮尚未褪去，但是那双眼睛清澈澄明，那里面有理智、天下和冰冷的锋利，但是看不到温度和感情。

豪麻脑中轰轰作响，用力憋住将要四散的情绪，直将五脏六腑都震成了碎片。这一刻，他终于明白，为何扬觉动命他一同前来南渚，仅仅是因为他敢于拼命，可以誓死效忠吗？也许。

也许，他知道这个他一手带大的青年可以为他而死，却不知道在中军大帐中，骠骑将军豪麻愿不愿意交出他最爱的女人！豪麻从来没有想过有一天，扬觉动居然也会不信任他！更糟的是，今天，此刻，他觉得扬觉动这种怀疑是如此深刻和合理！

他和扬一依两情相悦已久，已经订婚，只待有一天扬觉动成全美事，怎会想到今天等来如此结局？扬归梦那刁蛮性子也就罢了，扬一依的温软个性若是孤身远嫁，对她岂不是致命的打击?!

他木然对着这个自己最崇敬爱戴的老人举起了酒杯。

"娴公主不是已许给豪麻将军了吗，扬大公苛待猛将，不怕军心动摇吗？"赤研瑞谦从震惊中回过神来，幸灾乐祸地看着惊愕的豪麻，一边说，一边不怀好意地向豪麻举杯致意。

赤研瑞谦的话像浸了油的麻绳，正好豪麻的心中有压抑着的熊熊烈火在燃烧。

面对扬觉动的那个青年的木讷躯壳此刻剥落。

他还年轻，人生无大事，一死而已！赤研瑞谦一问，他双眉一扬，一瞬间浑身热血滚荡，像火山积蓄了愤怒的能量，只在找口子喷发，不知何时，他的手已经放在了刀柄之上。

酒席变成了火药桶，引信已燃，就在豪麻手上吱吱作响。

赤研井田盯着豪麻放在桌下的那只手，面色严肃，把手中杯子往台案上一放，轻咳了一声。占祥会意，立即站起，打岔道："啊呀，久闻豪麻将军忙于沙场杀伐，以军功威震四方，这些儿女私情无暇顾及也说不定，将军凝神静思啊！"他身边就是赤研瑞谦一桌，但他目不斜视，只是把最后几个字拖得无比之长。

豪麻几乎要把满口钢牙咬碎，但觉口中咸咸的，占祥说了什么，他听来一片模糊。在巨大的情绪波动冲击下，眼前的光线反而暗淡了下去，他仿佛又回到了那辆烈日下驶过灞桥街巷的马车上。在这辆赤研瑞谦精心准备的小小卧车内，听到灞桥市声如沸，他怒火满胸、充满屈辱。然后扬觉动不带情绪的声音就伴着那有节奏的马蹄声传来，

"慢一点，再慢一点"，随着车厢的晃动，明亮的阳光从纱和布幔的缝隙一点一点泼洒进来……这一刻，似千年漫长。

他对视这赤研瑞谦的眼睛，那里面有一点期待，一点得意，是的，他希望我狂怒，他没有办法让大公失态，只能寄希望于我这个冲动的青年。你的怒火终有一天要烧掉这个城市，但是现在，你要让这个肥胖的男人失望！

终于，他缓缓举起了手中的酒杯，涩声道："豪麻一介武夫，自然是倾慕娴公主的。但娴公主意在南渚繁华，豪麻怎能拂赤研大公美意！"

豪麻的声音在四座徘徊，他的手终于慢慢从刀柄上滑落。

占祥刚才着急，站起来说了一句不着边际的话，此时全场目光都落在他身上，尴尬中他举起酒杯，胡乱做了个请的姿势，自己灌了一杯朱鲸醉，立刻面红耳赤起来。他装作不胜酒力，不敢面对赤研瑞谦，坐下的时候半个身子竟然背对着赤研瑞谦扭了过去。

赤研瑞谦目光凶狠，就盯着那半个后背。

"想来恭公子远赴帝都，这几日便回了吧？"扬觉动的眼神恢复混沌，嘿嘿而笑，看神态，众人都知道这是朱鲸醉酒劲发作了。这个节骨眼，他恐怕要把亲事坐实了吧。

此话一出，众人均觉尘埃似已落定。

还有什么话好说，豪麻嘴里的苦味越来越浓，场上除了无脑的赤研瑞谦，谁还会跳出来继续反对两州结盟？他只想用赤心告诉面前这群猪狗一样的人物，他们今天侮辱的虽然是一个年过半百的老人，但是在这个老人背后，还有精甲振振的数十万大军！

他们今天还侮辱了一个年轻人,他现在心中发酸,手几乎拿不住杯子,但他记住了场上每个人的脸,他要让他们统统付出代价!他的马蹄,必将踏破灞桥,把这些虚荣浮肿的脸庞深深踩入泥土里面!

赤研瑞谦脸上僵硬,低低骂了一句:"有种!为了一场战事,女儿都不要了!"

赤研井田则如释重负,又向下面使了个眼色,占祥只得再次起身,道:"扬大公真是过虑了,恭公子前些日子前往木莲,参加五坊观星的盛典,不日就回,大公若是再盘桓些时日,正一切方便……"

占祥话未说完,赤研瑞谦忽地站起,砰地把酒具往地上猛一贯,玉屑飞溅,举座皆惊。

他带着三分醉意,大声道:"扬觉动!我恭世侄鸿鹄高飞,就不劳你牵挂了。我儿子赤研弘正当年华,尚未婚娶,多谢你赐女了,哈哈哈哈!"

此言一出,场上所有人均脸色大变,赤研井田再也坐不住,呼地站了起来。

一股寒意爬上了豪麻的脊背,终于到了这一刻,他的心反而安定了。

政治联姻,讲究的是身份对等,纵然赤研瑞谦是赤研井田的亲兄长,但一国之主和一城之主的地位也相差太远,不说扬一侬已经十九岁,赤研弘只有十四岁,也不论南渚一地,唯有赤研恭才是合法的大公继承人……最为关键的是,联姻对象身份转换后,这次政治联姻,并不能给扬觉动的微妙处境带来任何承诺保障,更是对扬觉动和吴宁边的极大侮辱!

南渚大公赤研井田轰然站起，额头带汗，豪麻则带着解脱般的轻松。他知道这件事情多半不是赤研井田的授意，但是既然已经到了这个份上，一了百了也就罢了。

豪麻僵硬的嘴角露出了一丝笑容，他对着自己心中的那个姑娘在说话："这样的结局也好，我留在南渚比你留在南渚更好。只是，我再也回不去了……"

极细的金铁摩擦之声，豪麻与赤研星驰先后指推刀柄，刀出二寸，席间再度安静，只有赤研瑞谦干巴巴的笑声在回荡。众人都看着扬觉动。

赤研井田显得非常疲惫，还带着点失望。他的眼神望向帘幕之后，成片银闪闪的刀锋在翩然跃动，只等一句命令。

时光似乎突然变得无限漫长。

直到扬觉动干涩的笑声响起，他好像忽然遇到了什么好笑的事情，越笑越开心，竟至上气不接下气。

好不容易歇了半刻，他大声道："好！就是这个意思！我听闻弘公子得赤研大公亲自授经天纬地之术，是大公义子，小女嫁给他，也是门当户对！恭公子嘛，此次五坊观星，将入帝帷了嘛！"渐渐地，更多干瘪的笑声也应和般加入了扬觉动的大笑，仿佛这件事情真的有那么有趣。

赤研井田松了一口气，顺势举杯也笑，亦大声道："娴公主来时，南渚举国相迎！弘儿即日起升骠骑左将军加封南海侯，仪同世子礼，收入赤研宗脉正序！即日起搬入乐仪阁，筹备大婚！"

赤研瑞谦带着难以置信的眼神望着扬觉动，终于愣在当场，再也无语。

　　豪麻艰难地抬起头来，这简简单单的几句话，赤研井田已将赤研弘收入皇族大宗、仪同世子，给了这场婚姻一个名分，这意味着在赤研瑞谦的催逼下，他已强行表态，虽然表态的结果与他这个兄长所愿谬以千里。这意味着吴宁边终于摸清了南渚的底牌，赤研井田要的是联合，而且为这看来并不稳固的联合付出了代价，正是赤研瑞谦的强势，使得这种联合，自今日起，昭示天下，坚不可摧。除非，南渚内部的权势消长，带来新的可能。

　　变化再多，对于豪麻，这样的结局只意味着一件事，他的扬一依将永远离他而去！这一瞬间，他终于后悔，为什么他没有在扬觉动开口之前拔出赤心！现在，他已经失去了所有勇气。

　　机灵的乐官不用吩咐，早已鼓乐齐鸣，将宴会的气氛重新烘托起来。乐如清泉，淙淙流淌，歌姬再舞，流云飞霜。

　　众人笑声又起，其乐融融。

　　啪的一声，是豪麻饮尽了朱鲸醉，捏碎了手中酒杯。

第四章 离城

甲卓航的笛声中,苍凉已尽,肃杀渐起,仿若已近乡关,那万马奔驰的广阔平原就在眼前。整个街市似乎都静了下来。吴宁边来的武士们听到此处,纷纷以手轻叩刀鞘,发出整齐节拍。

这笛子声音本是清脆,但在他的吹奏下竟显得异常凝重雄浑,又带一点无望的哀婉。如若不是在南渚大街之上,又会有多少人唱起平原落日中的沙场狂歌?

(1)

"卑鄙小人赤研瑞谦！我非割了他的头不可！"啪的一声，一个空空的酒瓮被摔在地上，碎成千万小片。

甲卓航没有回头，他推开驿馆大门，深深吸了一口带着咸腥味道的空气，漫步走下了台阶。

他身后，伍平脱了上衣，兀自在院中跳跃着怒骂不休。尚山谷、伍扬等弟兄一拥而上，把喝多了的伍平按倒在地。

门口站着的四名赤铁军正抻着耳朵听院中的动静，不防甲卓航突然出现，仓促间不及反应，不由得面露尴尬。

甲卓航脸上堆出假笑，装作什么事情也没发生，迈步走开。周围是熙来攘往的嘈杂人群，一只青隼正展开双翅，箭一般在天空穿过。甲卓航望着这自由翱翔的大鸟，愣了好一会儿。

这几天的时光，他如在梦中。

当日扬觉动和豪麻刚被气势汹汹的赤研瑞谦迎走，吴宁边这一众兄弟随即便被南渚赤铁军围了个水泄不通。赤铁军的数量十倍于这支小小的队伍，打当然是没得打，何况，扬觉动并没有这样的命令。赤研瑞谦的手下相当不客气，把众人的兵器全部收缴，但好歹还算礼貌。当日午后，众人便被请入了商市街的南海驿馆歇息，仆从、使者招待得倒是极为周到，却不能自由出行。

那个下午，他们除了恼怒，还是恼怒。一种被欺骗的感觉从甲卓航的心底升起，蚂蚁般咬噬着他的心。就连一向持重的浮明光也端坐中庭，和大家一样黑着脸。这一群身经百战的人，居然被牢牢困在了这样一个温香软玉的地方。

直到华丽的车驾和满街的仪仗送回了扬觉动，众人才终于松了一口气。扬觉动脸膛赤红，没有多说话，由浮明光陪着歇息。令所有人大惑不解的是，能饮却极少喝酒的豪麻却醉得不省人事。

发生了什么？人们面面相觑。

浮明光走出来，宣告盟约已成，还带来了娴公主将下嫁赤研弘的消息，但他的脸上没有喜悦。吴宁边的这三十几个弟兄一片哗然。

伍平当场抽刀大骂："赤研弘是什么狗东西！南渚竟是如此看不起吴宁边么！老子这就杀进青华坊，用他的脑袋当尿壶！"

甲卓航的脸色和众人一样难看，这个消息太让人难以置信，怎么会这样？不是梦公主，也不是南渚的世子赤研恭，怎么竟会变成了扬一依和赤研弘？这算什么联姻？吴宁边大公的女儿嫁给南渚一个纨绔子弟？

他不能理解这个决定，但他心里更紧张的是豪麻的反应。来不及细想，此刻所有人都在虎口之中，伍平是个做事不过脑子的粗人，不要被南渚抓住了什么把柄。浮明光不说话，他便吼了一声："大公的决定，你啰嗦什么！"

提及扬觉动，所有人一下子安静了下来。

甲卓航望着那雕龙画凤的乌木影壁，所有人都看着那薄薄的影壁。此间的吵嚷，想来已被扬觉动一一听在耳中。

没有声音，连一声咳嗽和叹息都没有。

第二天清晨，赤研井田就解除了对驿馆的围困，只留下少许兵士站岗通传，同时，把两州联姻的消息昭告全城，并快马通知南渚四城二十八镇。

不久，南渚举着白色旌节的使臣将逆青水而上，庞大而庄重的使节团将穿过浮玉、澜青，把记录着大红消息的锦缎木盒送到木莲皇帝朝守谦的面前。

红色的喜报，两州定盟，扬觉动此行的目的终于达到，但是豪麻却失去了扬一依。

甲卓航把自己湮没在灞桥街头熙熙攘攘的人潮之中。

此刻，他觉得还是离豪麻远一点的好，离这个为了扬一依的浅笑可以拔刀的男人远一点。开玩笑的时候，人们都说，豪麻将军戾气太重，除非是娴公主，没有人间的缰绳可以拴住这匹烈马。

然而今天，烈马终于脱缰了。

甲卓航认识豪麻的时间并不长，知道他是扬府的马童出身，三年前的风旅河之战，他初入豪麻军中，扬觉动一声令下，豪麻四千轻骑立刻对五万澜青部队发起冲锋，令甲卓航大为震惊。然而，还有让他更加震惊的事情，进军鼓声擂起，豪麻这个中军主将居然越过前锋，一马当先，四千骑兵见主帅冲阵，全军死战，冒着流星般的箭雨猛进，竟然无人退缩！血，就是这么燃烧起来的！很快，奔驰的战马把他的心都要从胸中颠出来了，他也忘了自己叫作甲卓航，忘了自己已经有很多年没有在战场上冲锋。

当日甲卓航不过是临时编入轻骑，这一战冲散了他的所有傲慢，他自此留在大安军中，成了豪麻的固定搭档。大战之后，豪麻带着五只断箭回到大营，浑身是血。甲卓航亲见这个十九岁的青年，每中一箭，便多一声嘶吼，他会当场折断箭杆，振甲再战，直到对手被他的部队生生压垮！

甲卓航八荒悠游，疏忽了这个刚刚从木莲回来的将领。大安军中没有人不知道，这个不苟言笑的青年在战场上是只咆哮的猛虎，在战场下是块坚硬的岩石。他不敛浮财，不收金帛，不近女色。唯有在万人称羡的娴公主扬一依面前，他才会变成有热度的人。

豪麻太过年轻，很不明智，对二小姐有非分之想是很危险的。扬家基业传子亦可传女，扬觉动无子，长女又不在身边，因此整个吴宁边，不，每个八荒权贵都想娶得国色天香的扬一依！豪麻这样的态度，无疑是拉开架势，要断了这些财大势大、手握重兵的权贵们接掌吴宁边的念想。

而五年之前，豪麻还不过是个马童！

但令人难以理解的是，扬一依对这个出身卑微的男人似乎也情有独钟。所有人的注意力都在这二人的才与貌之上，就连狂追扬一依的蓝仓伯楚穷，也先自认战功武勇不及豪麻，哀叹扬一依心思单纯，以至于看不清门第和世族的重要。只有甲卓航把目光放在了扬觉动身上。

他知道扬一依对豪麻有多重要，但扬觉动不点头，豪麻敢对扬一依示好？扬觉动不力排众议，豪麻三年战功，能马上封侯？恰恰相反，就算豪麻再能征善战，也会被满朝的权贵踩到淤泥里面去，腐烂变臭！扬觉动没有态度，一贯温顺谦和的扬一依会有态度么？这位大公和旁人不同，是吴宁边的建州元勋，性情刚劲强悍，总揽军政大权，对吴宁边拥有绝对的控制力。但他这样大力栽培豪麻，让豪麻火速擢升，却等于为豪麻制造了满坑满谷的敌人。甲卓航看在眼里，却不能明说，他很为这个行军打仗一流，但是心思单纯的男人担心。

"戮力同心，死战报国！"战后的欢宴卸不去满身的疲惫，酒宴散场，滴酒不沾的豪麻对甲卓航这样说，"我只有这些。"他的声音有点发闷。

甲卓航想了半天，道："如果大公对你真的一片赤诚，只有一件事能证明！只是这件事只能等，不能求。"

"我不需要证明！"豪麻把赤心紧紧攥在手中。显然，他理解甲卓航指的证明是什么。

"但是你在做什么？看起来你似乎就要一屁股坐在未来大公的位

子上了!二小姐会是吴宁边的主人!"甲卓航看着豪麻,面前的这个男人,可以傲然面对千夫所指,此刻却在回避他的目光。

长久的沉默,终于,豪麻挤出了一句话:"只要她愿意,我不会退缩。我不在乎她是谁,也不要吴宁边的基业,我不会让她受一点委屈!"

甲卓航担心依旧,他张了张嘴,没有继续说下去。

但扬觉动真的证明了他对豪麻的态度,很快,他当着满朝文武,把娴公主扬一依许给了豪麻!

消息公布,朝臣们同声称贺,却不知有多少人咬牙切齿,暗夜磨刀。第二天,大安城中果然流言四起,吴宁边的重臣元老们反应尤其激烈,认为豪麻巧为钻营、好杀贪功,纯属狼子野心!但这都没关系,扬觉动咳嗽一声,便没有人再敢说半句闲话。

只要扬觉动在,豪麻就不会有任何风险。这个一根筋的男人,便真的会抱得美人,扬威天下!

但能够成就豪麻的人,也可以毁了豪麻。果然,又是扬觉动,把扬一依许给了赤研弘!扬觉动诚然爱他的女儿,但只要此役可以彻底打垮澜青,哪怕要他献出一百个女儿,相信他也会毫不犹豫!

可惜,豪麻天天跟在扬觉动身边,却并不了解这位吴宁边大公,因此他的失魂落魄才会格外明显。他这几天木木僵僵的样子,甲卓航都看在眼底。他不担心豪麻对扬觉动的敬仰和爱戴,他担心的,是经过这一场变故,扬觉动又会爱这个义子到什么时候。

多想无用,定盟之后,就是履约,需要看顾的事情千头万绪。

浮明光和豪麻依旧跟随扬觉动左右,出入南渚朝堂,会见各色人等。伍平嗜酒，则每天大醉，笑骂。甲卓航平生最爱锦绣繁华，就慢慢把灞桥逛了一个遍。

烦心的事情每天都想，也不会变得简单起来，反倒是未来，更值得他去关注。

譬如，扬归梦究竟在哪里？这两天，他去锋凌炼坊取了订制的兵刃，接着走街串巷。市面上一派平静，仿若这个季节的鸿蒙海，不起涟漪，没有扬归梦的一丝痕迹。

譬如，怎么会有大批宁州的紧俏物资在源源不断进入南渚？鸿蒙商会刚刚吃下的三百匹云锦来自哪里？平明古道畅通无阻，宁州织工还在勤勤恳恳地生产，老狐狸屯这么多云锦要卖给谁？朱里染和朱盛世只是闭门谢客，绝不肯在此时抛头露面。

譬如，民间大肆流传的两州联姻的消息，究竟是谁传出去的？

不知道为什么，这些细枝末节的事情层层堆叠起来，让他总是隐隐觉得有些不大妥当。这样看起来四平八稳，实则暗流涌动的局面下，不知道藏着什么样的秘密。

(2)

明日就是五月初五，南渚有名的相思节令，可扬觉动就要返回吴宁边了，扬丰烈是战场骁将，主持政务却只恐不够小心。吴宁边虽不会有大的变故，但澜青和木莲虎视眈眈，事情一旦办完，总是越早回去越好。

常年的军旅生涯，已经让甲卓航几乎忘记了市井繁华。这几日在灞桥闲逛,他忽地体会到了相思节令是个多么甜蜜的日子。这一天,所有南渚未曾婚配的少男少女,无论富贵贫贱,总会出城,到济山脚下采薇迎夏,对歌传情。这两日,灞桥人人脸上挂着期盼的笑容。街巷中的各种生意也格外火爆,本地土产和从平明古道运来的外州商品,箱箱件件,塞满了灞桥的大街小巷。

甲卓航叹了一口气,这个时候离开,岂不可惜?

他舔了舔干裂的嘴角,又想起这里独有的火棘果酒来,不由得满口生津。

对,应该再来上那么一杯,吴宁边的汉子太粗,认为酒够烈就是好,真是狗屁不通,让他们在酒中喝出果香、木香和粮食香,真是困难得紧。别看灞桥守着八荒东南一隅,地理位置上很是边缘,但这里的生活却奢华精致得可怕,哪怕一只小小的包子,居然入口也有数种层次,这才是最让甲卓航心醉的。在军中朝行夜宿讲究不得,一旦有了享受的条件,他是绝对不会错过的。

他娘的,这几日都在阳坊街厮混,打探消息,现在倒是更想那街市中的粗酒了,就算喝不了那许多,带上一壶酒回吴宁边也是好的!甲卓航甩开步子走起来,直奔那条热闹的老街。

越来越近了,熟悉的味道扑面而来,水仙包的爽滑、鸿蒙酒的辛辣、炙羊蹄的浓膻、蛤蜊汤的鲜香……不知道什么时候,一丝微笑挂上了他的脸颊。老萨酒坊的布幌还在飘飘摇摇,那被日光晒得发白的"酒"字依旧。老萨有些秃顶,正在唾沫横飞地和柜台后小桌旁的客人们讲些什么。

甲卓航耸肩趴上柜台,轻轻敲了几下,木料发出几声嗒嗒的清脆声响,它们经过无数人的擦摸,已经乌黑油亮,散发着一股淡淡的腥味。

"哎呀,先生又来了,真是,快坐快坐!"灞桥人的热情和精明一样浓烈,是挡也挡不住的。老萨快步迎上前来,腾云驾雾般把甲卓航拉到酒坊靠窗的小桌旁坐下。这小小的酒坊不甘只卖薄酒,勉强在店面临街的一侧生生挤出三尺空间,搭上木板,做出了窄窄一条座位,排上了两张桌子。还记得第一次来,他看着这小小雅座,哑然失笑,那老萨却瞪圆了眼睛,认真道:"客官别笑,小本生意嘛,赚多赚少都是赚,蚊子身上还有肉呢!"

甲卓航坐下的时候,这两张几乎并在一起的桌上,已经有了几位喝酒闲聊的常客,灞桥多的是外地商旅,这些汉子看到坐下一位穿着锦衣的先生,倒也没有大惊小怪,依然继续着刚才的话题。

"老萨,快来快来!"几个人聊得正高兴,老萨却跑去给甲卓航上酒,闲聊的几个人颇为不满。

"酒来了!"老萨的脸上一团喜气,笑得嘴都快咧到耳根了。

甲卓航低头一看,碗中液体清白透亮,浓香扑鼻,正是老萨酒坊自酿的招牌鸿蒙酒。甲卓航暗笑,刚才他还只道老萨一眼就认出了自己,原来不过是他招呼客人的一贯习气。他前日曾在老萨这里喝过几碗火棘酒,上了瘾,原以为老萨对自己还有些印象的。

也罢,反正就是随便走走,他知道果酒不易贮藏,这鸿蒙麦酒倒是正当时令,本来他不喜鸿蒙酒的辛辣生涩,不过老萨这里的他却未曾喝过,尝尝倒也无妨。

一口鸿蒙酒下肚,火烧火燎的感觉从胸口升起,但这火却烧得痛快,一股浓香在口中回旋不去,甲卓航眼睛一亮,这酒果然有点门道。如果是伍平喝了,恐怕酒疯撒得要格外欢实些。他放下酒碗,正要开口夸赞几句,旁边几个人却又嚷嚷了起来。

一个长脸的酒客在开老萨的玩笑,道:"啊呦,真是了不起,不知道萨苏进坊是跟着哪位大学士学习啊?"

甲卓航一愣,萨苏是什么人,这灞桥中以"坊"来命名的机构只有两处,一处是灞桥的行政中心,南渚大公爵赤研井田的居所青华坊,另一处则是南渚有名的贵族子弟学校圈龙坊,无论是哪一坊,都和这不入流的酒坊老板扯不上干系,如何老萨的脸上却笑出花儿来?

老萨倒是眼观六路,注意到了甲卓航的诧异表情,回过头来,咧嘴笑道:"小犬萨苏,前几日进了圈龙坊了嘛!嘿嘿,这孩子从小喜欢记账分钱,这次终于进了坊。哎呀,看来我总是打他,那还真是打错了!"

他不说倒好,这一说,甲卓航更是奇怪,酒坊老板的儿子喜欢算筹之术,被收入圈龙坊?这可是了不得的大事件,圈龙坊中的灵师都是八荒神州的顶尖人物,一个阳坊街出身的孩子进入圈龙坊,怎么自己这两天在灞桥却没有听到议论?

甲卓航不由得大感兴趣,竖起了耳朵。

"张学士,他儿子跟的是坊中的张大学士!不日即可成才!"这话一出,酒客们哄堂大笑。

老萨便一瞪眼,正色道:"哪有那么容易,总要在里面历练个三年五年才好。"他这样一说,大家愈是笑得厉害。

甲卓航见他们笑得开心,不由得暗自好奇,问道:"不知道这张大学士又是哪一位?名头好像未曾听过?"

这话一出,旁边一个大汉笑得酒都喷了出来,沾得满胡子亮晶晶的。

"这张学士嘛,专司圈龙坊中的饮食大事,将毕生精力都用在菜式的创新上,的确是南渚独一无二的人物啊!"

甲卓航恍然大悟,不由得失笑,原来这老萨的儿子不是进圈龙坊学习星算,而是被坊中的厨子招去做了帮厨。只是看老萨这架势,对此事倒是颇为骄傲,四处宣扬,无怪被邻里街坊传为笑谈。这一条阳坊街上,住的都是小商小贩和卖气力的辛苦人,这样喝上一碗酒,聊上几句天,倒也其乐融融。

两碗冰酒下肚,甲卓航整个人都变得暖洋洋起来。这一碗酒的功夫,老萨的车轱辘话依旧没完没了,那胡子上沾了酒的大汉忽道:"这几日怎么不见小苏子出来看你?可是在跟着张胖子学习上灶么?"

老萨脸上的喜色褪去了一半,道:"哎,以前每隔几天,我家小子还是会出坊采买,顺便回来看看的,只是最近坊中多了一个女子,每日要特别招待,他在里面忙得团团转,也是十余日没有出来了。"

甲卓航本来一碗酒喝到一半,差点呛在喉咙里。女子?如果扬归梦到了灞桥,算算时间,失去消息也有十余日了,如若落在赤研家族手中,会不会被送进了圈龙坊?

"圈龙坊中怎么会有女子?是哪个少爷带进去的仆役婢女吗?"那个大汉也是一愣,听诸人闲聊了半天,甲卓航知道他姓辛,是个下等军官,现在在看管野非门。他此刻倒是问出了自己最为关心的问题。

"咳,我家小苏子可说,这坊中的事情,半句也不能透露出去呢。"老萨的眼睛滴溜溜乱转,看着一众闲人。

众人哄闹,都想听坊中八卦,但老萨只是不肯说。

甲卓航心中大疑,想了想,从衣襟中掏出了一角碎银,在手中掂来掂去。

甲卓航在生意场上也腾挪了多年,深知钱能通神,这银子亮闪闪的,谁不喜爱?果然,这银子一祭出来,老萨便两眼放光。甲卓航自言自语道:"酒倒是好,故事不好。"

老萨两眼一直盯着那角细银,咽了一口唾沫,道:"那客官便再来吃些酒,刚才的故事嘛,小犬在坊中也不是什么重要人物,实在不知道那许多关窍。"

"大家喝酒,就是图个高兴,要什么关窍,随便讲讲,大家开心一下好啦!"姓辛的大汉哈哈大笑,道,"难得萨苏今天就要给老萨家赚上第一笔!"

这姓辛的豪爽可爱,甲卓航也笑,把银子向着老萨一抛,老萨接了个正着。甲卓航道:"也罢,这银子就算酒钱,以后再来。"

"哪里有什么要紧的呢?"老萨倒是颇有些不好意思,"小苏子说,这姑娘喜穿鹅黄春衫,生得可真是漂亮,偏生又来头大得紧,身边总是跟着一大串护卫,等闲人是近不了身的。"

鹅黄春衫?扬归梦喜欢白衣,这样的穿着似乎不是她的路数。

"哦,那不知道这姑娘性子如何?"扬归梦的骄纵在吴宁边是有名的,形容相貌倒有可能不准,这性子总没那么容易改变。

"这姑娘可不仅是漂亮,厉害得紧!我们的弘公子,在灞桥谁敢招惹?他去讨好这姑娘,就碰了满头包,连个衣襟都没摸到呢!"老萨把声音压得很低。

众人七嘴八舌又来发问，除了知道这女子进坊时日不长、派头不小之外，倒也没有什么新的信息。

甲卓航知道以老萨儿子帮厨的身份，也确实打听不来什么，那坊中的女子到底是不是扬归梦，他还是无法确定。

酒喝得差不多了，这一件事就成了心事，但若是扬归梦真的陷在圈龙坊，他也是毫无办法。圈龙坊是南渚右相周道主持，是南渚青华坊之外另一机要重地。坊中不但有武士戒备，更有封长卿、周道等闻名八荒的灵师坐镇，赤研井田更不会让他们靠近这样的机要重地。

甲卓航看了一眼在门口探头探脑的一名酒客，明白自己在灞桥的一举一动都有人暗中监视。明日就要离开，看来倒也不能再做打探了。

"也罢。"他撑着桌子站起，鸿蒙酒的火焰终于烧上头来，闭起眼睛，老萨的话就飘在很远的天上。他拍了拍老萨的肩，走出酒坊，街上清风徐来，弄得他心里痒痒的。好热闹的市井，好快乐的生活，若是有一天自己不再四处奔波，就藏在这阳坊街上，做一个平凡的布衣白丁，是不是也很好？

借着酒劲，他转回身哼着歌儿，又向锋凌炼坊走去。

最后一个下午的热闹，总要尽情享受才好。

(3)

鸿蒙酒的酒劲很冲，甲卓航一夜安眠，直到翻身上马的那一刻，脑中还有些眩晕。

大清早，占祥就巴巴赶过来，把送行仪式对甲卓航详加解释。一轮一轮的酒劲还在上涌，头昏眼花间，甲卓航总算大略搞明白了这一套复杂万分的送行仪式。

朱鲸醉欢宴后，赤研兄弟双双没了声响，对送行一事不闻不问。这件事本来也是礼宾典使占祥的差事，占祥独自折腾了几天，竟把一个送别礼搞得越来越大。

甲卓航一向充当和占祥沟通的角色。南渚少经战乱，百年的繁华下来，繁文缛节本来就不计其数，加之占祥的有意布置，几日下来，那纷乱如麻的步骤着实把甲卓航搞得头大无比。

这占祥曾往返两州密谈，扬觉为达目的，曾命吴宁边的重臣轮番款待，把占祥喂得饱得不能再饱，收下的金银财宝也不计其数。酒也喝了，礼也收了，话也放了，不想节骨眼上却被赤研瑞谦横插了一杠子。按道理说，占祥是赤研井田特命的使节，理应主持这次会盟，这一场操劳，他千辛万苦做了数月的工作，最后差一点连边鼓也没敲上。那几日，他见了吴宁边这几个把他捧到天上去的家伙，都要尴尬地绕路走。也正因为这样，这一次，他主持送行，就偏要做出花团锦簇的样子来。

占祥心里的小九九，甲卓航一笑置之。他疑心这一场送别，规格要高出南渚通常礼节几个档次。非如此，都不能发泄占祥心中的一股邪火。

甲卓航掰着手指，算计离城可能出现意外的环节。

根据事先拟好的次序，五月初五清晨，先是南渚大公赤研井田现身青华坊外百尺楼,与宾客共赏国色佳人的远游之舞,随后由礼官奉上丝缎椒麻等特产若干,礼毕,再饮离别酒,做一个宾主别情依依的模样。赤研井田亲自坐镇,扬觉动当安全无虞。

百尺楼礼毕,赤研井田留步目送,以赤研瑞谦、米容光为首的重臣将陪同扬觉动一行继续向北,通过横跨青水的灞桥,经过城中主要街道,穿城巡游。这巡游要经过许多嘈杂混乱的地区,倒是要小心提防。

不过人在屋檐下,一旦意外发生,就算他有心,恐怕也使不上太大气力。

这庞大的送行队伍中,扬觉动、浮明光和豪麻为第一队,是南渚高官们陪同的对象,以白马银盔的骑兵为先导,引礼乐丝竹左右各一队,军士打南渚青旗。甲卓航、尚山谷、伍平等扬觉动的其他随从则在后接礼仪队中随行,军士举吴宁边赤旗。再向后,还跟有黄盖礼车八驾,皂青礼车八驾,担礼的红衣仆役若干,最后为一众骑枣红骏马的赤铁军精锐压阵。

扬觉动的整个护卫队伍就这样被分割两处,大公的身边,只有浮明光和豪麻二人而已。占祥再三解释,这是礼制,不是算计,甲卓航倒也认可,有这两个人也足够了,如果赤研瑞谦不愿意血流成河的话。

大清早要起床出行,扬觉动等人早赴百尺楼欢宴,甲卓航和众人便束甲整装。他们本是军人,自然要以军人的姿态亮相。

阳光把垂柳驿的房檐镀上了一层辉煌的金色,用占祥的话来说,正是柔光拂面、轻风过耳的清爽时分。

"今日离城,大家不要坠了吴宁边的颜面,都振作些!"伍平性子粗豪,虽然是一个千夫长,但胸中却藏不住沟壑,这几天在南渚过得憋闷,他就像一座火山,时时准备喷发。

"这过程也未免太繁琐了些!"连一贯沉得住气的尚山谷都忍不住抱怨。驿馆外人马嘶鸣,又是一队兵士赶到,不知道这送行的队伍到底要多大阵仗。

吴宁边草创只有三十余年,朝气蓬勃,信奉的是马上天下,远没有这许多繁文缛节,这密密麻麻的程序,就连旧吴巨族出身的甲卓航也颇受不了。何况城中巡游结束,礼节却还未完毕。整个礼送队伍要直出野非门外。礼仪队伍撤走后,还会有五色骑兵纵马相陪,继续送到野非门外五里的青水长亭,待到豪麻和赤研星驰易物答礼,才算最终礼毕。

甲卓航昨日喝了不少,不知道怎么跟兄弟们解释这一大套繁琐的步骤,只好简化,变成大公三人一拨在前,其余人在后,无论有什么节目,跟着走出去就是了。众人听得倒是都很明白。

他翻身上马,正准备依约出发,院门却被砰地撞开,进来两队身着烂银亮甲的兵士,这些兵士身后,是一队骑着白马的弓弩手,每人鞍侧挂一把四尺长的青色弩机,一个个面露骄傲之色。

为首的那一个身材不高,气势却盛,冷眼先把甲卓航从头到尾扫了一遍。

"未请教尊姓大名!"甲卓航胯下战马受惊,奋蹄挣扎。

"甲公子健忘了,"对方不回话,那战马眼睛血红,只是在甲卓航面前左右来回,"三年前在风旅河,我们见过。"

这人生得面皮白净，眼中精光四射，嘴角略略歪向一侧，一副毫不在乎的样子。

"飞鱼弩有什么了不起！要做什么！"伍平愤然做声。

甲卓航立即有了印象，三年前，赤研星驰曾经带八千赤铁军千里赴援，赤铁四营中，这飞鱼营的劲弩在战场上确实发挥了不小的作用。

"戴将军？"甲卓航微微眯起了眼睛。

"不错，在下戴承宗，难得甲公子还记得在下的名字。"

酒后头脑昏重，甲卓航看着面前这个男人，往事浮上心头。当日风旅河战场，赤铁军军纪不修，这戴承宗是个百夫长，纵兵劫掠、矫命杀降，曾被浮明光的弟弟浮明焰堵个正着，擒下了交回中军，被赤研星驰打了四十军棍。

这个家伙当时狂呼乱喊，说什么战场杀敌不抵背后黑手，豪麻一时按捺不住，就把一把匕首插入了他的口中。他喊倒是不喊了，只是收拾不住，血流如注。

甲卓航摇了摇头，经此一事，戴承宗不仅深恨吴宁边诸将，对赤研星驰也颇有微词。三年时光匆匆而逝，赤研星驰依旧掌军，戴承宗怎么会混上飞鱼营统领一级的人物？

他正不知戴承宗和飞鱼营的目的何在，戴承宗却一勒马缰，露出一副皮笑肉不笑的表情来："甲公子，你这几日在灞桥穿来荡去，当真是辛苦了。依我说呢，那宁州丫头你也不必找了。她在半月之前，已被我射死在鸿蒙海上了！"

甲卓航头中嗡的一声，他这几日在灞桥四处打探扬归梦的行踪，确实也有一种说法,说有位富豪包船航向朱雀,带有女眷,中途遇到风暴,全船沉入海中。也恰是同时,南渚赤铁军的飞鱼营两艘红船出海,只回来数只小艇。

"你说什么!"一旁的伍平把牙齿咬得咯咯作响,却被旁边的尚山谷一把拉住。

甲卓航盯着戴承宗的双眼,想知道这个人前来的目的究竟是什么。扬归梦确有宁州血统,没见过她的人不会知晓,八成这戴承宗的确见过扬归梦。此外,赤研星驰对扬觉动颇为尊敬,离城前夕,恐怕不会派这样一个人来生事。甲卓航只不过略想了想,便蹦出了赤研瑞谦的名字。

"承蒙戴统领关照了,甲某不知道有什么宁州女子,不过是多去喝了几碗鸿蒙酒罢了。如果将军不是来陪同送行,劳驾让开,我们就要出发了。"

戴承宗嘴角带着一丝冷笑,道:"好涵养,死了一个,送来一个,还是一样不动声色,和你们那个扬觉动一样无耻啊!为了恣意凶暴,竟连自己的女儿都可以拿来买卖。"他吸了一口浓痰,咳在地上。

"我们走!"甲卓航胸中怒火万丈,但是他必须牢牢控制住这支队伍。不能再停留,自己身边的这些弟兄就像火药桶,随时都可能爆发。尚山谷和伍扬夹着伍平,一行人跟在甲卓航的身后,鱼贯而出。

"他们不是占祥安排来送行的!"甲卓航一踢马腹,力道猛了些,他胯下战马一声嘶鸣,冲到了大街之上,立即被一片欢呼包围。原来这驿馆门前的大路上,挤挤挨挨都是等着看这一场热闹的百姓,这百年一遇的盛典,让满城沸腾了起来。

甲卓航低下头去的时候，还在金刚怒目，待到抬起头来，已经换上了灿烂的笑容，锋凌炼坊的伙计们围着皮裙，露出满是伤疤的胸膛，也在街角看热闹。

要不要设法跟锋凌炼坊提一下扬归梦出海的线索？如果真能得到扬归梦的行踪，自然是如何冒险都值得，但若戴承宗是有意试探，自己被他所惑，岂不是露了吴宁边在南渚的底？

甲卓航心中有了计较，挺直了身子，马儿迈开步子，轻快前行。他本来生得风流俊朗，此刻又刻意去撩拨街边那些少女，惹起一片尖叫。这些少男少女准备大典之后离城采薇，衣着鲜亮，挤在一起，个个笑容满面。甲卓航的人缘极佳，这本事是天生的，并不需要半点修行，他一路走来，和旁边百姓插科打诨，已经惹得四围欢呼和掌声如潮水一般一波一波涌起，主宾的车驾还没过来，已经有不少人挤丢了鞋袜珠串，在互相推搡。

不知道这出城的路，到底要走多长。

出来吧，扬归梦，这是你离开南渚的唯一机会！躲开那些咬人的耳目，窜到大街上来，大声地喊叫，让所有人都能听得见你是谁，让大公把你好好带回吴宁边！

不要让你的父亲失去最后一个女儿！

甲卓航哈哈笑着，慢慢催马前行，远远地，那鎏金华盖下，赤研瑞谦和扬觉动的马队越来越近了。

(4)

先导马队已到，街上百姓人头攒动，把这支队伍围了个水泄不通。队伍打头的四列二十四匹白马四足细长，膘肥体壮，身上绝无半根杂毛，马鬃飘飘，踏着花步，十分齐整。蹄声嗒嗒，和着后面的丝竹市声，颇有节奏。这些马匹都是训练有素的良驹，拥挤中街面上不知谁撒了一地新菜，马儿们却目不斜视，灵巧踏过，民众们看得兴奋，就叫起好来。

走过衣衫鲜亮的乐官和体格健壮的打旗军士，后面行来的便是一行十余匹高头大马，松松散散，慢慢前行，马上人群服饰各异，也无什么阵势队形，每人身旁都是华盖层层，如繁花盛开，簇拥着正中一位盛装将军和一位素衣老者，人们识得那将军的模样，立即鼓噪欢呼起来，正是扬觉动和赤研瑞谦一行前来。

先行的数人中，赤研瑞谦盛装华服、顾盼自雄，依旧是一身甲胄，把他微胖的身体箍得像一个铁桶，在他身边，便是素衣的扬觉动。

甲卓航在扬觉动身边的时日已经不短，此刻见到扬觉动在马上那股威严，还是忍不住心中折服。即便是在全副武装的羊群之中，老虎依旧是老虎！扬觉动身形高大，长发在脑后挽了一个发髻，黑发白发聚丝成缕，相间交错。他一路谈笑，轻挽缰绳，身子和着马蹄起落轻轻摇晃，在一群盛装华服的南渚高官簇拥下，依旧显得气势万千，卓尔不群。

紧跟在扬觉动和赤研瑞谦身后的,是赤研星驰和豪麻,这两个人年纪相仿,都身姿挺拔。赤研星驰一身红铠,精神抖擞自不必说,豪麻一身玄色甲胄,也是英姿勃发。擦肩而过的时候,赤研星驰对诸人点头示意,而豪麻的眼中则十分空洞。甲卓航不由得十分担心,他不知道这次扬一依的远嫁究竟会给豪麻带来怎样的变化,此刻,他不戴帽盔,长发草草挽在脑后,面沉如水,脸上肌肉紧绷,眉宇间有雾气重重,和赤研星驰的丰神俊朗,有着明显的区别。豪麻路过,那股压抑的阴鸷之气,似乎也感染到了周围的群众,人群不由得渐渐安静了下来。

豪麻并没有看甲卓航,就这样在马上目不斜视地过去了。

甲卓航忽然莫名有些伤感,这二人气质殊异,但凌厉相同,年纪轻轻便位居高位,赤研星驰是家世显赫,而豪麻不过一个马童。自己呢?副将和主帅之间的差别判若云泥,他出身虽远及不上赤研星驰,但比之豪麻,却好得太多。只是青春狂浪,蹉跎至今,永远也只是个旁人光环背后的小角色。

小角色便小角色吧,他叹了口气,伸出舌尖,舔了舔干涩的嘴唇。陪同的礼官示意,应该跟上去了。

两队人马汇流为一,浩浩荡荡进入了阳坊街。

鼓乐齐鸣,人流如织,许多这两天才熟悉起来的面孔都在街旁看热闹,老萨的秃头顶被日光晒得通红,在酒坊中吃酒的那个汉子见到甲卓航惊讶地张大了嘴巴。灞桥的街市上从来没有拥挤过这么多的人,连两旁的树上都挂着一群半大的孩子。他们打着呼哨,兴奋地大喊大叫,把这次送行当成一次相思节令的特别节目。

真的有那么有趣么？甲卓航看到一个四五岁的脏兮兮的小姑娘，骑在一个半大小子的脖颈上，也在人群中拥挤。她小脸黑乎乎，衣服脏兮兮，一头头发乱七八糟，但两只小手一张一合，神情中自有一种天真烂漫，不知为什么，看起来竟和不知所踪的扬归梦有几分相似。

甲卓航冲着那女孩一笑，那小姑娘也咧开嘴，露出两排洁白的牙齿来。

"拿着。"伍平也看这个女孩可爱，顺手把占祥送的银指环抛了过去，众人见有好东西，前拥争抢，把维持秩序的赤铁军挤得东倒西歪。那半大小子被人群撞到，小姑娘也跌落下来。

该不要受伤了吧！甲卓航白了伍平一眼，打马掠了过去，却发现那个少年头撞脚踢，抡圆了胳膊，一身蛮力，竟将周围挤抢的人们都打了个四仰八叉。他一手拉着那个小女孩，另一只手中竟牢牢攥着那只指环。

甲卓航只怕那小姑娘受到人群践踏，见她无恙，也就打马而回，那少年却跳着脚指着伍平骂道："你这个老乌贼！要害我妹妹么！"说完他还示威一般地举起了拳头。

伍平一愣，爆发出一阵哈哈大笑来，道："好小子，真是有些出息！"

久违的欢乐气氛似乎又重新回到了他们身上。此次随扬觉动来到南渚的，大都是战场上的勇猛之士，此刻换上了戎装，再也不是鸿蒙商栈中那群世俗商贩的委顿模样，尤其中间年轻的几个，或威武或俊朗，一个个神采奕奕。他们的黑盔红缨随着马儿的奔走上下颤动，在日光下反射着光晕，看着就十分养眼，心情有了暂时的放松，这些男人的表情也生动丰富多了。人多了，便平生许多热闹出来，这一群挺拔的青年，惹得周围的姑娘们喜鹊一般笑闹不停。

"那个、看那个！"

甲卓航根本不用回头，就知道她们说的准是自己。人生短促，能够玩玩闹闹，不是蛮好么？在吴宁边，也有人说他风流俊朗，但吴宁边哪有这些有趣的观众？此刻的甲卓航，自觉倒是一本正经的，正经到自己也想笑出来。他在贴身软甲外着了绿色春衫，手腕上缠一串硕大的红珊瑚珠，鞍上挂一个紫葫芦酒壶，腰间佩刀旁，还挂着他心爱的长笛。他这一身，本来已够招摇，偏偏他一路上见有商贩举着风车面人，便扔下一角碎银，拿在手里把玩。路旁有年轻女子见他耍宝，不禁掩口轻笑，他偏要作势结识，一本正经策马上前，欲求美人信物，唬得人家满脸通红，扭身便走。人们要的，不就是这个么？

南渚民风开放，街边有被甲卓航撩得满脸通红的少女，也大有毫不娇羞充满好奇的姑娘。他正笑嘻嘻地迎风策马，和众人嬉闹，忽然日光一暗，原来有人迎空抛来一个绿油油的济山青橘，还连着几片青翠的叶子。

甲卓航早闻南渚有青橘寄相思的风俗。

这济山青橘产自灞桥城外济山脚下，在远近几州非常有名，味辛、略苦，啖之一刻，又有微微甘甜回味于唇齿之间，清凉柔爽，回味无穷。由于不易储存，外州百姓寻常难得一尝。

用南渚旧说，这青橘之味恰似相思一刻，心结不解，总是心酸，但如若无此牵挂，又没有情思缭绕蓦然梦回的甜蜜回味。相思不得，水深火热，恰似济山深林初夏清晨的薄雾，有炽热中的一点清凉。

青橘既有此一比，便成了南渚相思节令少男少女相酬赠答的绝佳信物。

若是有哪位女子看中了心爱的情郎，便会抛橘传情；而男子若是有意，便回赠青水之薇。除此以外，对歌问答、互相试探的也有不少，但随后成与不成，总看这一枚青橘、几束薇苗，于是便有"红叶霜来半生，世事晓月鸣廊，夜阑微风帘幕，却看青橘枕旁"的句子，初夏时节，户户吟唱。

甲卓航看那小小青橘在空中翻滚，微微发愣。人生如寄，即便像豪麻那样，时时小心、处处在意，又有几时能过得轻松快意？他看着豪麻那僵硬的背影，也只是感慨，恐怕无论做出什么，也不能使那个钢铁一样的沉默青年，再把他喜爱的女子拥在怀中了。

这青橘不知是谁掷来的，他有意炫耀，便伸手拔刀，闪电般在空中来回一瞬。旁人只见白光闪烁，他已收刀入鞘。而那青橘正从空中落到他左手掌心之中。

他轻轻张开手指，内里用劲力一震，适才被他切开的橘皮便如莲花般轻轻绽开，剩余一团橘肉立在掌心，片刻之后，那橘肉又啵的一声，裂成数瓣。他便笑嘻嘻地轻轻回手唇边，张嘴向那青橘咬去。

人群中响起雷鸣般的掌声来。他这一下刀功了得，众人看得目瞪口呆。

这一刀看似简单，实则大难，能在瞬间连出数刀已属不易，青橘在空中，能够施刀于空无依傍的小小圆橘之上，不减其飞坠之势。切口似断实连，且下方橘窝一点不动，方能绽放如莲。这当空，他又耍了一个小小花招，用内力先行将橘皮与橘肉相连的一层筋膜剥开，让橘皮缓缓自然滑落,再使橘瓣破开,恰似一朵花儿,先开花瓣,再展花蕊,这一系列动作一气呵成,已是顶级的刀法、十分的巧思。

甲卓航不在乎有谁见到这一刀,实际上,他对自己的刀功颇为自负,更想让赤研瑞谦、戴承宗这些南渚的酒囊饭袋看到,吴宁边军中这一点功夫,可不是坐着耍耍嘴皮子就能换来的!

甲卓航知道将青橘肉吃到嘴里,在南渚是男子接受女子爱意的表示,更低头吃了个一瓣不剩,他在吴宁边混了这么多年,女人也有过不少,但是,相思何味?

周围的人群见他将那青橘吃下,不由得一起喝起彩来。这里掌声雷动,大声叫好,惊扰了前方的赤研瑞谦等人,他们纷纷回头观望,这一点得意,就真的被众人看了去。

甲卓航马上颠簸,一边吃着手中的橘子,一面向扔橘子的方向看去,看到一个穿鹅黄衫子的少女掩口而笑,为一众男女仆役簇拥,匆匆隐没在人群之中。此刻他口中苦味已去,却有一丝甘甜回味开来,见再难觅那女子的踪迹,心中不由得一阵怅惘。

无可救药的第一个念头,她不是扬归梦,但她是不是圈龙坊中那个姑娘?

(5)

吴宁边久经战事,土地辽阔,一马平川,女儿性情多率性爽直,不曾有这南渚山水灵气养育出的古灵精怪的心思。甲卓航近日来在这繁华之地游玩,心情患得患失,日前心中积郁的不平之气,到得今天，已被这一派平安喜乐磨去大半，心中倒有些喜欢上了这个地方。

此时恰是鸿蒙海潮生之时，海风习习、略带咸腥，耳畔隐隐有海浪奔涌之音传来，众人没有见过大海，但觉雷声隐隐，天地苍茫，偏偏前方丝竹乐队奏的却是那庸凡的快慰之声，让人听着心中不爽。

甲卓航此番随豪麻来到南渚，虽然未能登上青华坊大堂，但朱鲸醉一场宴席上发生了何等变故哪个不知？扬觉动已近暮年，却要质女求兵，备受揶揄；豪麻在军中横眉立目，却眼睁睁看倾情女子嫁做人妇；自己一行众人，前几日偷偷进城、灰头土脸，如今却纵马长街、风光无限，旦夕之间，人生境遇相差何止天高地迥，此中心境，难以历历尽数。

他知扬觉动为人生猛悍厉，也知道豪麻一根筋的冷峻执着，也许终有一天，扬觉动将挥师南下，金戈铁马，踏碎这南渚繁华。今日一去，也许再也见不到这些相思回绕、笑逐颜开的脸庞了。人们开心欢笑，他却不知心中是何滋味。

梦公主呢？云白水碧，海阔天长，你又在哪里？

他叹了一口气，解下身上长笛放在嘴边，轻轻吹送。

一丝清凉高越的笛声伴着隐隐潮声响起。

这笛声温柔缠绵，若春草初生，野花微绽，雨细风微，回环往复，伴着马蹄声声回荡在喧闹的阳坊街上，一时间竟从如潮的喝彩和欢呼声中悠悠破出，极为清晰地传到每个人的耳边。

他看到了围观众人脸上表情的变化，微微闭上了眼睛。

当年大安城中春雨楼，他第一次吹奏这曲时，也觉得一片春花烂漫，心中人正在倚栏向他张望。

笛声悠悠不绝，曲中情思开阖几许。随着潮声渐响，他的曲风渐变，便有江亭夜雨、千帆竞过，蓦然回首，西风流年的感慨。

此处精妙，在于吹笛者神思缥缈，闻笛者则顿觉人生无常、岁月蹉跎。这一段笛声的感染力似又上一层，不独那些围观百姓，更多远近各自忙碌的人们也都慢下了脚步，听得愣愣怔怔。

心中的情绪缓缓流泻，曲声便继续绵延，待甲卓航吹到极为遒劲苍凉处，笛声又是一转，便有铮铮肃杀之声，把这条街上的人们听得面面相觑、相顾茫茫。他们只道这吹笛之人技艺超群，却不知道这是吴宁边极有来历的一曲，唤作《指间错》。

笛声悠悠，前方豪麻的身子一僵，勒马而止。

甲卓航眼前，无数个灯下烛前，豪麻讲述扬一侬的情景再次浮现。

你刀头饮血、冲阵拔旗、视死如归，可曾想过那个姑娘已经永远不会再回到你的身边？那一场华宴，朱鲸醉美酒，饮得可还痛快么？

甲卓航知道豪麻素来不通音律，但这一曲确是扬一侬姊妹的挚爱。这一刻，这一曲他给豪麻，也给不知所踪的扬归梦，给扬觉动，给身旁的兄弟，也给所有身不由己的异乡人。

此声是中州著名的相思之曲，原是由琵琶弹奏，是浮玉泽著名歌师东白承为一个奇女子而作。这女子是木莲朝开国皇帝朝承露的第二任妻子，人称牙香公主。

木莲立国前群雄混战的年代，牙香公主原是霰雪原上固伦柯族的马上名将，她与年轻的朝承露相遇之后，抛弃了自己的丈夫，嫁给了这位困顿公子，并以固伦柯精骑助朝承露承续木莲大统，为朝承露出生入死、一统天下，但最终为朝承露所杀。

牙香公主死在朝承露东征离火原一役，最初的两情相悦终于抵不过性格和家世的距离。

当木莲联军以雷霆万钧之势横扫中州，朝承露奉命挺进旧吴时，两人关系早已怨怼丛生，牙香提前率部脱离战场。不料一路高歌猛进的朝承露在离火原陷入苦战，惨遭大败，几乎性命不保。牙香终于回师相救，以麾下固伦柯精骑全军覆没的代价，救回了朝承露。失去依傍的牙香，随后被朝承露斩杀于离火原上，举世皆惊。

十余年后，木莲立国，与牙香曾有一面之缘的歌师东白承旧地重游，斯人已去，只见荒草离离。东白承感慨朝承露霸业已成，仅仅数年光阴，却已无人再知牙香公主，遂作此曲加以感怀。

牙香公主的故事在木莲立国初年，本是天大的忌讳，也不知怎样，这曲《指间错》竟很快传遍了大江南北。

这《指间错》分为三个部分，第一部分是描绘牙香公主与朝承露霰雪原初识的两情相悦，因此曲中尽是温柔缱绻；第二部分描绘牙香冲破重重阻力，组织固伦柯风芒骑兵助朝承露作战，两人并肩齐驱，郎情妾意，但终于渐生嫌隙，曲声转而感慨苍凉；最后一段描写离火原上，牙香为兵败如山倒的朝承露放手一搏，全军尽覆，赢得一人孤归，却被朝承露赐死离火原的故事，因此充满金戈铁马的肃杀悲壮之气。

扬归梦有男儿气，爱的是其中的壮气长歌，英雄薄暮；而扬一依温柔缱绻，却常为牙香公主的情深不寿、相思成灾叹息。

甲卓航的笛声中，苍凉已尽，肃杀渐起，仿若已近乡关，那万马奔驰的广阔平原就在眼前。整个街市似乎都静了下来。吴宁边来的武士们听到此处,纷纷以手轻叩刀鞘,发出整齐节拍。

没有人比甲卓航更了解他的这帮弟兄,他们离开吴宁边多日,跟着他们不世出的枭雄领袖远赴南渚,这一次远行走得无比窝囊,心中满是不爽,这笛声将他们心中的不平一泻而出,岂不痛快!这曲子,吴宁边长大的少年,哪个不熟悉?就连甲卓航也手指微抖,不知为何,此次奏出的曲调,竟能和心中的感触融为一体,无法分割。

这笛子声音本是清脆,但在他的吹奏下竟显得异常凝重雄浑,又带一点无望的哀婉。如若不是在南渚大街之上,又会有多少人唱起平原落日中的沙场狂歌?

豪麻的身影越来越慢,他反手搭箭,忽地一箭破空,带着尖利的呼哨直插云霄。

正在此时,甲卓航忽见一个白色身影在人群中一闪,那身影和扬归梦倒有七分相似,他停了笛声,看到飞鱼营的白马在人群中穿梭,奔那人影包抄而去。

豪麻一箭问天,众人猝不及防。也只在一瞬间,护卫众人前行的诸人都拔刀在手,十把刀里,倒有七八把指向了豪麻等人,形成了一个寒光闪闪的圆圈。

这一刻众人勒缰立马,表情各异,豪麻的赤心在刀鞘中激烈地颤动,他铁青着脸,对那些擎刀的武士大喝:"让开!"

甲卓航心中一凛。

发现梦公主的踪迹,鸣镝为号,以为支援,是他们的约定,这暗号是扬觉动潜入南渚前就定下的。当时南渚境内,灞桥内外,都有可能发现扬归梦和道逸舟的踪迹。这响箭与寻常弓箭不同，带偏风哨，发射时的角度、劲力不同，发出的声音有细微区别，非相约之人，断然无法破解其中含义。

不过纵有响箭，非到非常时期也绝不会用，因为响箭一出，敌友都会有所警惕，对于潜行南渚的扬觉动一行，有极大的风险。

但此时形势又有不同，一是扬觉动一行身份已明，不怕暴露；二是扬归梦出现在繁华的阳坊街头，四周鱼龙混杂，处境危殆，而扬觉动一行人在南渚赤铁军环绕之中，绝无可能脱出一人去保护扬归梦，这一行人只怕直到吴宁边边境，都会在南渚的密切监视之中。

所以此情此景，对于扬归梦的安危来说，便是最最紧要的时刻，既然扬一侬已经陷在南渚，断不能让扬归梦再落入赤研家族之手。对吴宁边大公之女如此重要的政治筹码，还不知有多少势力窥伺在旁。

豪麻利箭破空，呼啸而去，显然是发现了扬归梦，甲卓航眼尖，也隐约扫到了一些踪迹，扬归梦可以潜在人群中来观礼，看来尚未落入赤研家族之手，但戴承宗的飞鱼营显然也发现了她的踪迹，只要稍稍迟上片刻，一切就无法挽回！

甲卓航和伍平尚山谷互望了一眼，街头巷内重重围绕的南渚兵士不下数百，这一亮刀，恐怕是有死无生，但是，他又怎么忍心让豪麻放弃这最后的机会？其实每个人都知道，即便此时梦公主归来，婚约也无法再行更改，但大公的骨血，又怎能失陷于浮华俗鄙的赤研家族之手？

"瑞谦将军，这是什么意思？"扬觉动声音低沉，穿透了死一般的寂静。

"扬觉动！豪麻是什么意思！"赤研瑞谦愤然作色，想到豪麻膂力惊人，那一支箭还没有落下，不禁脸上变色，匆忙退到一旁。

"一支鸣镝，助兴而已。"扬觉动面沉如水，那响箭流星一般从天空直插而下，他提过马旁箭筒，伸手，哨箭噗的一声直插了进去，微微晃了晃。

"大公！"豪麻神色焦急，面带怒容，"享儿她在市上！"

"享儿是谁？！"扬觉动缓缓转过脸来，对着豪麻，仿佛有千斤的重量无形压了下来。豪麻嘴唇抖了抖，面色苍白，再没有说话。

"瑞谦将军，请吧。"扬觉动又一拱手，延请赤研瑞谦继续向前。

"还看什么！收刀！"赤研星驰一声令下，那些卫士却相互观望，直到赤研瑞谦点了点头，才哗啦之声不断，所有的刀剑都被收了回去。

甲卓航脸上露出了一丝不屑的微笑，这响箭是军中号箭，没有杀伤力，何况在灞桥大街上，能有什么变故？赤研瑞谦把自己箍得像个铁桶，不过是个没有上过战场的草包。

此次之后，双方再不言语，各自默默看着前方道路，队伍又复前进。

庞大的送行队伍加快了速度，穿过了高大的野非门，门上悬挂的三个木笼仍在，一只黑色乌鸦落在那个空荡荡的木笼上，尖利地鼓噪着。

甲卓航的心中满是沉默。

享儿，是扬归梦的乳名。

走着走着，他才发现那青橘的橘皮被他顺手放在鞍袋之中，拿到鼻侧细闻，一股涩涩的清香。

第五章 归梦公主

和料想的并没有不同,她虎口被这一刀震裂,小刀也脱手而去,她被这惊涛骇浪般的一刀冲起,像一片风中秋叶,翻腾而起。

然而一箭破风,在一旁静候多时的关声闻飞鱼弩弓弦炸裂,一股尖锐的疼痛刺入内心的同时,一支熟悉的响箭也呼啸而起。扬归梦睁大了眼睛,看见一支闪亮的银色细箭从自己的胸中穿了出来。

(1)

  天光大亮，暑热渐起。
  灞桥采薇男女穿得异常鲜亮，换了一身不那么招摇的青衫，扬归梦反而觉得自己扎眼了起来。
  清晨出城的人太多，从百望台到阳坊街，人流滚滚，大批百姓已经挤出了城门。这里的人看起来花团锦簇，上身的却大多是土布薄绸，好一些的，是那些俗气的扎染，没有一丝北地的刚健清爽。
  穿得眼花缭乱还不够，不管是做生意的，还是买货品的，一个个都热情殷勤，无论男女，说话大多轻软，带着一股甜腻腻的劲头，让人心生烦闷。

只这一会儿工夫，乱哄哄的人群中，又一串串吆喝声起，卖面人的、酿米酒的、切熟肉的，市声嘈杂，让人头皮发麻。那些脚夫的扁担上挑着各式玩意儿，马夫的牲口上拉着锦缎竹席，农夫们则用小车推着甜瓜、蜜枣，蜂拥而过，这半个时辰，对扬归梦来说，感觉比跟着浮家的流萤射手策马一天还要漫长。

扬归梦心思不在这里，把手中青橘连皮塞了一半在口中，一口咬下，酸涩难耐，连牙齿似乎也要化掉，忙一口吐了出来。

呸呸呸，什么相思佳物，也不知道为什么二姐如此喜欢！扬归梦心中恨恨，不怪自己连皮吃下，却怪济山青橘味道太酸。逃婚南渚以来，吃不好睡不好，她的心火愈加旺盛起来。尤其最近，满城流言，都说吴宁边的娴公主要嫁过来了，嫁的不是南渚世子赤研恭，却是二大公的儿子赤研弘！

最开始听到这个消息，扬归梦瞪圆了眼睛，怎么也不相信，打记事以来，吴宁边的公卿百官，提到南渚都面露鄙夷。一百多年来，南渚仗着打不下的箭炉城和攻不破的百鸟关，偏安一隅，掮客盈城，商贾遍地，如果不是吴宁边二十年来内忧外患从未平息，怕是早就要兴兵踏平这个纸醉金迷之地。这样一块地方，她不信扬觉动看得起。

信不信是一回事，扬归梦跑回吴宁边的脚步还是慢了下来。如果没有这回事，她就要马上跑回吴宁边，错已经犯了，无论多么严重，反正扬觉动又不能杀了她。

但如果真的是扬一依代替自己嫁来了南渚，那就大大不妙，二姐的心思她猜不透，但是豪麻真正爱的，就是扬一依。从小到大，豪麻都生活在扬府。扬归梦记事起，就看着豪麻一点一点爱上自己这个温柔的姐姐,不说小时候豪麻没少为了这个挨打,就说近两年,豪麻从木莲回来之后,整个大安城的权贵子弟便再也没有人敢问安二小姐了。豪麻的刀是战场上人血淬过的,一不小心,就是一条性命。

如果扬一侬真的嫁来南渚,那还不知道豪麻的刀口上,会吊着多少条人命。

扬归梦把头摇得跟拨浪鼓一样,希望把这个可怕的消息摇出去,然而就在青水码头,她真的遇到了拜发红帖的南渚使臣。木莲皇帝钦赐的白色旌节在青水之上飘荡,和吴宁边那根并无不同。在吴宁边,它没有那么稀罕,只有在每年木莲使臣来大安的时候,才会被拿出来抖抖灰尘,在马背上举一举。小时候,自己还拉着豪麻去偷来玩过。九尾旌节被豪麻在玉石栏杆上打断了一尾,半个月后才被发现。然而在这里,却有一大群人围着它,虽然连半个木莲的人影儿都没有,一群人却吼得山呼海啸。

"山海锦盟,两州姻亲……"司令官嗓音嘹亮,这一声喊随风飘荡,庞大而庄重的使节团托出了记录着大红消息的锦缎木盒,各种乐器争先恐后地响起,扬归梦别的都没听见,她只听到扬一侬真的要嫁过来了。

她想杀人。

并不是开玩笑,扬归梦十三岁就跟着扬觉动上了风旅河战场,虽然没有编入豪麻的前锋营,但是她的小马也是踩着尸体走出离火原的。二姐真的要代替自己嫁到南渚了,自己可以逃,但二姐的性子温和,是说什么也不会逃的,这就完蛋了。

有什么办法不让二姐嫁给一个陌生人,不让豪麻发狂提刀上马?

一个念头迅速跳入了她的脑海，杀人。

杀了赤研瑞谦、赤研井田、赤研恭、赤研弘，随便哪个赤研家的人，结下解不开的血仇，这和亲的事情就此了结。

她总记得风旅河畔的如血残阳下，阿爸在马上告诉自己，这世上解决问题最快捷的方法，就是让你的对手永远不能再说话。就是这么简单。

千军万马中取上将首级，对于扬氏家族来说，扬归梦不是第一个，但也绝不会是最后一个。只是若如此，她扬归梦就已经死了九成九，一生也无法再回大安城了。

想到这里，她自顾自笑了一下，见不到豪麻那个木头了，但是他会给自己报仇的。她确信这一点。

扬归梦坐在包子铺里面胡思乱想，低头用指甲划着桌面，那木头的缝隙里有经年积累下来的油泥，随着她白玉一般的指甲划过，连着木屑向两边翻滚开来。

"姑娘又来了。"一个滑溜溜的声音似曾相识。扬归梦抬眼，看到一张谄媚的马脸。

马掌柜看到她抬头，忙快步上前，赔笑道："姑娘，姑娘，上次您的银子还有多，今个儿是南渚大喜的日子，您要点什么，小店费用全免！"

"想要你的铺子。"扬归梦嘴角略略向上弯了弯，就算笑过了。马掌柜见自己的殷勤被兜头呛了回来，张口结舌不知道说些什么是好，只一句话的工夫，头上就滚出了汗珠。

"今天结账应该找得开了吧。"扬归梦不咸不淡地说。

"姑娘、姑娘你这是玩笑、玩笑话。"马掌柜见过扬归梦的千两银票,知道眼前的人大有来头,一时紧张,磕巴了起来。

"一碗白粥,四个包子。"

"来来来,马上来!"马掌柜胡乱擦了擦脸上的汗,快步走了回去。

"姑娘,这样吓唬人可不好。"说话间,一个穿淡蓝绸衣的公子哥儿在对面坐了下来。

这里的人就是这般轻浮,扬归梦被搭讪搭得多了,也懒得理他,只是这人眉眼间有几分像甲卓航,扬归梦就多看了他几眼。这几眼倒没有白看,这人一坐下来,店里几张桌子零星也有客人坐下,哪有这样巧合的事情?

扬归梦眉头一锁,看他打扮,倒像个有来头的,是马上离开还是静观其变,她一时没有拿定主意。

那人也不说话,只是用指甲顺着扬归梦划出的痕迹划了一个叉,显然是让她不要说话。这边口中却道:"这大热天的,真是没有法子,搞什么劳什子定盟,连个包子也吃不好。"

他说话的油滑样子也有几分像甲卓航,若是在吴宁边,甲卓航可算得上是最油腔滑调的人,但是在南渚,显然就有太多人青出于蓝了。扬归梦也不着急,扭头向四面看去,此刻满街都是挤挤挨挨看热闹的百姓,街旁的屋子、树上都爬满了半大的孩子,连乌鸦都没有下脚的地方。汹涌的人潮波浪一样起伏,汗臭混着劣质胭脂味弥散开来,让人头痛欲裂。

她厌恶地挥了挥手，好像就能赶走那些恼人的味道。

周围并没有什么异常。

那人的手又在桌上移动，弯弯绕绕，又写下了一个"鱼"字。

飞鱼营？扬归梦身上一紧，不自觉坐直了身体。这次和道逸舟来到南渚，已经和飞鱼营交手几次，最后一次，连强大的道逸舟也折了进去。如果真的是飞鱼营，倒是十分棘手，只怕赤研家的人杀不到，自己也会交代到这里。

一缕金色的阳光从人缝中射了出来，极细的一线金属摩擦声尖利地在耳边响起。扬归梦敏感超乎常人，这一瞬间的抽刀，让她确认，人堆里就有飞鱼营的人，级别还不低。随着咯的一声轻响，那阳光被利刃反射，毫无目的地在人群中转了一个来回，又复不见。如果不是有对面这家伙提醒，扬归梦难免以为光线挑逗的目标就是自己，说不定已经飞身而起。

跟在那一缕光芒后的是一双鹰隼一般的眼睛，扬归梦眼角的余光瞥到这目光在人群的缝隙中一闪，只片刻工夫，又消失不见。

"你是谁？"扬归梦坐直了身子，看着对面这个男人。

"咸肉水仙包！"那人并不回答扬归梦，而是伸手从马老板的手里接过了扬归梦叫的包子，夹了一个，蘸了些白醋，稍稍提高了些声音，"馅料用梨子鱼的肉蓉，调味的是秋天收下的济山松子，鲜香得很。"

"是呐是呐，外面还要用一片咸肉火腿滚上，才算完成。"马老板在一旁赔笑。

"要薄得透明的火腿。"这公子哥儿一手指着马老板，哈哈笑了起来。

鬼扯！扬归梦在心里暗骂，故弄玄虚的事情似乎是公子哥的专利，在她整个吴宁边的追求者里，最不缺的就是这种人。甲卓航也油嘴滑舌，但是比起这个呆瓜，却有趣多了。

包子铺内正在说话，此时的人流却像大海中的旋涡，发生了微妙的变化。远处传来马蹄声，看热闹的灞桥百姓则哄闹了起来。

扬归梦忍不住伸头去看，不料每次转头，这公子哥的一张脸就正好挡在面前，把眼前的人物景色全部遮了个严严实实。

"姑娘不要心急，要慢慢吃，才体会得到这包子的奥妙。"这男子依旧在絮絮叨叨，"水仙包须要上屉大火急蒸，直到雪白的面皮中，馅料变成粉红一丸，才算大功告成。这时候吃到嘴里，满口生香，既有鱼肉的滑润嫩爽，又有松子的清香宜人，最后那咸香带甜的火腿把味一提，的确是入口生津，令人欲罢不能。"

扬归梦心里老大不耐烦，只因身处险境，面前的人又敌友未明，不便发作。

他口中说话，眼神却并不闲着，扬归梦顺着他的眼神看去，整个阳坊街上不知什么时候，已经被赤铁军围了个水泄不通。

这人倒不管扬归梦什么反应，只将那包子翻来覆去在白醋和酱料里滚了一遍，居然放到了扬归梦的碟子里，小声道："梦公主，可以尝尝了。"

(2)

以为我不敢吃吗？扬归梦心中冷笑。

除死无大事。

包子落在口中，一股鲜香的汁水冲刷着牙缝，馅料紧实，面皮松软。扬归梦轻轻叹了一口气："味道还真不错。"

"包子也吃了，就不用操心我了，你既知道我是谁，也应该知道这个闲事不好管。"扬归梦不紧不慢地说。

"姑娘在灞桥也有些日子了，也已经见识过赤铁军的凶蛮，近日他们不知把这一整条街道翻了多少遍，还没有找到姑娘已是奇迹，如此冒险，真是何必。"对方的语气倒十分真诚。

"你管得了我，未必管得了赤研家的人，这是我和他们之间的事，不知道你有多大的面子，还是想要替赤研家的人死。"扬归梦的语气不见起伏，倒像是说一件无关紧要的小事。

"死？"那公子哥儿一愣，道，"姑娘莫不是想要寻赤研家的晦气？就怕死不掉，被抓住了可不怎么好。现在整个八荒神州，每个对权势有野心的人，都想姑娘想得紧，姑娘的身手再快，恐怕快不过飞鱼营的弩箭。"

不等扬归梦回答，他继续道："死不如走，最好姑娘现在就冲到街上去，到扬大公面前亮明身份，谁也没有胆子阻止你回家。"

"回家？"人群的欢呼声越来越热烈，扬归梦的心在怦怦跳动，每一次马蹄闷声敲击石板,都像是敲击在她的心上。片刻之后,仪仗车马就会通过阳坊街,自己和阿爸的距离,也只有这百十步了。

这人说的,自然是上佳的办法,既然两州已经定盟,二姐出嫁已成定局,那么南渚确实没有任何理由在扬觉动面前扣住他的小女儿。浮明光、甲卓航、伍平……这些人都是熟得不能再熟,这一路晃回吴宁边,倒也没什么不好。

但是她不能回去,个中原因,面前的家伙永远不会懂。

那人道:"姑娘的意思,是以后都不再见吴宁边的亲友故旧了吗?"

"对,我还没玩够,这次本来准备去朱雀逛逛的。"道逸舟告诉她,高手过招,漏了心思,就输了。

这是返回吴宁边的最后机会,所有人都在盼她此时出现。然而,回去怎么见二姐?更重要的,怎么见豪麻?这一瞬间,她心里更闪过一个念头:阿爸会不会把自己代替了二姐,嫁给豪麻?

她的心怦怦乱跳了一阵子,觉得即使有这个可能,也太过荒唐,这个世界上没有谁比她更了解那个心如钢铁、面挂秋霜的男人,他火一样的热情只属于一个人,扬一依。

扬归梦闭上双眼,嘴角抿成了一条直线,不能现身,不能回去。

"姑娘可以沿青水逆流而上,北方有一座金色的大城。"他仿佛看穿了扬归梦的心思,"那里日光如莲,大得谁都找不到你。"

"木莲城?"扬归梦疑惑地看了他一眼。

"有了南渚的支持,扬大公必定发兵澜青,天知道谁输谁赢。他要把你嫁来南渚,未必没有存留下一股血脉的心思,父业女承,即便大安城有一天陷落,你也终有回归的一天。既是这样,不如索性跑远一点。"对方劝得起劲,不免就带上一丝殷勤,令人心生警觉。

扬归梦脸上显露出一丝不屑的神色,那个叫扬觉动的一州大公怎么会这样想。这个从她出生就绝少见面的阿爸,凶暴得像一头狮子,只知进不知退,如果可能,他会把所有的骨血都留在大安城。换句话说,如果有一天,大安城都陷落,谁又能保得住扬家的后人呢?

但即便如此,去木莲好像也不错,大姐远嫁木莲十几年了,自己还没有见过。

然而这一走,豪麻、阿爸、二姐,不知道什么时候才能再见了。父亲是八荒最强横的大公,嫁出大女儿扬苇航后,就没有离开过他的军队,木莲皇帝几次征召,战场上的他只当作耳旁风。豪麻,刚刚从木莲回来没几年,连战连捷,连捷连升,以目前的身份和地位,除非马踏皇城,也再想不到见面的可能。而二姐,倒是可以不听她的唠叨,但是一辈子听不到,也是很烦啊!

离城的队伍越来越近了,豪麻一定和平日里一样,跟在他的义父身边,只是不知道这一次,是何等失魂落魄的模样。不对,他那样一个人,就算是天塌下来了,也必然是面无表情。但是这次是扬一依走了啊,他真的会面无表情吗?

想着豪麻,心就乱了。扬一依,自己的二姐,豪麻心中长不大的小姑娘,已经不是他的妻子。豪麻十二岁被送进扬府,那时候自己还只有六岁,勉强记得住好玩的事,那时候最好玩的事之一就是欺负下人。马童豪麻被脱缰的战马踢得头破血流,引来阵阵哄笑,就在自己跟着大伙往这个沉默不语的孩子身上扔泥巴的时候,九岁的娴公主递给了这个满头草秆泥灰的马童一只粉鱼瓷碗，里面有半碗剩下的冰糖莲子。

大概就是从那个时候开始，豪麻看扬一侬的眼神就不一样了吧？

豪麻进扬府十年，每次见到扬一侬，眼神中炽热的焰火也就燃烧了十年。初入府时他鞍前马后洒扫侍奉，吃了无数白眼，只有扬一侬和其他人不同，从来不把这个小男孩当作下人，那一碗喝了一半随手递过的冰糖莲子，几乎让少年豪麻泪洒当场。在此后的漫漫岁月里，豪麻每次和扬归梦提到冰糖莲子的好，都会遭到她的嘲笑："娴公主当然不会给你脸色，那时候她九岁，知道吗？她根本不知道你是谁！"

"那不一样的。"豪麻的声音没有什么起伏，他的话总是很少。

那确实是不一样的，如果年纪小就意味着心性好，那么怎么解释六岁的自己还在往豪麻身上掷泥巴？二姐从小做人做得完美无缺，这一点也是天赋，大家都看得到。

但是扬归梦还是有些不服气，怎么从这一次的好之后，每次扬一侬的举动，都变成了好？豪麻死心眼，不知道她娴公主对待每个人都一样的好吗？她可是自小对每个人都细致妥帖、一般无二的。

扬归梦从小调皮捣蛋，而扬一侬却温书作画、习琴练字，生性温柔，笑起来甜甜的，生气了就自己到一旁静静地待着，谁也不理。扬归梦实在是不明白，为什么连她不理豪麻，都变成了让豪麻刻骨铭心的姿态。豪麻看扬一侬，能看上一整天，而轮到自己蹦出来，他马上就转身走开了，偶尔过来笨拙地讨好，也定然是为了扬一侬。

一个马童居然敢喜欢娴公主，这件事令大家怎么也想不到，然而不久之后，豪麻仗着天资聪颖，肯下苦功，居然有机会师从浮明光习武,十几岁就跌跌撞撞跟着扬觉动一起上了战场,大家更想不到。

扬觉动骑大马,豪麻跟着马跑,骨瘦如柴的身子居然也慢慢跑壮实了起来。扬家世代名将,战场上只问实力,不讲出身,豪麻性情坚忍,不惜性命,又天资甚高,就这样脱颖而出。

扬归梦九岁的时候,扬觉动送了她一匹小马,也是豪麻为她整鞍,她诧异于这个从来没有骑过马的马童,却知道所有骑马的诀窍。直到有一天,豪麻偷骑扬觉动的坐骑被发现,被抽了二十鞭,他咬死自己只是为了驯马,只有吓哭了的扬归梦知道,他心里想着的是出人头地,是扬一依。

也许是看中了他的硬气,十五岁的豪麻有了自己的第一匹马,跟着扬觉动上了战场。扬归梦不服气,也想跟着去,被拦了下来,这一拦,就是好几年。这些年里,十五岁的豪麻带着一身伤疤在战场驰骋,不眠不休地在浮明光的指导下练刀,扬归梦有时候好奇,去倒一碗水给他喝,说是扬一依送的,他便喝了。

豪麻有几次差点死了,这时候扬归梦就很难过,她不知道豪麻为什么为了战功,连性命都不要。很多人把战绩功劳挂在嘴上,听多了,就惹人讨厌,但豪麻却不管做出什么样的成绩,左右都是一句不提。扬归梦问得急了,他也只是说,还差得远。差得远差得远,不知道他到底怎样,才能离得近一些。

十六岁升为百夫长,他还差得远,十七岁成为校尉,他还是差得远。直到他率八百骑兵大败澜青五千赤铁,以年少铁血声震四方,他还是说差得远。扬觉动把他送入帝都木莲军中,继续历练,豪麻就此成为最年轻的勤王之将,扬归梦有两年没有见到他,从百望台上看去，离火原上的青草黄了又绿，这样两次之后，豪麻该回来了，扬归梦不知道这次他是不是还觉得自己差得远。

十九岁的豪麻回到吴宁边，已经成为英姿勃发的少年将军，大公的推重，让不少女子对他倾心相向。他身边围了密密一团，但除了扬一依，其他女子，他看都不看。扬归梦也长大了，终于知道豪麻想要的，只是扬一依的一张笑脸。

豪麻走的前一年，道逸舟阴沉着脸来到南渚，扬觉动待之为上宾，扬归梦多了一个老师。豪麻从战场回来，扬归梦找到豪麻比武，豪麻始终不出刀，被小小的扬归梦追着绕圈跑。

面对扬归梦的质问，豪麻只是笑笑，说，战场上的刀嗜血，不能说拔就拔。然后话又兜回来，你姐姐她最近好不好？

扬归梦憋了一肚子气，苦练了两年刀马，豪麻一回来，便硬要扬觉动把自己带到了风旅河战场上。

与扬归梦不同，扬一依本人不习武，但少女情怀，对那些卓然不同众人的英武少年总是多看一眼的，不过这样的少年太多，豪麻也不过多得一眼而已。

如果说，冷峻凶悍的豪麻对扬一依思念成狂，那大抵是不错的。

而多少沙场的荣光，都抵不上扬觉动将扬一依指给他为妻的那一天。

那一天，一贯冷冰冰的豪麻带着甲卓航等一干兄弟，还有一个吵闹着要去的扬归梦，一起喝了个昏天黑地。就是连路都走不稳的情况下，他还是没忘了依吴宁边习俗，将辛苦搜来的定情信物，一双从木莲求来的绾臂金环，托扬归梦置于扬家庭中柳下。

扬一依拿着这金环去给父亲看,父亲说收下吧,她便收下了。

(3)

扬归梦从小睡眠上佳,但这十几天却常常梦中惊醒,仿佛扬一依还在阁楼中小坐,等着替自己在阿爸面前求情辩解,而一身风尘的豪麻正飞奔回扬府,为马上能够见到扬一依而欢欣鼓舞。

一个从未见过的场景在她的梦中反复出现,在大安城外的空阔的古道上,扬一依来送豪麻离城,豪麻像每次离去时一般,要被扬一依拉着说上几句亲热的话。二姐说话慢,一两句话间,扬觉动的马队就把依依不舍的豪麻抛在了后面。扬一依像往日一般温存地微笑着,豪麻的脸也不那么僵硬。终于豪麻纵马离开,松开了扬一依的手,只是他们都不知道,这一次的分手,就是永诀。

究竟是谁拆散了他们?梦里,两个人一起回首看着扬归梦,她无处遁形,张口结舌,结结巴巴地说,不是我,不是我。

杀了赤研瑞谦,杀了赤研井田,杀了赤研弘,杀了赤研恭!

"杀掉他们!"这个这些天来不断在脑中轰轰作响的声音再一次响起。

扬归梦慢慢睁开眼睛。每一次跟着阿爸在百望楼上看夕阳沉没,扬觉动都会指着如血的地平线,对小小的扬归梦说,扬家的孩子,要学会孤身一人抉择,孤身一人生活。

"踏破长河",吴宁边的骑兵们出征时,都会象征性地把那条奔流不息的风旅河踩在脚下,而扬归梦迄今为止的每个决定,都没有犹豫过。

对面的男人有些紧张,轻声道:"你还只有十六岁,扬一依嫁来了南渚,扬苇航早已远嫁木莲,吴宁边是你的。"他顿了顿:"也许整个天下,都是你的。"

"整个天下?"这四个字在扬归梦的脑海里划出了一路火花。
这句话另一个人也说过。
"阿爸那么爱你,整个吴宁边是你的,整个天下都是你的。"三年前,扬一依在扬觉动进击澜青战场之前,给十三岁的小妹妹梳头时说。
"我不要吴宁边,我也不想要天下,我只想在阿爸身边多待一会儿。"扬归梦听到了自己的声音,脆脆的,有点委屈,也有点孤单。她还想着那个瘦长身子的豪麻,但是这个因由,她不想对扬一依说。
"这么说,带你上战场不是阿爸的意思了?"扬一依有些惊讶,看着这个小小的孩子。
"是我求道先生和阿爸说的!我不要在家里绣花,我要跟着他,他做什么,我就做什么!"
"阿爸杀人,你也去杀人吗?"
"是!"扬归梦说出这句话时,没有一丝犹豫。
她噘起了嘴:"阿爸不爱我,阿爸爱你,所有人都爱你!你什么都做得很好,又听话,我顽皮,又什么都不会做!"
"傻瓜,那只是因为我是个不敢犯规的听话孩子啊,我也想在阿爸身边多待些时候,可是,我没有勇气说那样的话,我也不敢杀人,我只能把他的吩咐不打折扣地做好。"扬一依轻轻叹了一口气，"你看，阿爸从来不问我的生活，也从来不来看我，你说，阿爸是不是真的不那么喜欢我？"

扬归梦的长发在一双凝白的手中翻卷，变成一个整齐的发髻。

"哪里有！"扬归梦高声叫了起来，"阿爸不常来看你，是他整天在打仗！而且，也是他相信你！只有最不省心的丫头，他才要一直带在身旁看着，我要是不每天调皮捣蛋赖着他，他也不会带我的！"

扬归梦还想再多说几句，扬一依已经替她盘好了头，笑着说："是啊，阿姐如果也像你那么调皮捣蛋，阿爸就要烦死了。阿姐最厉害的，就是你们交给我的事情，我都会做得好好的。比如，好好照顾你。"

扬一依的笑容里带着一点无奈，捏捏扬归梦卸了皮甲的小肩膀："阿姐把你照顾得好好的，你也要自己好好的。"

"好呐！我会好好的。"这个姐姐从来都是这么暖，从来也都有点烦。扬归梦记得那一天，这么说着说着，她就在扬一依的怀里睡着了。

扬一依温柔的声音在耳边轻响，没有什么特别的起伏，扬归梦就这样安静了下来，她的生母已经死在宁州，扬一依的妈妈常年卧床，扬觉动不在的日子里，只有姐妹两个日日形影不离，姐姐就跟一个小大人一样，陪伴着这个顽劣的小姑娘。扬一依的声音太甜了，以至于数百人的扬府，没有人不喜欢这个温柔的小公主。

现在，扬归梦大安城中的扬一依是不是也像豪麻那样冷着脸？扬归梦觉得头都要想破了，也想不出扬一依生气的模样。你不会怪我的，不会的，我不想嫁给什么赤研恭！你快逃啊！像我一样逃走！你也不要嫁给什么赤研弘啊！

二姐说："你要好好的。"

那，我是不是应该好好的？

清风徐来，仿佛扬一依的手指划过扬归梦的发丝。

行事决绝，不计后果，这是整个八荒神州对扬觉动的评价，也是道逸舟对扬归梦的评价。扬家人的身体里，也许都奔流着这样的血。

然而这些天，扬归梦脑海里轰隆隆无数的声响，偏偏不敢一丝一毫想到扬一依，当扬一依真的重回脑海的这一刻，她就不那么想死了。

"那就便宜赤研瑞谦咯！"扬归梦忽然感觉有些饥饿，伸手去捏了一个包子，囫囵塞在嘴里，咬得汁水四溅。决意求死之后，扬归梦无意间屏蔽了对这个世界的感觉。死意一去，扬归梦才发现，不知道什么时候，冷汗已经打湿了衣衫。

对方好像松了一口气，道："既是如此，你不要离开这里，等一会儿，舍妹会来这里小憩，你和她一起离开，我送你去木莲。"

"看起来你好像很有把握？"

"我有把握。"

"你为什么帮我？"

"因为有人出了很高的价钱。"

扬归梦点了点头，露出一丝轻蔑的笑："这句话倒是很通俗易懂，你们这里，除了商人就是骗子。"

"在下陈振戈,舍妹陈可儿,你记住这两个名字就可以了,你是我们的远亲,从宁州过来小住。"

扬归梦不置可否地点了点头。

"记着,无论任何情况,都不能承认你的身份,不然,我就没法帮你了。"陈振戈很不放心,回过头来又叮嘱了一句。

(4)

鼓声隆隆,木车轮在青石路面上压过,咯吱咯吱响个不停,马蹄嗒嗒伴着欢呼声,排山倒海般涌来,是离城的前导马队来了。小店里的人们都站了起来,抻长了脖子看热闹。

陈振戈走远,扬归梦站起身来,看到远处转弯的街角一面青色海兽旗迎风招展,再向后二十余步,又是一面黑底赤焰虎旗随风飘荡。

她四下张望了一番,粗略估量了一下自己到街面的距离,三四丈间,满是看热闹的百姓,中间夹杂着赤铁军,两侧的屋脊,也有弓弩手,纵是身形再快,想要毫发无伤地出现在阳坊街上,也颇不容易。

"军爷要点什么?"马老板的一声招呼让扬归梦猛然惊觉,一回头,两个赤铁军的兵士翻过栏杆,把手里一个半大小子推进屋来。

"不要你的吃食,站远一些!"

"有话好说,有话好说。"马老板的眼睛在那个衣衫褴褛的小子身上挪不开。

"想吃包子吗?"那兵士拖过就近桌上的半盘包子,啪地放在那孩子面前,"把那个小孩找了来,戒指给我。"

那个半大小子吞了一口口水，伸出手去抓起一个包子就送到嘴里，满嘴流油，也不怕烫。

门口正热闹着，身边窸窸窣窣地发出声响，扬归梦反手一抄，握住一只细细的手腕，轻轻一带，只听哎哟一声。她回头，看到一个四五岁的小孩正在桌边，用脏兮兮的小手抓着自己的包子往嘴里塞，剧痛之下，竟然也没有放手。

"我不白吃！"那孩子嘴里含混不清，扬归梦手上稍稍用力，那小手一松，包子带着黑乎乎的指印落在桌上，跟着叮当一声脆响，盘子中多了一个明晃晃的戒指旋转不休。

不过一瞬间的工夫，整个包子铺安静了下来。两个赤铁军也放开了那个小子，大步走了过来。

扬归梦心下暗骂该死，慢慢后退了半步，侧过身推了那孩子一把，道："去吧。"

那孩子手腕得了自由，却并不离开，眼睛直勾勾地瞪着剩下的两个包子。不过扬归梦已经顾不得她了。

"对不住，那枚戒指是官物。"那个高个的赤铁军走过来，看着扬归梦，手慢慢向盘子中的戒指伸去。

"又不是我的，喜欢拿去便是。"扬归梦身子一侧，再让过半尺。

那军士的手捏住了戒指，抬起，放在眼前看了看，打量扬归梦道："你这反应倒不寻常。"

扬归梦心中警惕，点了点头，并不说话。眼角的余光，看到一个着鹅黄春衫的少女为一群人簇拥着，正远远走来。

想必那就是陈可儿了，这街上的南渚兵士不少，如果要如陈振戈所言悄悄离开，现在还不能和这两个军士翻脸。

"借一步说话可好？"那军士伸手搭在扬归梦的肩膀上，扬归梦有意松了劲道，被他一拉，踉跄了一步，好像真的是个弱不禁风的少女。

"这光天化日，要我去哪里说话？"

"你偷了咱们青华坊的银饰，要到府里去说说话。"那军士伸手又捉住了扬归梦的手腕，拉着扬归梦的手去摸了摸腰间的镣铐，"你若不吵闹，自然也不会为难你。"

此时另外一个稍微矮胖些的赤铁军也走上前来，用两根手指托起了扬归梦的下巴，皱眉道："宁州人？"

"戒指是出城的官爷送我们的！不是她偷的！"那吃包子的少年远远喊了一句。

"想死吗？"那赤铁军回首骂道，阴沉着脸。

"小孩子不要乱说话。"马掌柜不知道什么时候跑了出来，一把把那个少年拉到身后，赔着笑，"这是渔夫老越家的孩子，官爷不要和他们一般见识。"

"是我们的！是我给姐姐的！我换了包子！"一个更加清脆的声音从扬归梦身后响起。是那个小小的孩子，这时候吃了包子，正把两只油腻腻的小手往衣服上擦。

"滚开！"那个矮胖子伸腿去踢那个小孩，却不想她在地上一滚，这一脚落了空，他未想到那孩子会躲开，这一下子失了平衡，差一点摔倒，不由得恼羞成怒，飞扑上去捉住了那个孩子，一把抓了起来。

"你说戒指是谁的？！"

"我们的!"

"再说一遍!"那个军官劈面给了那小孩一个耳光。

"我们的!"小孩嘴角见了血丝,脸蛋高高肿起,却不哭,只是叫得更高声。

"你奶奶的!"这个军官一句话没说完,觉得脑后生风,一侧头,一壶老醋啪地碎在身侧的柱子上,还来不及反应,包子盘子雨点一样飞过来,噼里啪啦落在脸上身上,汁水破开,烫得他哇哇大叫,自然也松了手。

"快跑!"

"往哪儿跑!"高个兵士松了扬归梦,上前一个虎步,一把揪住了那孩子的肩膀,不料那小子气力奇大,低头牢牢抱住了他的腿,他低头一拳向下砸去,被那小子伸出胳膊夹在腋下,他又伸出一只手去摸刀,却被一口咬在手腕上,他吃痛手上一松,那少年得了机会,抡起拳头,砰的一声正中他的鼻子,这一下着实不轻,打得他一个跟跄,勉强站住,却已经是鼻血长流。

"来呀来呀来打我呀!"那少年挑逗着,翻身想走,却被一脚凌空踢了回来。那个赤铁军立足未稳,又被撞倒。

这一下事变仓促,众人愕然,只有扬归梦从未见过如此蠢货,再也忍不住,笑了起来。

在那少年身后,不知道从哪里已经转出一队亮银软甲的兵士,把小店的门口围了个严严实实。

"咱们飞鱼营两艘红船,便是毁在你手上吗?"一个校尉模样的军官慢步走上前来,飞鱼营的兵士弩机上箭,闪着银亮光芒的箭头指向了扬归梦。

"这位军爷,前面那个姑娘是我们的闺友,刚刚从宁州过来,一定是误会了。"着鹅黄春衫的少女旁,一个年纪稍大的紫衣女子说了话。

那军官脸上露出不屑神色,忽地抬手,一只弩箭流星般射出,众人齐声惊呼。

包子铺空间不大,扬归梦离飞鱼弩不过两丈许,好在她早有提防,仓促间踏住一旁的凳子凌空一个鱼跃,那只羽箭将将擦着她的后腰飞过,噗的一声闷响,射穿了她身后的廊柱。

毫无预兆地在生死之间走了一遭,扬归梦的心脏狂跳,抽刀在手,勃然大怒,这人一言不发就出杀手,飞鱼弩制造精良,裂石穿云,这样近的距离,可以把人一个对穿,如若这一箭自己躲不开,势必横尸当场,如果没有身后的廊柱,不知道谁会当场遭殃。

她感到后腰发凉,伸手一摸,发现衣服似被利刃划过,齐刷刷破开,露出一截皮肤来。

那军官似笑非笑地望向身侧的几名女子,咧了咧嘴,似乎很是享受她们的惊呼,道:"这是谁家的闺友?有这般江洋大盗的身手?如若我这弩对着你们,是不是你们也可以毫发无伤?"

"围上!"一声低沉的呼喝,接着是纷乱的拔刀声,叮叮当当响了一气,二三十个身着旧皮甲的军人不知从哪里钻出来,把十余名飞鱼营的兵士逼在一起。

"你们的统领没有教过你们礼貌吗?"啪的一声,那飞鱼营的校尉脸上挨了一记耳光。

飞鱼营的兵士们箭在弦上，自忖没人赶来招惹，突然被这群人近距离发难，一个个来不及反应，都被制住，脸色十分难看。

"这女子和那个狗娘养的要犯道逸舟奔逃，想要从鸿蒙海偷渡到朱雀，我们飞鱼营两艘红船都毁在他们手里。"飞鱼营的这个校尉恶狠狠地说。

"你骂谁？说话注意点！"适才说话的紫衣女子紧咬嘴唇，那着鹅黄春衫的少女忍不住发怒。

"呸！你们今天惹了飞鱼营，以后休想高枕安眠！有胆子敢来挑衅，就不要怕血溅五步！"

"道逸舟的名字也是你叫的！"

"道家满门都是叛逆，我如何说不得！道家剩这一个心狠手辣的余孽未能根除，好在飞鱼营已经把他射死在鸿蒙海上，也算是领得大功一件！"

"你！"黄衫少女为之气结，而那个紫衣女子则脸色苍白。

"这么说，是关声闻没有教过你们什么是礼貌了？！"一个略带沙哑的低沉声音响起。那飞鱼营的校尉脖子上架着刀，脸颊被人死死捏住，只听咯噔声响，竟脱落了几颗牙齿，和着鲜血落了下来。

他也算强悍，死挺着不哼一声。

扬归梦回头，身后一个高大的人伫立在耀眼的阳光里，日光正足，一时间眼睛发花，看不清对方的脸庞。

"参、参见侯爷。"刚才还十分骄傲的十几个飞鱼营的兵士跪拜了下去。

不知为什么，虽然有日光为他的轮廓镀上一层金边，这个人的声音里还是有一股平淡的寒意,语速不紧不慢,天然一股威严。

已经封侯?扬归梦饶有兴致地打量着这个阳光中只能看见一团阴影的人。扬归梦对南渚的官制知之甚少,但是在吴宁边,能够封侯的人是少之又少。除了世袭,须在沙场中有绝大功绩才有可能,而扬觉动主政的这二十几年中,吴宁边的侯爵不但没有增多,反而越来越少了,他们大多都出于各种原因被扬觉动杀掉了。

"陈可儿参见平武侯!"那着鹅黄春衫的少女盈盈下拜。

"婉夫人!可儿郡主!"平武侯还礼。

"道、道婉婷?!"那满嘴是血的校尉一脸惊恐,从牙缝中挤出了几个字。

(5)

她姓道?扬归梦心下一片茫然。道逸舟说过,道家早在八年前就已经被赤研家灭族,昔日的南渚权贵早已化作青烟缕缕,所有和道家扯上关系的大族纷纷更名改姓,避之唯恐不及,怎么会还有一个姓道的年轻女子在?看样子,她在南渚的地位还不低。

道婉婷走上一步,道:"李侯别来无恙。"

"少夫人安好,秀奇见礼了。"平武侯李秀奇上前两步,微微拱手,扬归梦终于看到了他的脸庞,这个高大的军人已经不再年轻,身子微微发福,一张四方脸庞,额头和右脸各有一道伤痕,虽然此刻语气平和,但由于伤痕的缘故,一张脸看起来有些狰狞。

"这位姑娘是可儿郡主的玩伴,前几天才从宁州来,正好李侯也在，就和在场诸位说明，这就和我们回去了吧。"道婉婷说着，目光投向了扬归梦，脸上一抹淡淡的笑意。

"既是如此，那姑娘就请吧。"李秀奇说话毫不拖泥带水，一个手势，兵士们让开一条道路，扬归梦的眼前突然空阔起来，所有的目光都集中在了她的身上。

扬归梦沉吟片刻，刚要迈步，哗啦铠甲声响，对面这一条道路正中却闪出了几个身影。

"飞鱼营不成器，倒让侯爷见笑了。"一身精工打造的油亮青铠反射着太阳的光芒，白色飞鱼旗下，缓缓走来的，是一个留着短短髭须的军官。

这人身材不高，脚步沉稳，一步步走来，却带着一股戾气。

"赤铁军副都统关声闻，见过李侯！"这关声闻声音清朗，随着他来的，只有两匹骏马，看身上服饰，总是校尉统领一级的将领。听他说自己是"赤铁军副都统"，人人都知道赤铁军是八荒神州府兵的专属称谓，此人的地位当真不低。

"冠军侯此刻正在离城的队伍中礼送扬觉动大公出城，这里的赤铁军便由我调遣，今日威锐公爵和冠军侯都在礼送队伍中，因此戒备森严了些，冲撞了李侯实在是抱歉得紧。"这关声闻说话有条不紊，李秀奇示意，抵在飞鱼营兵士背后的刀也都收了起来。

关声闻回过身来，上上下下打量了陈可儿和道婉婷一番。

"你们两个，是谁的部下，怎么敢冒犯可儿郡主！"

"这、这，关将军，我们是占祥大人礼宾司的赤铁，这位姑娘她，她……"适才还耀武扬威的一高一胖两个赤铁军早就被大家遗忘了，这时候又被关声闻问起，磕磕巴巴说不出个所以然。

"慢慢说。"关声闻一副鼓励的样子。

"是这位姑娘的、的、的朋友，拿了占祥大人的戒指，"他慌乱之中，指着那个小孩，"她、她，就是她。"

众人愕然。

扬归梦对这几句话完全没有听进去，因为这时候，那一曲《指间错》远远地传过来了。

荒烟蔓草冰霜雪，一曲肠断谁人听？

当年的大安城中春雨楼，富家子弟甲卓航的笛子，弯弯绕绕缠住了多少少女心。扬归梦在城中四处寻找豪麻，劈手夺下甲卓航的笛子时，他吹的也是这一曲。只是那时候，他的曲调里没有金戈铁马的肃杀之气，甲卓航也笑嘻嘻的，从不在喜乐时扫人兴致，因此这长长曲子的最后一段，扬归梦竟一次都没听过。

"戒指呢？"关声闻的声音割开了悠扬的乐曲。

"将军。"高个子赤铁忙把戒指双手递给了关声闻。

关声闻拾起戒指，打量了片刻，道："这是青华坊的令戒，凭此信物，可在灞桥官邸通行无碍。"他将戒指在手里掂了掂，"不知道这戒指为什么到了姑娘这里？"

戒指？吴宁边的女孩子，没有出嫁前，不会戴戒指。

扬归梦伸出了自己的右手，明亮的阳光穿过指缝，给细细的绒毛镀上一层金色的光芒，那五根手指白皙纤长，上面空空荡荡。

指间错，扬一侬，你和豪麻终究是错过了。

强敌环伺，丝竹喧嚣，市声鼎沸，扬归梦知道父亲就近在咫尺，却不敢转头去望,本来心心念念要刺杀赤研瑞谦,此刻全都忘了个干干净净,只想着能和豪麻并骑笑闹,亲亲密密一起回到吴宁边。但是二姐呢?她做梦也想不到有一天,她竟会如此害怕面对这两个最为亲近的人。

本来一切还好,生死由命,既然已成今天的局面,再做什么都于事无补。但偏偏耳边又响起了这一曲骊歌,笛声撩人,她想到十几日的工夫,她就由一个万人宠爱、前呼后拥的梦公主,变成街边一个孤独无依的异乡人。她不知扬觉动心中在想些什么,也不敢去想扬一依在想些什么,但浮明光是从小抱她长大的,不知道现在有多担心。

扬一依有个常讲的笑话,扬归梦五岁的时候,浮明光的胡子还没白,她最喜欢拉着那一把胡子不撒手,浮明光实在无法,只好刮光了下巴。此时这件小事从脑海中满满浮起,真是好没来由。

甲卓航笛声悠悠,曾经的过往就此一去不返,她的眼泪盈满了眼眶。

扬归梦心中自问,若是我不走,是不是道先生就不用死,二姐是不是就不用和豪麻分开,是不是一切就皆大欢喜?可我又不想嫁人,这一走到底对是不对?

"是那边的大胡子扔给我的,我刚才给了这个姐姐,换包子吃!"那个小女孩脸上被打了一巴掌,高高肿了起来,说话也有些含混,却一副倔强的样子,大眼睛里全无惧意。

扬归梦莞尔一笑,仿佛从这个小姑娘身上看到了幼年的自己。

她走上前去,摸着她的头发:"是呀是呀,是你送我的礼物。你叫什么名字？"她伸手摸摸她哭花的脸蛋，道："疼不疼？"

小姑娘咧嘴一笑，露出两排细碎的小牙，道："我叫越传箭，我哥哥叫越系船。"

"好，越传箭，如果今天我不死，将来我们交个朋友好了。"

她放开越传箭，伸手在她腰间一揽一抽，越传箭就飞了起来，轻轻落入人群。回过身来，她对关声闻伸出了手，道："明白了吗？这个戒指是我的。"

"是姑娘的，那就还给姑娘好了。"关声闻把戒指在空中一抛，扬归梦伸手去接，这一瞬间，关声闻身旁的一名军官当啷一声长刀出鞘，直指扬归梦的咽喉。

就在他半空挥刀的同时，一名黑衣护卫和一个俊朗公子也同时出刀，三把刀在空中交错在了一起，当当连声，擦出无数火花，待到落地，三把刀彼此交错，用力卡在一起，距离扬归梦的咽喉不过寸许。

"戴承宗，不要太过分！"陈振戈逼住那飞鱼营校尉。

"这丫头是谁，大家都知道，也不知道是你们真正认不得，还是有意认不得。"那军官毫不退让。

"侯爷没发话，你们谁也别想动她一根汗毛。"那黑衣护卫的一杆长刀压在了两把刀上。

关声闻道："姑娘，你在鸿蒙海上毁了我两艘红船，今天就想这么轻轻松松走了吗？"

陈振戈则立眉怒斥："关声闻，你知道你在做什么吗？今天在阳坊街上，你是故意和陈家挑衅吗？"

李秀奇则上前一步，皱眉凝视着扬归梦道："你究竟是谁？"

"这整个八荒神州,对权力有野心的人,哪个不想得到你?"陈振戈的话还在耳边回响。

是啊,猛虎跑出了笼子,却又掉进了陷阱。也许从离开吴宁边的那一刻起,自己就再也不是那个可以随心所欲的梦公主了。她扬归梦不想嫁人,不想成为八荒权力舞台上的棋子,可说到底,这些事,今天已经她说了不算了。

这些事天不怕地不怕的扬归梦说了不算,温柔娴静的扬一依说了不算,骁勇善战的豪麻显然说了也不算,那么纵横八荒的扬觉动呢?他说了算吗?

无论谁得到吴宁边大公扬觉动的小女儿,对吴宁边来说,都可能是场灾难。

扬归梦看了看人群簇拥的方向,今天,她扬归梦的人生应该就到此为止了。

"有了我就可以要挟吴宁边?你们都错了,除了二姐,没有人会真正在乎我。"扬归梦的声音不高,仿佛带着一点骄傲,"我呀,我叫扬归梦。"

扬归梦一句话出口,亮银小刀已经滑到袖口,脚在廊柱上一蹬,整个人飞身而起,直刺陈石儿。

这一下飞扑迅疾,事出突然,陈振戈措手不及,"哎哟"一声忙撤刀去救,那戴承宗却下意识把他拦了一拦。这一边李秀奇和关声闻的人不约而同都迎面扑上,想在半空把扬归梦截下。

谁知扬归梦这一次看似急峻,却中途卸力,一个团身,十余只弩箭全部射了个空，噗噗噗扎得满地都是。扬归梦足上踏着刀尖，又反身鱼一样滑了回来，竟将几乎所有人抛在了身后。这一来一回之间，一声惨叫，两声闷响，刚才来抢夺戒指的两名赤铁军，一名被扬归梦利刃割喉，一声未吭，血雨喷溅，另一名则被她一刀从双眼划过，捂着眼睛跪倒在地，长声惨号。

她对这两名素不相识的赤铁军痛下杀手，一是恨两个人刚才举止轻薄，二是知道这两个人将来一定会去寻越氏兄妹的晦气，因此在生死关头，她宁可放弃逃跑的机会，也不甘放过这两个兵士。扬归梦跟随道逸舟习武多年，又在马背上长大，临战经验十分丰富，眼下四面八方都是南渚的兵士，如果不制造一点混乱惊悚的效果，自己绝难有逃出生天的机会。

这两刀划出，果然场面瞬间混乱，已经被隔绝在外的百姓们自是惊呼，道婉婷和陈可儿被吓倒在地，就连场内的赤铁军也被喷了满脸鲜血，一时茫然。

陈振戈关心则乱，已经顾不上她，而场内还有两个人不为所动，一直注视着她的动向。

扬归梦在心中极快地权衡了一瞬，错步向包子铺外窜去。这个方位离李秀奇很近，她在赌马上建功的李秀奇不善步战，不会冒险亲自去拦她。然而她算错了。

李秀奇转身迈步，一个虎跃已到她面前，一把劈风快刀兜头而下，动作之敏捷绝不像一个发福的中年男人。这一刀朴实无华，大开大合，凝重似山雨欲来，如果正面迎击，仿佛一切都会被这犀利的一刀劈成两半。

扬归梦意识到自己做出了错误的选择的时候，已经晚了，只能用手中小刀去硬抗这一击。

和料想的并没有不同，她虎口被这一刀震裂，小刀也脱手而去，她被这惊涛骇浪般的一刀冲起，像一片风中秋叶，翻腾而起。

她被这一刀击得心中气血翻涌，鼓荡不息，眼前一黑，一口鲜血就喷了出来。还好她身体轻盈，人在半空还能足点屋瓦，凌空而起。

然而一箭破风，在一旁静候多时的关声闻飞鱼弩弓弦炸裂，一股尖锐的疼痛刺入内心的同时，一支熟悉的响箭也呼啸而起。扬归梦睁大了眼睛，看见一支闪亮的银色细箭从自己的胸中穿了出来。

她来不及思考更多，整个人从空中坠下。

死了也好，眼皮有千斤重，嘈杂的世界变成了一道细细的缝隙，一时万籁俱寂。

有一双手臂接住了她，"我这个人，一向说到做到的。"那个声音轻轻地在她耳边说。

阳光炽热，她最后的意识，是许多街面上的浮尘在那一瞬间飞腾了起来。

第六章 阳宪

正在这时,酒肆大门上的风铃哗啦作响,走进几个红缨黑盔的军士,门外战马嘶鸣,脚步杂沓,来人数量颇为不少,这进门的几人微微气喘,显然刚刚走过一段不短的路途。

盛夏时节,夜半投宿,这群兵士依旧全副武装,是战时状态。

(1)

马蹄踏在褐色的泥土上，草籽和干燥的灰尘随风卷起。甲卓航策马行在整个队伍之前，转过这个小垭口，前面就是南渚重镇阳宪了。

甲卓航幼年时跟随家人行商，曾经来过南渚，如今一晃十几年过去，这里的山川风物和旧时却并没有太大变化。

说阳宪是重镇，首先还是它的地理位置。阳宪在灞桥城外东北方向，清澈的奔流河从扶木原一路南下，在小莽山口打了一个旋，转向西南，冲济山奔腾而去，在济山脚下，同北上的小杏河一起，汇入浩荡穿过济山深峡的青水，穿过巨城灞桥，奔流入海。而阳宪在奔流河下游的小山渡附近，左邻奔流河、右扼小莽山，是灞桥的门户。

奔流河和平明古道自古相互缠绕，奔流河流域和小杏河流域的丰饶，共同奠定了南渚强盛富裕的根基。过了阳宪，便有两条返回吴宁边的道路可走，一是数百年前开辟的平明古道，从小山渡和鲤鱼渡两穿奔流河，直接通向吴宁边的重镇毛民。二是向右进入小莽山，经由鹧鸪谷穿过天堑百鸟关，可以直接到达南渚和吴宁边交界的紫丘镇，这第二条路不太好走，却比平明古道近了三日路程。

盟约已成，日久生变，扬觉动一行必要尽早赶回吴宁边。他们一行人策马在六月的奔流河畔，稻叶青青，农人在田间耕作，平明古道上通向北方吴宁诸州的商旅络绎不绝。

"这一路景致真是不错。"伍平和甲卓航搭伴骑行，他来自风旅河畔的南津镇，那里一马平川，二十年里倒有十余年沦为诸侯攻伐的战场，倒是难见南渚这一派宁静平和的景象。

甲卓航笑了起来："好景致更在前面，穿过这些稻田，在小山渡口前偏东，向鹧鸪谷前行，景致更好。"

甲卓航策马前突，策应已经前插的斥候，同时打量着小莽山的苍翠之色。这里自古以来林木深幽、百鸟汇集，缓慢升高的地势驱使奔流河远离大海，沿着奔流河形成了若干祥和宁静的村落，星星点点分布在缓慢爬升的山脊上。前方不远，便是穿过鹧鸪谷的小路，出了谷口，北面就是荒凉沉静的安水，小路在安水之南折而向西，和平明古道又复相接，延伸至吴宁边与南渚两州边界的重镇毛民。

马蹄声声，尚未到达阳宪，他的心中已然勾画出一条回家的大路。

出发之前,甲卓航早已探查清楚,鹧鸪谷一路虽然远比平明古道崎岖,但一路山环海抱,景色之美难以言喻,而南渚一地的珍禽异兽,大多在这小路两侧的群山中出产。最最重要的是,这条俗称百鸟道的偏僻官路能够让他们在最短的时间内回到吴宁边。

南渚盟约既成,扬觉动一行便归心似箭。徐昊原在灞桥的耳目必定要将消息传回平明城,澜青州一旦发觉必有一战,也许就会先发制人。纵然扬觉动在临走之前做了周密的安排,也不得不防。

夕阳慢慢落下,鹧鸪山口的阳宪镇亮起盏盏灯火,照例喧哗起来。不知道为什么,甲卓航觉得这一派升平的景象颇不妥当。

阳宪驿站在小镇临山的道旁,老板唐震在这里开酒肆已经有十余年,甲卓航少年时来南渚时,他还是个三十出头的壮汉,如今却已经双鬓染霜了。

老唐早已经不记得甲卓航,抹了一把头上的汗水,就迎上前来。

"客官,好马呀!"老唐接过甲卓航手里的缰绳,抚摸着马额,口中啧啧有声。

"我们是往毛民丰收商会去的粮商。"甲卓航飞身下马,摸出灞桥发的通关文书。

"不看了不看了,一定照顾周到!小二快来招呼贵客。"老唐年纪虽老,但是中气十足,喊起来声振屋瓦。

"这老头似乎看出来什么了。"伍平挤到甲卓航身边,挠了挠鼻子。

"他是老江湖,我们二三十人,骑乘的都是圆腹健蹄、百不见一的良驹，穿着打扮再像、粮尺斗斛再齐全，也瞒不过他的眼睛。"甲卓航耸起鼻子闻着厨房飘过来的阵阵香气。

"也是！"伍平嘿嘿一笑，抬手就摸出一锭散银，拍给小二，道："给马吃点好的！"

甲卓航眉头一皱，想要阻拦已经来不及，只得拍了拍目瞪口呆的小二，道："给咱们安排上好的房间，饭菜也要备好。"

"这一晚要让咱们住得舒服！"伍平看到甲卓航额外吩咐小二，伸手又要去怀里摸银子，却被甲卓航一手按住！

"早就说了打尖付费我来，你不要插手。"

"咦，有什么不对吗？"伍平性子耿直，声音略大了些。

"你这一锭散银，就算用最上等的豆料，也够这二十余匹健马吃上月余。我们是粮商，粮商懂吗？天天在钱袋子上打滚的人，打尖住店，对饮食草料的价格总是万分在意，哪有你这么阔绰的！"

果不其然，甲卓航的话音未落，老唐就从堂内转了出来，道："客官，您这个银子太多了，不敢要，不敢要。"

"给你拿着就好，我们不是土匪强盗。"豪麻打理好马匹，陪着扬觉动也走了进来，路过时，说了一句话。

"那是那是，"老唐冲着豪麻的背影点头，转过身来又对甲卓航说，"看几位大爷的眉眼也是好人，只是风尘劳顿，当是常年在外行走，不是南渚豪强，小店便不怕。"

"说这样的话儿，也不怕犯禁。"甲卓航一笑。

"不怕就快给马儿吃好！你尽把最好的房间给我们腾出来，再加上我们晚上的吃食，可也差不多吧？"伍平忍不住，要弥补一下自己的过失。

老唐道:"您这样的大商户来到小店,一定尽心接待,客房自是最好的,晚上吃食但凭您吩咐,只要小店能办到,总让客官满意就是,只是……"

伍平眉头一皱,道:"银子不够,还可以加,只是什么?"

老唐满脸堆笑道:"客官休折杀了小人,我的意思是,只是这银子还是太多了。"

甲卓航不耐烦听伍平在这里胡扯,道:"你倒厚道,这多了的银子,你便收起来,余下给店里再添上几担米面也是好的。"

老唐见推辞不得,便将银子收入囊中,唯唯退出,招呼全店上下殷勤伺候。

豪麻、浮明光和扬觉动已经坐定,为了避免招摇,甲卓航将整支队伍拆分,散出斥候,安排休息,只留下外面七八个人,坐了两桌。

扬觉动坐如山岳自是不必提,吴宁边这些马上将士,怎么看也不像粮商的样子,甲卓航叹了一口气,看样子,为了保平安,估计老唐还是要亲自出马来照顾这来历不明的一群人。

果然,计议了片刻,老唐又走到桌前,躬身见礼,自我介绍了一番,道:"小店虽离灞桥稍远,但有青水支流漫过,又有小莽山在侧,因此山珍河鲜还真是不少,尤以獐鹿肉和青水蜜蟹最为美味,便是在灞桥也算难得,不知道诸位客官是否要尝上一尝?"

甲卓航眼睛一亮,这几天风餐露宿,嘴里正淡出个鸟来,他正待说话,旁边浮明光却道:"我家先生口味清淡,这些鱼肉,你且给旁边那桌端了去,但来两壶酒,捡些清淡小菜上来就好。"

扬觉动看着窗外青石路上往来的客商并不说话，豪麻则一路板着脸，神情早已僵死在朱鲸醉的那一晚。甲卓航叹了一口气，浮明光已经发了话，看来这一顿只能接着吃青菜豆腐了。那边老唐躲去了后厨，这边香气催得甲卓航坐也坐不住，便起身去后厨边上摇晃。

正当饭口，灶火熊熊，掌勺的大师傅汗如雨下，一条搭布能拧出水来。

"看那管家的意思，只拣些清淡之物来上，想必那少爷不会满意，这人可是金主，万一不满起来，恐怕要出麻烦。"老唐正和掌灶师傅四目相对，愁眉苦脸。甲卓航心中好笑，他们口中的少爷，想必就是自己了。

左右闲来无事，他正想进去胡扯几句，聊解寂寞，内里却响起了一个脆脆的声音，道："这有何难，依我说，先拣这几日新送来的青豌豆，用清水略煮一过，只七分熟，入口微苦，味道清香，便是一味。再取今春小莽山春笋几枚，切成细丝，用调过的麻油一淋，鲜香爽脆，岂不又是一味？另外济山豆腐还存两块，先将獐鹿肉煨好，上小锅蒸得一刻，豆腐破开，用少许盐及葱白拌好，封住气孔，肉味尽入豆腐之中，也是好味。最后加上我昨日舂米顺便打成的白米糕几枚，这一桌的吃食，岂不是就完成了？"

甲卓航耳力颇健，在这边听得摇头晃脑，里面老唐显然也听得一愣一愣，道："别的也就罢了，富贵人未必尝过，兴许新鲜，你那白米糕也是能拿得出手的么？"

那女声道："还别说，我就是要这白米糕压阵。"

老唐大感奇怪，拿起一块来尝，看他咬得用力，神色古怪，半晌没了动静,咕噜一声咽了下去,方才连连点头。

那姑娘笑道:"我今次又试了新法子,在新米中加了黄稻,和月橘花瓣一同打碎,是试过了味,才敢说出来的。"

不说吃到口里,甲卓航听这姑娘一说,不禁食指大动,三步并作两步回到桌前,满脸兴奋:"这地方不俗,这顿味道应该不错。"

不一刻,一个小厮便将四碟小菜和两壶青柠酒端上桌来。扬觉动和浮明光起手之后,甲卓航的筷子第一个向那再普通不过的米糕夹了去!这米糕看起来软糯,实则颇为劲道,入口一片淡淡清爽,米香醇厚,也可算味道不俗,却也不十分惊艳。

"来来来,尝尝这个。"甲卓航挽起袖子,夹了一片米糕给豪麻,又去试其他几样。

豪麻脸上本来就少表情,最近这一段因为扬一依的事,更是没有喜乐,他接过甲卓航的米糕纳入口中。而甲卓航的注意力却又被那碟微黄的济山豆腐吸引过去了。

最近不是行商旺季,旅店客人很少。月朗星稀,夜风穿堂而过,颇有几分凉意,扬觉动诸人就着青柠酒,把几味小菜慢慢吃起、缓缓闲聊。也不过一刻工夫,小菜便所剩不多。甲卓航要店家来添,这时走来的,却不是适才那个粗布小厮,换了一位黑衣蓝襟的圆脸少女。

青柠酒虽不辣,却有后劲,甲卓航此时喝了几杯,指着桌中几味菜道:"你家店里小菜好吃,且都再上一盘。尤以这豆腐鲜香滑嫩,我最爱吃。"

这少女看他当真喜欢,便笑道:"诸位客官喜欢,我这就再添菜来。这豆腐好吃,却略需时间,总让客官满意。只是这白米糕却是只此一盘，再也没有了。"

甲卓航本也不在乎那白米糕，便道："那就烦劳姑娘费心再斟酌一味，一同送上来吧。"

这少女答应得干脆，却不动步子，眼睛上上下下打量豪麻，甲卓航顺着她的眼神望过去，只见豪麻眉头深锁，守着那剩下的几枚米糕发愣，心中暗暗奇怪。

"姑娘怎么称呼？"甲卓航笑嘻嘻地问。

"唐笑语给诸位大人问好。"那少女似乎意识到了自己的失态，红着脸给扬觉动诸人轻施一礼，便快步离开。

(2)

甲卓航笑道："这一拜看起来倒不像寻常女子了，想不到乡间小店，也有如此养眼的姑娘。"

"公子有眼力！不看衣裳，这礼数周到得丝毫不差，连颔首都是大家气度。"隔壁桌的一个红脸大胡子插了一句话。

由于对方总是探头探脑，甲卓航早就把邻桌这一对商人模样的客人打量了一番，刚才这红脸的还在大声抱怨生意不好做，不知道是不是人们常说的南渚掮客。

"我是觉得这姑娘有些意思，却不如二位看人精准，不知道二位是在灞桥做什么生意。"甲卓航和浮明光对了一下眼色，上来搭话。

"诸位请了，我们两个平日拉点小生意，专跑平明古道这条线，近来才转到百鸟关来，倒是几位看起来面生。"红脸旁边的八字胡说了话。

"两位就是咱们南渚的价官?"甲卓航拱手,"久仰,久仰。"

这价官是南渚对掮客的文雅说法,甲卓航早有听闻,就拿来一试。

"哪里,哪里!赚口稀饭钱。"对方两个人拱手还礼。

猜得果然没错,甲卓航心道,都说南渚行商遍天下,处处都是生意场,果然就在这驿站之中,也有人瞄着机会。

"我们从北面来,首次来灞桥,也是做些小生意。"浮明光加入了谈话。

那红脸掮客眼神一亮,两个人不约而同挺直了腰杆,像编好了剧本似的,开始你一言我一语起来。

红脸做扼腕叹息状,道:"唉,这年头,一大半收益都被官家抽走。世道变了,老大公在的时候,没有这么盘剥商人。"

八字胡却说:"老大公的时候海上贸易还没有这么兴盛,二十年前生意能做到五千担的有多少?今天你倒是抱怨,却不说灞桥港吃货能力大增,大家的规模也大了数倍不止!"

红脸的脸越发红了,骂道:"一年五千担又能怎样,钱还不是都给了灞桥,现在规模大了,匆匆忙忙奔走四州,挣得却不比以前多多少,这不是坑人么!"

两个人说的虽是套话,但也有趣,连扬觉动也转过来插话:"赤研大公不是已经革新,将行商税收限定在收益的一成二了么,比我们北地少得多,怎么大家还不满意?"

红脸的商人当时就恼了,嚷道:"老哥你是第一次来灞桥么?除了南渚公税，赤铁军有州兵税一成，木莲税百三成，行商费一成，海商行船加税半成，还有些说不清道不明的费用，你算算，扣除一路的车马人工，我们还能剩多少。"

扬觉动奇道："如此这般，哪里还有行商敢往南渚来？"

八字胡嘿嘿一笑，道："这你就有所不知，这些税是明税，按实扣缴，扣得你吐血，不过要是有门路能缴上暗税，这明税就可免了。大家还是很有得赚的。"

浮明光道："我家主人这次来，也听闻有暗税，在灞桥也有人为我家主人拉生意，我们不得门路，怕遇到骗子，没有应承。"

八字胡道："那是自然，小心驶得万年船。老主人的年华，真是历练！如今这世道，行商在南渚想撑一家字号，没有不投机钻营的，这些家伙贪财重利，看到外地客商，不狠狠敲上一笔，怎能心中舒坦？老先生谨慎，实在是有道理得紧。不过我们兄弟，素来以诚待人，还没有生意场上的朋友，瞧不上我们邵氏兄弟的。"

红脸续道："正是正是，譬如这暗税，可不是想缴就能缴纳上的，告诉诸位也无妨，如果行商规模不到一年五千担，可是连缴税的门都摸不到的。"

浮明光道："两位说得有理，我们千里迢迢而来，本来正是被这门槛挡住了，在灞桥遇到的价官，都说难办。"说到这里，他顿了顿，续道："不过这次进南渚，我们雇佣的那朋友确实厉害，只两千金，便安排我们见到了瑞谦二大公。都说灞桥这暗税都进了二大公的口袋，我们这一趟，算是信服了，以后想必大家能在这路上常相遇也说不定。"

八字胡一脸惊愕，道："面见二大公？敢问老兄们做的是什么生意？"

扬觉动有意道："你看我们是做什么的？"

红脸商人把众人细细打量一遍，越看神色越不对，悄悄捅捅八字胡，他的目光停留在豪麻的刀上。

甲卓航明白他们看到了什么，豪麻的刀长度只有普通长刀的一半，既非挂在腰间，也不背在颈后，而是倒缚在背上，刀鞘半开，用机括将刀卡住，刀刃向下，这种背刀的方式极其少见。刀在颈后，是上手刀，由上自下，可劈可砍；刀在腰间，是斜抽刀，可挥可挡，都是便于用力，使关节趋于自然的起刀姿势。这青年如此佩刀，起势是身后刀，出刀时必要先翻转手腕，与前两种佩刀方式相比没有速度的优势，同时若面对前方敌人，更是反关节的出刀方式。如此佩刀之人，必是使的反手刀，或身形必得极度灵活，才可以以极快的速度出刀。刀鞘半开也是这个意思，这样便没有了抽刀的过程，只需使力轻轻一震，刀便可瞬间出鞘。

甲卓航见两人直直看着豪麻握在刀柄上的手，心下了然，毕竟是走南闯北的生意人，见多识广。这样佩刀的只有两种人，一种是达官显贵的贴身护卫，为了能在猝不及防的情况下以最快的速度反应，另一种，就是本身手上还有其他兵器，佩刀不过是作为万般无奈情况下的备用选择。什么人要用两套兵器？自然是马上骑士，短兵刃马上毫无优势，是用作肉搏的。

豪麻善使反手刀在吴宁边军中闻名，这把赤心又太过夺目，也不怪两个人大惊小怪。

甲卓航跟随豪麻也已经历经十余战，每战豪麻必冲锋在前，甲卓航见过不少人长兵刃脱手，又来不及挥刀拔剑，就此饮恨的，只有豪麻，反手刀不吃力，游鱼一般在人群中游走，避其锋芒，竟从未重伤下马。

浮明光曾经和他们道出反手刀的奥秘，姿势所限，反手刀出刀只能自保，并必须配合身法行动。浮明光不断强调，战场上让敌人死不是目的，使自己活下来才是目的。要首先把自己的位置摆得明白，方可以压下热血狂暴。豪麻自小戾气太重，藏不住锋芒，浮明光必得用武技招式磨磨他的个性，才能使他不致早早夭亡。

浮明光说的都是大道理，战场上慢慢悟出来的东西才是自己的。甲卓航胸中了然，这样的技能，自己是用不上的，藏锋的战法，只能用在锋芒毕露的人身上。骑兵作战，万马奔腾，距离和速度就是生死之间的分界线。在正面冲撞中，一旦长兵刃脱手，所有人下意识都是以短兵刃代替长兵刃，继续力量的撞击，刀也好，剑也罢，都无法和沉重的长兵刃抗衡，稍有差池，不及变化，人就被斩杀当场。这么多次战阵，他都是掠阵，不是他不敢冲锋，而是豪麻惊雷一般的几轮冲杀过后，不但敌人，连自己后队的气势都为之一夺，用不上力了。

豪麻狂暴有余、血勇太盛，苦练反手刀，上阵厮杀，偶遇长兵刃脱手，生死只在一瞬，他却始终能够化险为夷，除了机缘，这种藏锋的意识，也帮助了豪麻。有了这反手刀，豪麻在刚猛的气势中，就藏住了随形就势、浑圆游走的一点去意。浮明光所谓的以进为退，说起来容易，做起来难，战场上有万夫不当之勇的，往往早死，能活的，才是能胜的。

甲卓航叹了一口气,豪麻在青华坊一场大㧖,也是全靠平日生死之间的这一点修为,才堪堪挺了过来。

对扬一依的归宿,扬觉动始终没有再提,这样的态度,让甲卓航悚然心惊,豪麻是扬觉动一手培养起来的心腹,此事事前扬觉动没有和豪麻解释,事后也没有。大公一贯觉得,有资格跟着自己的人,也不需要他去安抚慰藉,只要如臂使指一般去贯彻执行自己的意图就行了。

当日宴上,扬觉动压根儿没有考虑豪麻的感受,也没想过如果他当场情绪失控会带来什么后果,只是毫不犹豫把他也当作赌注压在了一场豪饮之中,他不喜欢输,豪麻没有让他失望。

那两个客商打量了半晌,互相看了看,八字胡终于开口,话音中明显带了点焦灼:"老哥可是从阳处州来贩卖兵器的宗主?"

此言一出,几人不禁哑然失笑,阳处和南渚相隔何止千里,原来两个人打量了半天只是在看兵器的质地形状,其实对此中隐藏的骑战、格斗、历练、修为完全没有概念,倒是自己一干人等觉得处处是高人,过于紧张了。

甲卓航看扬觉动,不知道他如何继续。

扬觉动煞有介事地皱眉,说:"啊呀,好眼光,虽然没猜对,但是也差不多了。"

二人被吊起了兴趣,追问:"老哥到底是做什么的。"

扬觉动笑眯眯地对着甲卓航使了个眼色,甲卓航会意,小声说:"不瞒二位,其实我们是贩马的。"

八字胡脸上露出失望的神色对着扬觉动道:"老哥哥开什么玩笑,贩马贩来南渚?"

红脸倒是紧皱眉头,道:"啊呀,老哥,这次可是不凑巧呢,前阵子刚有一批坦提草原的骏马进了南渚呢。"

甲卓航这话本来是开两个人的玩笑,听到红脸商人的话,几人不仅都是一愣。

原来南渚多水,地貌不平,坦提草原的骏马速度快,冲劲足,一日可高速奔驰二百余里,是平原地带作战的决定性武备,但若在南渚,遇到不平多水地貌,还以其惯常习惯奔驰,难以迈步,常失蹄受伤,其威力就大打折扣。因此南渚的货运除了河运、海运,多采用耐力极好但速度不佳的矮脚马,所以八字胡才会觉得甲卓航真的在开玩笑。

但红脸商人的信息却不能不让人警醒,在南渚这样的地区引进北方良马,唯一可能的解释就是,南渚打算用兵平原了。

"不知这马是哪位大人收过来的?"扬觉动追问。

红脸商人意识到失言,不肯再说,场上一时无话。

正聊到关键时刻,浮明光自要打破冷场,道:"二位不必多虑,实在是我们秋天就有一批好马将充到李秀奇将军帐中。现在却有对手暗中较劲,这笔生意对我们来说极是重要。二位觉得我们靠上二大公,来做这笔生意可好?"

八字胡稍作沉吟,道:"您这做的是杀头的买卖,我们兄弟不敢多言,若是这样的大生意,恐怕是要找二大公。若是寻常生意,只怕朱里染朱会长的势力比二大公还要大些。"

浮明光道："此话怎讲？"

八字胡道："诸位有所不知，这朱会长是赤研家族世交，长期掌控着南渚的海上贸易，随着近十几年来南渚和海上州朱雀的贸易增加，朱里染几乎掌握了南渚四港绝大多数贸易，就是我们这陆路的商货，没有了海路，也是没有销路的。"

红脸商人接话："刚才我兄弟想给各位介绍的暗税渠道，其实不是看起来势大的赤研二大公，而是朱会长这里。二大公一族虽势力无俩，但经营上贪利过甚，就差了那么点意思。对咱们这些商人来说，着实不够体恤。朱会长这里又是不同。灞桥城有三家可以挂牌免税，一是大公赤研家，二是陈穹先生陈家，这第三家就是新贵族朱里染家了。三家中，朱家最为低调，挂牌牌子也最难拿到，不过他家只抽十一税，再加上半成的南渚公税，行商就可以通行无阻了。"

扬觉动微一沉吟，问道："这样说来，二大公对朱会长的兴隆生意倒不是很在意？"

八字胡道："怎么会，二大公为人，咳咳。前些日子，两家已经爆发过几次冲突，中间一次为着南下的茶叶香料，二大公的得力部下直接冲到朱会长的府上，气势夺人，踏门而入。不料井田大公竟然正好在朱会长府上，最蹊跷地是他不闻不问。任由二大公手下在朱府好一通折腾。后来朱会长和赤研大公一同出来，却也没有多说什么，只是将五船货物发给二大公了事。"

红脸商人继续道："此后，二大公再也没有找过朱会长的麻烦，这倒是真的。"他把"再也没有找过朱会长的麻烦"几个字说得很重，咬了个清清楚楚，然后轻轻咳了一声，眼睛看向八字胡。

八字胡见扬觉动和浮明光对这句话都极为在意,便比出了五根手指,道:"有了井田大公这层关系呢,眼下朱会长这里,是最妥当不过的一条路子了。诸位就算是想挂在朱家行商牌子下,只怕还是要有人有面子,经营有规模才好办事。"

"五千金?"扬觉动皱了皱眉头。

八字胡道:"正是!"他二人铺垫了半天,为的正是最后这两句话。

想是他听闻扬觉动几人舍得拿出两千金去走赤研瑞谦的门路,定不会吝惜五千金去走走朱里染的门路,至于为引荐牌子出得起五千金的客商,自然每年的买卖规模不成问题。

扬觉动哈哈一笑,道:"二位一语惊醒梦中人,这次出来看来拜错了山头,容我们老少几个商议一番。"说罢几个人回到座位。

两位行商一脸失望,加上酒劲上涌,也就偃旗息鼓。

(3)

入夜之前,浮明光和扬觉动之间发生了一场争执,关于要不要继续走鹧鸪谷通过百鸟关。

百鸟关作为南渚险隘,一方面扼守着通往紫丘的官路,另一方面折向东南,则可以通向南渚最东边的一镇白安。

十几年前,南渚世子赤研洪烈在世的时候,白安驻军曾试图联络白吴,共谋吴宁边,是吴宁边的心腹大患。如今十几年过去了,扬觉动很想走一走当年无缘攻入的百鸟关。但是包括浮明光、豪麻在内的吴宁边将领，都觉得百鸟关自古一条路，不如向西折返小山渡，宁可多花一些时间，重返平明古道，一路大河长路，有什么危机，也好及时做出反应。

而今晚派出前往鹧鸪谷探路的斥候，到亥时将尽还没回来。

但扬觉动说一不二，众人无解，只得照办。

军中习惯，主将就寝，副将值更。浮明光今夜守在扬觉动身旁，豪麻便带着五名武士守夜警戒，甲卓航对豪麻的恶劣心绪放心不下，也来陪他。

此刻夜深，店中人却渐渐多了起来。往吴宁边方向，下一镇需穿过鹧鸪谷，约有六七十里路程，过往客商大多在阳宪打尖，既是行商，跑得辛苦，也就不分早晚，专有那赶时间星夜兼程的，他们一般跟随着三五护卫，一路风尘仆仆，大都来这里喝上一碗酒，小歇片刻。

甲卓航和豪麻换过桌来，留意着来往人等，继续小酌。

这桌得浮明光吩咐，有酒有肉，当地美味一应俱全。甲卓航此时已有了三分醉意，吃那蜜蟹，觉得鲜味太过，尝那獐鹿肉，又觉得凉下来浓膻得难以入口，心中便开始怀念那几道小菜。刚才那唐笑语姑娘答应得好好的，把几道菜再上一遍，不知怎么就没了踪影。

他正吃得不爽，抬眼见豪麻把那桌剩下的两块米糕端了过来，便伸筷去夹，却被豪麻一抬手，封住了去路。

甲卓航愕然，不知这米糕到底有什么稀奇，惹得豪麻回护。为掩饰尴尬，他回手举起了面前的酒杯，道："来来来，小酒解忧，大酒浇愁，归程在前，我们一起喝一杯。"

众人知道甲卓航意思，于是都闹哄哄举起了杯子。倒是甲卓航见豪麻手里仍捏着那白米糕，一动不动，心下嘀咕，不知这杯酒到底是能缓解尴尬，还是更加尴尬。

他心中打鼓，豪麻性情过于严肃端正，搞得平日里下属见了他，一个个都屏息肃立。不是豪麻有多不近人情，实在是他就是这个性子。你和他开玩笑，他旋即当了真；你和他聊风月花柳，他充耳不闻；你和他说说市井园圃之乐，他闷葫芦一样无话可说；只有提到阵势兵法、山川河流、格斗技击，他的话才开始滔滔不绝起来。

若是谈这些谈得高兴也罢，偏偏豪麻生来缺少幽默感，思维和众人不在一个层面上，人家刚说一个山势苍莽，他就来一句伏兵妙地，人家说一句溪水清浅，他就来一句乱石太多恐伤马蹄，最是大煞风景。刚才几个人七嘴八舌聊得正欢，豪麻一过来，马上鸦雀无声，各自吃起菜来。

这时大家一起举杯，十只眼睛的目光齐刷刷落在豪麻身上。豪麻倒是嘴角向上一弯，道："兄弟们辛苦了！"一扬手，一杯青柠酒直入肚中。甲卓航看他饮了这杯，心中一松，一边和众人逗趣闲聊，一边顺手把自己和豪麻的杯子都给满上。

众人举筷落杯，桌面微微震动，两杯刚满上的青柠酒也现出一圈一圈的波纹，一缕若有若无的米香便从杯中溢出。酒入愁肠，豪麻又在望着这酒杯出神。

甲卓航曾和豪麻大醉一场，知道豪麻并非不能喝酒，相反，他酒量颇佳。他平时绝少饮酒，一是因为他律己极严，豪麻从一个马童成长为一州大将，全凭个人努力。他没有背景、下层出身，自然有无数的把柄可抓，他只有比其他人更为凶悍凌厉，才有生存下去的可能。因此，无论在军中还是生活里，豪麻不容许自己出现半点疏漏。他对人对己都极为苛刻，大家有目共睹。豪麻绝少饮酒的另外一个原因，来自他在木莲勤王的经历。

豪麻十七岁时在与澜青一战中军功卓著，被扬觉动选为勤王之将，送到木莲城接受历练。他一报到，便被收编入皇家嫡系部队青石卫。当时木莲名将周半尺时任青石卫统军大将，作为扬觉动的生死之交，他将豪麻带在身边两年，悉心调教，直到霰雪原浮千乘率众反叛，周半尺终于在无定河畔折戟沉沙。

这个故事，消息灵通的甲卓航分别从不同的人嘴里听到了好几个版本，但主要的脉络却是一样的。

当年周半尺率八千铁骑追击浮千乘的三千乌合之众，将对方逼退至无定河边。决战前夜，周半尺不知什么缘由，小酌变成了痛饮，喝得酩酊大醉。中军无将，又轻率出击，终于中了浮千乘的埋伏，惨败而归，周半尺也因此战之败葬送了一世英名。木莲不得不派出固原公李慎为亲自率队救援，经过艰苦作战，才最终平定了叛乱。

按照豪麻后来的描述，当日的生死之战，他亲见八千骑兵陷入浮千乘部的分段狙击，丘陵地带无法发挥重甲骑兵的长处，本以为的三千乌合之众却越战越勇，周半尺脸色铁青，一直催动大军挺进，生生贯穿了浮千乘的狙击线，但损失惨重，陷入绝地无法后撤。这一战极为惨烈，待到四日后李慎为大军开到，八千兵士已经不足二千。

"不知道那个雪夜，木莲来的使者和周半尺到底说了些什么。"豪麻的声音有些嘶哑,"他痛饮到夜半时分,睁着血红的眼睛走出了中军大帐,发出了进军指令。即便是那时候,我们依然觉得,有全胜的信心。"

"所以?"

"后来你都知道了,我有幸生还,而周半尺则由于恃众轻敌、招致大败,被木莲打入大牢。"豪麻叹了口气,"我今天还能记得他那张面无表情的脸。"

甲卓航之所以对这件事情印象格外深刻,是因为回到吴宁边后,扬觉动曾专门让豪麻将此事前后细细描述,只是对周半尺的遭遇却没有发表任何评论。自此之后,扬觉动加紧了吴宁边军备的整饬。

看着豪麻心绪恶劣,但甲卓航也无从劝慰,只是试探着拍了拍豪麻的肩膀,举起了酒杯。

豪麻叹了一口气,也把杯子一举,众人以为他要说话,马上停住话头,却见他扬手又是一杯酒灌下肚去。

喝完豪麻竟笑道:"我今日才知,原来我不是那么容易喝得倒的。"

他这话一出,甲卓航心里大为宽慰,众人都知扬觉动许婚一事实在太过分,而豪麻自己又压抑过深,从不提及,越是这样,众人对他越是小心翼翼,气氛也愈加尴尬。众人也知他朱鲸醉一宴被一杯烈酒喝出内伤,此刻见他自我开解,想是已经挨过了此事,便闹哄哄纷纷举杯,还待再饮。

正在此时,酒肆大门上的风铃哗啦作响,走进几个红缨黑盔的军士,门外战马嘶鸣,脚步杂沓,来人数量颇为不少,这进门的几人微微气喘,显然刚刚走过一段不短的路程。

盛夏时节,夜半投宿,这群兵士依旧全副武装,是战时状态。

进得店来,他们显然发现了甲卓航这一桌的特别,一个身形瘦长的军官目不转睛地盯着豪麻,直到落座,还选了一个正对豪麻的位置。

陆陆续续进来的兵士有十余人,几乎把客栈一角坐满。

那军官把佩刀解下,压在桌上,便喊老板上酒。

豪麻却似没有注意这大群涌入的军士,只是把左手在桌上一按,甲卓航会意,面色不变,继续吃菜饮酒。

(4)

小小的客栈喧哗热闹起来。

小二召唤的声音明显不同,老唐忙提着水壶从后厨匆匆而来,对着为首的军官见礼道:"军爷们远道而来辛苦了,且先歇歇脚,喝口茶,牛肉正在切,酒也马上就来,有什么需要,吩咐就是。"

那军官居然先看了豪麻一眼,然后才道:"有劳店家。"说着,把手伸进衣内,摸出一个空瘪的皮囊,放在手里掂了掂,有些犹豫。

甲卓航看老唐笑得敦厚,心道,这袋子不轻,看分量,怎么也有几两,还掂个什么劲,但凡想吃的,只管要就是了。

这军官想了想,把皮囊解开,往桌上一倒,只听噼里啪啦一阵乱响,在桌上堆的竟都是些铜钱,半两银子也无。

老唐这下子忍不住脸上变色。

甲卓航倒是觉得有趣，就这些磨得铮亮的铜钱，怕是不够这几个兵士今晚的酒钱。

那军官注意力在桌上的散钱上，并未留意老唐的脸色，倒在那里三个一拨两个一组地查了起来。他查得认真，却不知整个驿站内都在看稀奇，为何财大气粗的南渚也有如此破落的兵士。

这军官点完，把铜板收作一处，推到桌前，道："店家，这里只有五十四文铜钱，请你看着来些吃食好了。"

老唐适才容光焕发的脸不知什么时候干瘪了下去，一脸作难的神情，顿了一顿，忽然冲外喊道："虎子，外面诸位大人的马可要好生照料！"

他这一喊，甲卓航噗嗤一声笑了出来，这老唐虽然人还不错，但还免不了小本经营的势利，生怕小二没有深浅，先拿上好的豆料喂了马。

甲卓航一笑，已经落座的七八个兵士都一脸尴尬，有几个兵士又从衣内摸出些钱来叮当掷在桌上，但也都是些铜钱，对这一餐的好坏也殊无助益。

那军官显得颇为无奈，道："好了，好了，不必再找了，明日便到灞桥，今晚对付一下便是。"

倒是其中有个长脸，按捺不住，将佩刀解下，砰地扔到桌面，道："这铜钱是钱不是，还买不了你一个殷勤招待！"他这一抬手，露出了黑布衣肘下的补丁，看起来颇为陈旧破烂。

老唐干笑两声，道："有的、有的，军爷别急，"收了铜钱，他快步向后厨而去。

那红脸捎客适才又在交际,此刻,看甲卓航看得专注,便凑过来小声说道:"哎呀,真是惨,这就是南渚的野熊兵了,灞桥的赤铁军一个个飞扬跋扈不可一世,这些兄弟呦!"他嘴里啧啧有声,无限感慨。

甲卓航仔细看这群兵士,发现他们穿着的是陈旧的牛皮软甲,上面道道白痕裂隙,可见平时养护得十分马虎。穿过甲胄环眼的甲绳颜色各异,有皮的,有麻的,显然这些甲胄已经穿了不少年头,过于老旧,倒也符合这一群人风尘劳顿的模样。这些兵士和南渚赤铁军们一样,护心铜镜上照例镌刻着海兽标志,但这些铜镜大多斑斑驳驳,凹凸不平,上面的花纹已磨损殆尽,更有的兵士皮甲上只有一个圆圈凹陷、几个铆钉,那铜镜已经不见。单看这装束打扮,确实和在灞桥见到的赤铁军相差太多,简直让人无法相信他们竟是同一州的军队。

"什么是野熊兵?"甲卓航按捺不住好奇。

"这野熊兵嘛,是南渚边兵的别称。"红脸邵老大看弟弟正和旁人聊得火热,索性坐到了甲卓航这一桌,"咱们都知道济山西侧就是大片森林,森林外就是四处蔓延的青沼,是鸟不拉屎的蛮荒地带,和更为蛮荒的浮玉州接壤,在上三代南渚王赤研享时代,南渚就曾和浮玉野人们几次争夺疆域,因此专门兴建了大城平武。而那些由平武城派驻青沼的守边兵士,就是南渚最初的边兵了!"

甲卓航听他跑题,一翻白眼,邵老大会意,嘿嘿一笑,道:"公子别急,这就来了。那青沼畔森林茂密,多有壮硕野熊出没,在木莲建国那会儿,都说三泽水里面有稀世的珍宝,因此大公赤研享建城征兵，意图平定浮玉。为此组建的平武军都是南渚精锐，征战攻伐，所向披靡，扫平了大半个浮玉泽，人们都说平武军的粗野和凶暴，便跟这青沼森林的野熊一般，因此他们又自号野熊兵。"

红脸讲得兴起，抄起甲卓航的酒咕咚一口灌了下去，抹抹嘴角，继续说道："不过嘛，后来木莲太祖朝崇智争霸中原，各处都打得一塌糊涂。赤研享趁乱把浮玉州的巫城长葛攻了下来，结果屁也没找到，郁闷而死。到了现今大公的爷爷赤研夺的手中，就将这平武边兵成建制地撤销，只象征性地留下部分部队，长守人迹罕至的关隘，这时候嘛，边兵们就不是野熊一般勇猛的精锐之师了，都变成在林子里打野熊的野兵了。"说完哈哈笑了起来。

"这南渚如何不在意东北方的局势，却去攻打西侧人迹罕至的浮玉泽？"

浮玉州被青沼、浮玉、泥麟三湖围绕，大部都是沼泽地带，对于南渚并无实际战略价值，倒是平明古道这一段易于纵马驰骋，是兵家要地，豪麻听得稀奇，忍不住插话。

这回轮到邵老大翻白眼，他终于找到炫耀机会，滔滔不绝说了起来："啊呀，兄弟你呀，看来就是太年轻，当年木莲争霸中原，青州，哦，也就是现在的澜青，实力强劲，和木莲打得不可开交，南渚哪有胆子去碰。而那时东边还没有吴宁边，只有吴州和宁州，也是打得一团火热。有人说，"他放低了声音，"老头子赤研享是个有雄心壮志的领袖，他是想打通千百年来没有通航的三泽水系，直接建立和坦提草原的商贸联系，大赚一笔。也有人说，这航道一通，坦提草原的风马不必绕行千里才能到达南渚，而没有坦提风马，南渚兵士要骑着小毛驴去争霸中原么?"

　　吴宁边几人都是战场刀尖上滚出来的人,对地形地势极为敏感,听着不断点头。

　　这南渚能保百年繁盛,实是因为地理条件的特殊,西侧南侧是大沼深泽、蛮荒之地、东临大海,三侧均是隔绝兵灾的自然屏障,唯有东北侧和澜青及吴宁边接壤,却又有诸多军事要地,易守难攻,确实是割据一方、拥兵自重的风水宝地。但也正像这红脸掮客所言,这些天然的地理屏障使敌人难以跨越,但也阻碍了野心勃勃的南渚向丰饶的中原大地发展。想当年南渚王赤研享为了争霸,建城发兵,攻城略地,吞并浮玉,不知耗费了多少金帛,战死了几多勇士,终于还是功亏一篑。这也就是人们常说的霸业天定吧。

　　甲卓航还有疑问,道:"但这些兵士一看就是从吴宁边往灞桥方向去的,明明在南渚东北,为何也叫野熊兵?"

　　红脸商人道:"索性给你说明白,当年这赤研享的野熊兵天下闻名,是大公的直系部队,在赤研享逝世后,虽逐步削弱,也蜕化成了边兵,但习惯上一直编在大公和世子的直系亲军之内,所以嘛……"

　　红脸商人话说到这里,甲卓航猛地明白了,既然野熊兵一直是大公、世子统管,那么野熊兵的境遇必定和大公世子的命运紧密相连,南渚上一任世子正是赤研瑞谦兄弟的大哥赤研洪烈,本来如果没有意外,赤研洪烈应该是今日的南渚大公,当年赤研洪烈曾亲自整顿这支直属于他的军队,与扬觉动对阵毛民镇。

　　但是这位长期为质木莲的世子,在三十一岁突然死去,毫无疑问也带来了野熊兵的衰落。那时豪麻只有八岁,尚不知道大公是何等人物,只隐约记得当年吴宁边厉兵秣马,因为南渚精兵压境而紧张万分的情景。

眼前这些疲惫窘迫的兵士,竟是十几年前那支精甲振振的精锐之师!世事风云的变化真是难以预料。

"此一时,彼一时也!"邵老大的手指在桌上嗒嗒叩动。

他话音犹在,吴宁边一行都往那些兵士看去,发现那些兵士也在看着他们。

那军官犹豫了一下,终于站起来,向豪麻这桌走来。

不知来人意欲何为,豪麻等人放下筷子,看着那军官来到桌前。

众人多少有些紧张,只有甲卓航笑嘻嘻地,冲着那军官一抱拳,道:"兄弟远来辛苦了,但坐无妨,我们小酌一杯。"

那军官倒有些不好意思,道:"多谢诸位,那就恭敬不如从命了。"说着坐下,恰好挨着那邵老大,两人一对视,邵老大的目光多少有点躲闪,刚才他兴高采烈拿对方开心,也不知他们到底听到没有,还好这人不是来寻晦气的。

甲卓航招呼店家多拿碗筷,这军官讪讪一笑,道:"在下姓吴,单名一个亭字,长驻白安镇。敢问诸位大人可是从灞桥来?不知城内境况如何?"

他这话一出口,豪麻和众人一愣。

甲卓航心中也是奇怪,境况如何?什么意思?口中却道:"哎,你才是大人。你看我们,分明是一群粮食贩子,不过从吴州去灞桥讨口饭吃,哪知道什么近况远况。"

(5)

吴亭道,"诸位切莫见外了,我等虽是边镇的鄙陋之人,但这点眼光还是有的,哪有如此精干轩昂的粮商。"说着侧头看坐在甲卓航旁边的伍平,"这位兄弟的双手拇指内侧肤色不同它指,指肚糙而有茧,必是驰骋疆场,双手开弓的好射手。"

说着,吴亭伸出自己的右手,掌心向上,众人看到他拇指指肚的厚茧和手上的竹扳指,不由得都会意地笑了起来。只有邵老大变了脸色,有点惊疑不定的样子。

甲卓航笑道:"吴兄果然好眼力,咱们就别见外了。"

伍平是豪麻帐下的神射手,善马上骑射,左右开弓,百发百中。他见这吴亭是个内行,便道:"吴兄,看你的手掌肩腰,想来是开步弓的好手,我倒是很想见识一下吴兄的硬弓。"

什么样的人拉什么样的弓,这吴亭宽肩阔背,胸肌厚实,手掌粗大,适才走过来的几步路,神气内敛、脚步稳重,看起来是个能拉步弓的好手,想来他开的弓也必定不俗。

吴亭听了,却面露尴尬之色,道:"不瞒兄弟们说,我的那把弓日前已经被我卖了个好价钱。"

这话一出,众人大感诧异,作为军人,刀、马、弓、甲,都是一等一重要的家什,不仅是吃饭的家伙,更是军人荣誉尊严之所在,哪有说卖就卖的道理。不知这吴亭一众人到底是怎么混的,怎么会搞得如此凄惨。

众人都看着吴亭，他似乎也觉得颇难开口，咽了一口唾沫，道："说来话长，这也是没有办法的事，白安镇紧邻白吴，自从吴宁边与白吴交恶，扬觉动就封锁了安水的贸易运输，而赤研大公则禁绝了白吴和南渚的贸易，往日还算过得去的白安镇一下子便萧索破败下来。"

他抬头望了望窗外，夜色中蝉鸣声声，一片安详。

吴亭的眼神在夜色中停留了一瞬，续道："当年洪烈世子死后，野熊兵频被征调重组，残余部队不得入关，便困守白安。白安贫瘠，本就难以支持大军驻扎，如今两州贸易一绝，又没有稻田良港可以依傍，日子很快就过不下去。遇到灾年，百姓便四处逃散，白安南面是茫茫大海，逃散的百姓，往北的，进入了毛民；往西的，进入了白吴；而往东的，唉，竟被赤铁军截在鹈鸪谷北口的百鸟关，不准进入阳宪！"

他讲到此处，脸上愤然作色，手上握紧了拳头。甲卓航发现豪麻眉头一蹙，心中警觉，顺着豪麻眼神的余光，忽然发现吴亭皮甲覆盖不到之处的黑衣上，星星点点，都是深褐色的血迹。

他眼神扫过几位同伴，大家都提高了警惕。

扬觉动一行来到灞桥时，走的是小莽山西北的平明古道，虽然两渡奔流河，但一路人烟稠密，所过之处，一派太平景象，却不知同在南渚境内，这阳宪、白安一路究竟有何不同。

由于小莽山的存在，幽深的鹈鸪谷便成了灞桥西北的一堵屏障，鹈鸪谷的小路沿山盘行，曲折回绕、极为险峻，只消少许驻军，几座工事，便可抵挡百万雄兵，但由于小莽山侧有四通八达的平明古道，这鹈鸪谷在军事战略上的意义就大大降低。

此次吴宁边一行众人都是职业军人，早已研究过南渚的山川地理，今次取道鹬鸪谷，也是一次难得的亲自探查的机会。

在南渚的舆图之上，白安镇在阳宪远东偏北，安水和小莽山余脉之间，周遭的环境极是恶劣，却是吴宁边、白吴和南渚三州交界之地的唯一城镇，因此曾经在诸王争霸时代具有重要战略意义。吴国和南渚针锋相对的年代，无论哪一方取得白安，都可作为继续挺进对方腹地的踏板，但由于岁月变迁，王国纷争已成陈年往事，诸州之间的形势亦变化不定，新兴的吴宁边忙着和木莲澜青争霸中原，反而要求助南渚的支持，根本无暇顾及边境极南的这弹丸之地，而旧吴州自从分裂成为白吴和李吴之后，内乱不止，更对白安视而不见。

吴亭平抑了一下自己的情绪，叹了口气道："这百鸟关驻军由赤研瑞谦公爵控制，他既掌握了平明古道的商路，自是不想再横生另外一条财路，因此，把鹬鸪谷锁了个严严实实，就算商旅通行，也均课以重税。当年洪烈世子重兵布防白安城，本已打通和吴州宁州的贸易线路，就这样生生被赤研公爵截断。这也就罢了，去年雨水丰沛，安水大涨，河道更易，白安镇遇到大灾之年，苦无救济，飞报灞桥的文书不见回音，我们野熊兵一旅护送两千饥民想要穿过鹬鸪谷进入阳宪，不料竟被赤铁军阻拦。"

甲卓航见他说得辛苦，自己也听得心情沉重，便给吴亭斟满了酒杯。

吴亭点头致谢，端起酒杯又是一饮而尽，续道："后面的事情，大家想来也有所耳闻。"

邵老大忍不住接道："是了，这就是去年的鹬鸪之乱。但是我们身在灞桥,得到的消息是白安的野熊兵不能自安,借安水泛滥,鼓噪民众,要挟大公拨配军粮兵刃,意欲谋反。因此……"

吴亭又喝下一杯青柠酒,冷笑道:"因此就出动甲胄精良的赤铁军,驱赶饥民,并屠杀野熊兵一旅二百余人。"

此话一出,豪麻等均大为震惊,这事件他们在吴宁边也略约了解,只道是兵匪作乱,却不知竟是南渚正规军系之间的公然对抗,而且背后还有如此复杂的背景。

"只是、只是,"邵老大有点结巴,"大灾之年,求粮也就罢了,为何野熊兵们还要甲胄兵器?"

吴亭摇了摇头,道:"想必诸位应该听过大灾之年必有大乱,白安本是三州交界地带,多水多山,百姓活不下去,自然会占山为王,凭水为寇。白安虽号称聚集了野熊兵主力,但一师五旅,没有四散为民为寇的,只余下不到七百人,怎能控制纵横二百余里的广袤范围。我们的兵器武备诸位也都眼见了。"

说着,他自嘲地笑笑,把周身甲胄抖了一抖:"这已经是我们最好的装备,如果兵和匪的实力相去不远,甚至匪强于兵,那么,会是怎样的结局呢?"

伍平道:"我虽未去过白安,但也是边地子民,如果乱象至此,想必就会兵匪一家了。"

这话一出,桌上沉默了片刻,这伍平快人快语,说的话听起来可不怎么好听。

甲卓航忍不住道:"白安混乱至此,赤研大公就不管吗?自己的地方乱起来,对南渚有什么好处?"

吴亭道："说句杀头的话，那赤研瑞谦守住鹧鸪谷，就可独吞平明古道的商旅之利，白安再乱，只要扼住百鸟关，也犯不着南渚半根汗毛。传闻两年前井田大公曾有意派星驰公子前来治理白安，我们都是极为盼望的，却不知什么缘故，赤研大公又把他派往吴宁边与澜青军作战，真是可惜。"

"他进得酒店，分明一直在关注我们，过来不问身份姓名，却为何与我们说这些故事？"豪麻的细语传入甲卓航耳中，众人越听心下越是不安，又去看那几桌兵士，发现旅社外战马嘶鸣，又陆陆续续有兵士来到，驿站里面进来的皮甲战士越来越多，此时老唐正从后厨端了十数张大饼出来，不料迎面看到如此多的兵士，不由得张大了嘴，喃喃道："这、哪里来的这许多人？"

这些后进门的兵士并不像吴亭一众气定神闲，身上汗水淋淋，显然都是纵马疾驰而来，神色也渐带狞厉，有个兵士推门进屋，门上风铃叮当轻响，他竟伸手用力一扯，把一串风铃扯断捏扁，顺手抛出了窗外。

豪麻注意到了这个细节，用脚轻轻踢了甲卓航一下，甲卓航则伸手又夹了一块济山豆腐，他也已注意到场面不对。

豪麻生就一张没有表情的脸，看人越来越多，但脸上却全无变化，继续问："不知后来兵变的事情如何处理了？"

吴亭叹了一口气，道："赤研大公派了王族赤研野统军穿过鹧鸪谷，进击白安。白安的野熊兵已经饿得前胸贴后背，而且并未存反叛心思，便开门迎军。哪知这赤研野接掌白安后，竟绞死野熊兵留守军官二十二人，一百余兵士被断掌黥面、流徙垦荒。"说到这里，他忽然收声，眼圈竟然微微泛红。

邵老大酒杯往桌上砰地一落，道："这也真是人间惨剧，白安城守卫中宵伯爵大人自老大公在位时就统领野熊兵，又曾进入灞桥辅佐洪烈世子，镇守边关二十余年，功不可没，深孚众望，却被赤研野诱至帐中擒获，借以胁迫白安野熊兵放弃抵抗。随后白安伯连长子卫水一起被押送灞桥，囚禁数月，就在十余日前，竟不容分辩，在阳坊街枭首示众，头颅就挂在野非门下。"

吴亭道："正是，在此之前，凡是追随卫大人留在白安迎军的野熊兵主力，都尉以上军官几乎都被绞死，二十二人的尸首悬挂腐烂，只有部分提前撤到小莽山余脉和安水之滨的野熊兵幸免于难。"

夜色渐浓，远处隐隐传来喧哗，不一刻便有火光，众人脸上变色，甲卓航抬头，发现浮明光已陪着扬觉动出来，正在二楼栏杆后遥望。

豪麻更沉得住气，身形不见一丝晃动。甲卓航见房中戒备的两名兄弟并未跟在扬觉动身边，显然大公已有防备，心下稍安。

"这、这外面不知道发生了什么变故？"邵老大的声音微颤。

"哦，也许是镇中赤铁军正在操演防卫吧。"吴亭淡淡地说。

豪麻的兴致却似都在这吴亭讲述的故事中，复道："那之后呢？白安镇的野熊兵们后事如何？"

夜黑如漆，此刻阳宪火光四起，喊杀声和惨叫声不绝于耳，吴亭见豪麻依旧关心故事，嘴角不由得挂上一抹意味深长的笑意。

"后来嘛，赤研野大将军出了三十金的赏格，求取伴随卫中宵大人三十年的霹雳弓。数月之后，终于有一个深受卫中宵大人恩典的下级军官,带领所部三十人投诚,向赤研野大将军献上良弓。然后嘛,"他冲着甲卓航缓缓道,"他就用这把弓把赤研野大将军射了个对穿,并取得了那三十金的赏格。"

他话音刚落,酒店大门砰的一声被撞开,扑进来三个脚步踉跄的赤铁军兵士,其中一个胡乱抓向四方,双眼流出长长两道鲜血,在他胡子拉碴的脸庞上凝结碎裂。紧跟着进来的,是更多的皮甲兵士。

其中一位身材魁梧的兵士手中拎着一个血淋淋的首级,砰地掷在当中桌上,杯盘乱响、汤汁飞溅。

店内一片惊呼,那兵士先看看已经在窗口坐定的那些兵士,又看了看坐在这一桌的吴亭,嘶哑着大声说:"阳宪是我们的了。"

【第七章】

鹧鸪谷

"我说让他们过去!"这男子张嘴暴喝,如虎啸山林,震得众人耳膜嗡嗡直响。他猛地回头,一刀劈了下去,那军官横刀来挡,当的一声轻响,守关将领上好的精钢刀被从中劈断,他的头盔裂为两半,一道血线从他的额头笔直划过鼻尖,一直延伸至锁骨正中。

(1)

鹧鸪之乱。

豪麻饮了不少青柠酒,微微有些眩晕。

浮明光和扬觉动争执的,正是这件事。近年来通商南渚的行商巨贾越来越多,平明古道上七十多年前被战乱摧毁的市镇也渐渐恢复了生机,扬觉动有攫取天下的野心,对各州权力人物了如指掌。

吴宁边驻扎毛民镇的大将李精诚曾和驻扎白安的卫中宵有密切往来。半年之前,鹧鸪之乱前夕,李精诚还遵从扬觉动的指示,为卫中宵提供过粮草军械,只是南渚大公赤研井田多疑,卫中宵虽然急需这些物品,还是不敢收受,并派二子卫曜将粮草军械全数返还。

这是南渚关于卫中宵最后的消息,此后白安爆发鹧鸪之乱,又被迅速平定,赤研野坐镇白安镇,百鸟关一路倒也十分太平,有逃到毛民的卫氏旧部,也不知卫中宵的生死。差不多就在扬觉动一行起程前往灞桥的同时,赤研家族将卫氏一族斩杀于灞桥。

那日入城,在野非门下悬挂的首级,就是南渚白安伯卫中宵和他的长子卫水。而另一个空落落的笼子,显然是留给卫中宵的次子卫曜的。

在灞桥城中,扬觉动方才将这次事件的脉络理清。南渚内部近年斗争激烈,扬觉动执意行走鹧鸪谷一线,一是平明古道奔流河涨水,沿线又都在赤研瑞谦控制之中,是为安全计;除此之外,走小莽山中,穿百鸟关,可以节省数日,能够更快回到吴宁边,是为时间计;然而也有沿路查探民意地理,以备将来发兵南渚,这是为天下计的意思。

但是今天晚上这样的情况,绝对出乎所有人的预料。

百鸟关在赤研野的手中,这些卫氏旧部、白安的野熊兵们是怎么突破这道天堑,进入阳宪的?

"野熊兵谋反,杀了赤研将军!"

适才被逼入驿站的一名赤铁军嘶声叫道,他腿上受伤,一蹦一跳,踉跄着扑到刚刚还在把盏言欢的人群中,人们惊慌失措,像躲避瘟疫一般退散,瞬间把他所在的位置空了出来。

噗噗两声闷响,一支箭射穿了他的后脑,从喉咙伸了出来,另一支箭贯穿了他的胸腹,他嗓间呼隆作响,拉风箱一般竭力喘着气,瞪大眼睛看着这些相貌各异、高矮不同的人们,慢慢倒了下去。

老唐脸色苍白,看着那颗在桌上盘中歪斜的头颅,口中颤声道,"李、李都尉死了。"他只看了一眼,就回身向后厨走去。

豪麻眯起眼睛,看着老唐被一只沾着污泥的手扯住了衣服。

"老板到哪里去?"这野熊兵身上铠甲齐整簇新,并不像吴亭一行人。

"诸位辛苦了一日,应该好好吃些东西,我这就去后面亲自张罗。"老唐话音打战,但还没有乱了方寸。

"十几年前我见过他,"甲卓航叹了口气,"他也不容易。"

甲卓航话音未落,在老唐的脖颈软骨间,兵士把自己的匕首缓缓推了进去。血从老唐的口中鼻中一起涌出来,这兵士松开了手,老唐在客人们的咒骂喊叫声中轰然倒地。

在这山中小镇夜来饮酒的客人,大多也常在江湖行走,并非等闲之辈。

此刻一屋子人挤在通向二楼的一角,眼看屋内至少涌入了二十余名野熊兵,都抽刀戒备,但没有人迈步逃窜,想来谁也不想先成为被攻击的目标。

这些人已经公开袭击驻军,想必更不会在乎多擒杀几个过客,那颗头颅已经宣告了阳宪赤铁军的全线溃败,也宣告了秩序和律法的溃败。

在二楼高处,已经歇息的客人们也纷纷惊起。野熊兵们抢占了门口和窗旁,堵死了出去的路。

浮明光的手牢牢握在刀柄上,对扬觉动说着些什么。

扬觉动则仔细观察着楼下的人们。

豪麻注意到这些野熊兵分成了两个阵营,先进来的那群,聚在一处,并无过多交流,都望向吴亭,似乎在看他的态度,较有纪律。而后进来的一群,则恣意妄为,应该是刚刚厮杀下来,情绪激动亢奋、目露凶光,用挑衅的目光扫视着屋内众人。

这是一支由受过严格训练的兵士和临时招募的乌合之众结合起来的部队,最有战斗力的那部分显然并没有投入今夜的战斗。

豪麻转动了一下略显僵直的手腕,赤心并没有不安地跃动,看来他的刀认为场面并没有什么大不了的。每次都是,只要赤心兴奋出鞘,他就控制不住自己杀人的欲念,这把刀不饮血到饱,是不甘心的。

今晚,恐怕赤心会兴奋了。

周半尺对他说过,嗜杀是心魔,有魔性的人,才属于战场,但命运常常让他们无法享受普通人的生活。一路拼杀,他是踩着敌人的尸体走上这个位置的。整个八荒,能让他安然入眠的,只有扬一依的笑容。扬一依是他和尘世欢愉之间的一条细细的纽带,如今,这条纽带断了,不知道最近的自己,有几分入魔的前兆。

周身的骨骼细密地轻响,只有自己听得到,这是狂暴来临前的舒展。

与浮千乘战后,无定河畔的大帐中,周半尺曾与豪麻对坐饮酒,并对他说,杀人不是一件好事情,战场上杀人多了,人就有戾气盘绕,如果不能中和,戾气就会变成死气,人也就和行尸走肉再无分别。

周半尺亦是少时从军,一生戎马,杀人无数。他觉得自己身上压的戾气太重，只有酒后放浪形骸，才觉得自己还是个活人。

豪麻年轻气盛，习惯了长枪快马，以身先士卒、奋不顾身著称，并不相信杀人养气之说，亦不敬鬼神。周半尺却说："你若不死，慢慢就体会到了。"

豪麻那日面对骤然老去的周半尺，信心满满地道："将军今日之败，不在命，在酒。豪麻这一生，必滴酒不沾。"

周半尺却笑："良弓开满，固然利箭逐月追星，但弓弦太紧，一样容易弦断弓折。酒这东西嘛，有时为旁人喝，有时为自己喝，有时为生喝，有时却是为了死喝。想你以后喝酒是少不了的。"

豪麻想要反驳，但又不忍，于是按刀正坐，不发一言。

周半尺那天又一次酩酊大醉，那醉眼蒙眬的样子，没有半丝名将风采，却被豪麻牢牢记在心底。

不成想他的人生果然被周半尺说中，扬觉动将扬一依许给他，他抑制不住内心的喜悦，淋漓尽致地痛饮一场，这是一种放松的喝法；朱鲸醉宴上，扬觉动又再许婚，他又是一场大醉，这次，种种痛苦、郁结、生死来去，就在他脑中盘旋不去，这两场酒，都是既为别人，也为自己而喝。后一场酒，惊心动魄，也是为生死而喝。他渐渐领悟了周半尺的说法，不知他那一夜惨败后的一场酒，又有什么特殊的缘由。

自当日一别，他已大醉了两次，这次在阳宪，又是微醺，想是以后的漫漫长路，这杯中之物，也不会寂寞，却不知今晚的酒，是为谁喝。

至于周半尺的戾气之说，来灞桥前，豪麻对此毫无感觉，而朱鲸醉一宴下来，他终于觉得世事如刀，不仅相伴两年的战马见了自己长嘶奋蹄，有惊恐之状，就连素来亲密的甲卓航也不大敢在自己面前开玩笑。

譬如此刻。

"他们似乎不是为了大公来的。"甲卓航对豪麻耳语。

"史都尉，这里似乎是吴某的布防之处。"吴亭站了起来。

"史三口渴了，来喝些酒！"那抛甩头颅的魁梧男子把一个空酒壶丢在桌子上，当的一声，"诸位，多说无益，请把武器和金钱都交出来吧，我以野熊兵的名誉起誓，保证不会伤害诸位。"他带着白安地方口音的宣告带点滑稽，但此刻谁也笑不出来。

店内静悄悄的，没有人行动。窗外远处，有火光和呐喊隐约传来。

"野熊兵什么时候还有名誉了？"那名自从进来还没说过话的赤铁军士开了口，他身材不高，稍显瘦弱，看年纪，也就十六七岁的样子，身上虽然带着血污，但眼神却颇为灵动，这句话说出来毫不犹豫。

众人都诧异地看着他，史三更是眯起了眼睛。

"你们集兵白安城，诱杀赤研野伯爵，骗开百鸟关，夜袭阳宪镇，有什么荣誉可言！"这兵士大声斥责，众人都不说话，默默听着。

"如果你们有荣誉，那在通往驿站的路上倒下的十余名宁州客商和你们有什么过节？被你们用马拖在路上的女人和你们有什么过节？"

"他跟你们有什么过节！"这少年指着倒在地上的老唐，几乎有点咬牙切齿了。

老唐从此以后只能保持沉默，他身下是一摊渐渐扩大的暗褐色血迹。

"你说得对，我们和你们都没有什么过节，不过总要有些人来承担后果不是？"史三缓缓举起一只左手，他的手腕光秃秃的，上面镶嵌着一个黝黑的铁托，皮绳穿过铁环，将它和残缺的小臂牢牢捆绑在一起，上面草草接着一根布满血污的枪刺，在烛光下闪着诡异的光芒，血迹从铁托下面的纱布中渗了出来。

这句话起码比宣称保护和荣誉真诚，史三话音一落，店内的人立刻乱作一团，纷纷刀剑出鞘。

吴亭站起身来，看了看史三，又意味深长地看着豪麻和甲卓航，道："那这里就交给你吧。"他起身便走了出去，跟他一起前来的十余名兵士也随他鱼贯而出。

史三用阴沉的目光追随着吴亭的脚步，"好痒，"他把左手的刺尖举到面前，蹭了蹭脸颊，"这只断了的手总是痒。"

仿佛得到了什么命令，野熊兵们大叫着跃过那些听天由命的人们，直奔试图抵抗的商客。

站在野熊兵中间的史三大喝一声，迈步向前，左手枪刺先把那双目已盲的兵士砰地钉在堂柱之上，右手抽出钢刀，却扫了个空，那少年兵士反应极为机敏，只是头盔被刀扫掉，滚落在地。

逃过一劫的少年不去寻旁人，却对着甲卓航一行大喊："救我！"

甲卓航稍一犹豫，豪麻一把拉住他的手臂，道："走！"

此时厅堂内已经大乱，豪麻一个手势，吴宁边五人不下反上，形成一个倒楔形，抢上二楼，将浮明光和扬觉动护在中间，甲卓航右手举刀平挥，拨落了飞来的流矢，众人迅速退向窗边。

此时店外夜色已深，星星点点燃起的火把越来越多，远处金铁交鸣，惨叫声、马嘶声不绝于耳，马儿在黑暗中的嘶鸣让店内众人更跟发了疯一般，都想夺路而逃，但楼下人数太多，还有新到来的兵士抢进，所有人都挥刀拔剑的结果，就是无尽的混乱。

豪麻顾不得风险，抢先将头从窗外探出，火把燃起，是自己人的脸。

浮明光早已将余下武士分成两组，一组作为外围探路的斥候，一组掩袭马厩，抢出铠甲兵刃，准备突围。

堂中刀光剑影，显然野熊兵们也注意到了豪麻等人的脱困企图，撞开人群，向他们奔来，豪麻居高固守，不动如山，他赤心长鸣出鞘，避开箭矢，把想要登楼的武士一一砍翻。待到扬觉动诸人已撤，他翻出店外时，激烈的打斗已让他呼吸滞重，眼前发白，他扶着一层的水围栏杆，大口喘气，汗水滑过额头流入眼中，刺痛不已。

他此刻离后厨只有尺寸之遥，黝黑的纸窗半开，黑暗中传来杯盘碎裂的声响，一双惊恐的眼睛在炉灶的火光掩映中闪烁。即使在浓重的血腥中，他依然隐隐闻到了米糕的香气。

是那个叫作唐笑语的女孩，她没有说话，身子紧紧贴着墙壁。

此时扬觉动安危难测，豪麻咬了咬牙，闭上眼睛，翻身而下。

甲卓航早一步下来，重铠正套了一半，接住豪麻，戒备一旁的骑兵教习尚山谷则牵过他的铁骅骝，这马跟随豪麻已有五年，同样身经百战，此刻奋蹄跃动，兴奋不已。

"该死！怎么只有这几匹马！"豪麻低声诅咒，只需一眼便知，扬觉动、浮明光和伍平已经上马，此外还有五六匹马在侧，他们一行有二十多人，马的数量远远不够。

尚山谷苦笑："抢出这几匹马已经不容易，有些弟兄用不上马了，只是抢出我们的羽箭重铠，就折了三名兄弟。"他回头，夜色中，满眼都是火把，"野熊兵不是突袭！他们围住了整个阳宪！"

豪麻顾不得多说，略带僵硬地套上铠甲，道："那么我们现在向哪个方向走？"

"探路的一组兄弟只回来两人，我不知道要不要等。"尚山谷道，"南边商路已先被封锁，至少有一百人在布防，已经架好连弩，竖起尖桩，北进鹧鸪谷的山口处，野熊兵源源不断地加入战场，向北，便要正面遭遇，东西两侧是小莽山的坡脊，阳宪镇有上千支火把，只怕向东西前行，等于把自己变成箭靶子。这里就像一口大锅，我们被扣在里面了！"

尚山谷语速很快，豪麻听得毫无重点，头痛欲裂，觉得口中发苦，往地上啐了一口，却有半口是血，原来在适才的打斗中他的脸颊被冷箭划过，嘴角破开，牙齿松动，他却全然不觉。

仿佛为了映衬地面杀戮的残酷，此刻天上浓云泛起，遮住了月光，显得四处影影绰绰，仿如森罗地狱。

"先上马！"浮明光暴喝。这阳宪镇内此刻密布着千余兵士，没有马匹，无论如何也难以逃出升天。

战马长嘶，豪麻翻身上马的一瞬间，耳畔响起一声惊叫。他心道，是那个女孩子。

"傻了吗？快走啊！"扬觉动等人已经打马飞奔，只有甲卓航在焦急等待着豪麻跟上。

火光把酒肆内的人影拉扯得千奇百怪，仿佛妖魔狂舞，世界充满了火焰燃烧的劈啪声和金铁交鸣，偏偏唐笑语的细细呼喊能够准确无误地传入他的耳朵。

戴上头盔，豪麻甩去脸上的汗水，嘴角的伤口血流不止。此刻他披上重铠，钢铁沉甸甸的重量让人心安。

唐笑语的呼喊萦绕在他的耳畔。"不要反抗。"他默默低语，随后转身打马，铁骅骝长嘶一声，闪电般奔进黑色的夜幕中。

（2）

马蹄先是踏在青石板铺就的街面上，发出鼓点般的响声。浮明光一转马头，护着扬觉动奔上了草地和土路，视线不好，马匹自动放缓了速度。豪麻意识到，这是在向西前行。这一边靠近鹧鸪谷的入口，不断有骑行的野熊兵在火光的映照下远远驰过。

扬觉动勒马，众人停在了一片高大建筑的阴影中，这里是阳宪镇的海神寺，在南渚的每座城镇尽头，必定有这样一座木石结构的高大建筑。隔着一堵高墙，火把的光亮在游荡。

"必须要有方向。"扬觉动说。

"只要拐过海神寺的街角，便是可以纵马奔驰的海神道，鹧鸪谷下来的兵士们，就在这条道的中段跑进阳宪。"甲卓航喘匀了一口气，开始介绍。

此处地势较高，极目望去，可以看到阳宪镇中的野熊兵擎着火把在四处流动。

"如果这是海神寺，现在火光起处应是阳宪赤铁军的驻地、商栈和市场，也许还有驿站。"尚山谷持重，进入阳宪镇前，就仔细研究过南渚的舆图，

浮明光点头："看现在火把的方向逐渐向南集中，有可能是赤铁军兵士在向商路突围。照常理，海神寺是从鹧鸪谷下来后首先被控制的地区，可是这里并没有布防。"

"这寺只剩了一个空壳子，他们曾在这里燃了一组火把，但很快就加入到对城镇的劫掠中了。"永远带着黑手套的斥候伍扬说，他是伍平的弟弟，浮明光派出的斥候一组五人，现在和众人聚在一起的只有他和"羚羊"安顺。

一组火把是指五名兵士，野熊兵和所有军队一样，用信号来进行夜间沟通，但正如豪麻预料的一样，这是一支由正规军和乌合之众混合起来的队伍，这些兵士绝大多数是善战的勇士，他们从不缺乏仇恨和欲望，但他们缺乏纪律。

"我们燃起火把，"扬觉动抬头，夜幕中黑黢黢的小莽山愈发高大，"把走散的人找回来，我们还需要一个向导。"

"也是，火把都这么多了，也不差我们。"甲卓航的坐骑不安地扒着草皮，无论在什么情况下，他都能随口乱说一气。

阳宪镇的火光映红了天际，月亮先是被浓烟遮蔽，接着又被浮云覆盖，空气中弥漫着潮湿腥甜的气息。众人沉默，向导能不能找到并无十分的把握，而分兵意味着必须有人重回阳宪，也许大公的意思

是，需要有人去吸引野熊兵的注意，创造机会……

"大家都听到大公的话了，最多还有半个时辰，下雨时我们必须离开。伍平、安顺……"

"甲卓航留下，我去。"豪麻打断了甲卓航的话。

"什么？"甲卓航惊讶地看着豪麻，转身对扬觉动道，"大公，豪麻还是在您身边，我去更合适。"

但扬觉动和浮明光都没有说话。

"你这家伙，是不是要回酒肆！"甲卓航一把抓住豪麻的小臂，低声问道。

豪麻没有回答，紧了紧自己的臂带，对伍平和安顺做了一个手势，并没有多余的话，三人打马，向来时的方向疾驰而回。

起风了，带着海的咸腥，他们踏过草地，先转了一个弯，又过了片刻，在与众人完全相反的方向，安顺的响箭冲天而起。

马背颠簸，这一刻，扬觉动、浮明光、甲卓航，还有所有的兄弟，应该都在望向红色的天际。他们当然希望自己回来，但肯定不希望自己带着大批追兵一起回来。

时间有限，不管自己这三个人能否顺利回归，驻扎阳宪的赤铁军已经失去了抵抗的能力，正在被野熊兵肆意屠戮，阳宪的混乱应该很快就会被叛军平定，南方的道路已被截断，下雨是最后的机会，大公一行必须冒险通过鹧鸪谷。

安顺在前，伍平的身影则隐藏在街角和屋檐下的暗影中，豪麻脚下是被来往的马蹄，踏成了烂泥的草皮，马上的重甲在步行时变成了累赘。酒肆没有被点燃，但里面已经不再喧哗。

扬觉动提到向导，他首先想到的是向甲卓航求救的那个少年，他能在一屋不相干的陌生人中找出吴宁边的将士，足够机警，也足够灵巧，他求助了最容易心软的甲卓航，更是颇有识人之明。

不过，他也很想知道那个叫唐笑语的女孩子究竟怎样了。征战中的劫掠通常都十分潦草，如果能躲过混乱无序中兵士们兽性大发的一刻，秩序总会慢慢恢复。

当然，这时反对者不必被乱刀砍死，他们会被人从各个角落里驱赶到广场上，拷问后勒死。

有两名兄弟听到响箭后来汇合在了一起，两人身上都有伤，有了这五个人，可以勉强组成一个突击阵型。

离客栈还有一段距离，众人远远下马，走得非常小心，如果不幸被野熊兵发现，也许他们只能选择同扬觉动相反的方向突围，以引开注意，这很可能意味着死亡。

破碎的窗栏下躺着客商的尸体，大门洞开，酒肆内依然亮着灯光，但是非常安静。豪麻远远见到那个赤铁军少年面色苍白地站立着，他被一只长枪扎穿，钉在了大堂的木柱上。

豪麻心里一沉，预想的向导没有了。

犹豫了片刻，他还是走了进去。

紧接着他看到了唐笑语，她仰天躺倒在地上，身上趴着一个野熊兵兵士，裤子脱了一半，这野熊兵兵士的背后则插着一支羽箭。她的脸上有血迹，紧闭双眼，但眼珠却缓缓在眼皮下滚动。

豪麻也不知道为什么自己变得如此急切，他大步向前，掀开这个兵士，赤心忽然跃起，他反手一滑，赤心的刀锋上溅起一串火花，有什么东西滑过甲胄。

手法很地道，这小姑娘手里有刀。

他一把将唐笑语的匕首握在手甲之中，扭了下来。她反身就跑。

"别走！"他一把抓住她的后襟，唐笑语一挣，刺啦一声，豪麻竟把她本就破烂的外衣扯了下来，小姑娘露出整个赤裸的脊背。

牛油残烛的灯芯噼啪作响，唐笑语咬着嘴唇慢慢转了过来，蓦地瞪大了眼睛。豪麻的半边脸都在胀痛，烛光在乌油油的黑甲上跃动，他的脸上有一道长长的伤口，一定会显得非常狰狞吧。

唐笑语哇的一声哭了出来。

豪麻缓缓吐出一口气，伸出手来，道："跟我走！"

唐笑语神色不对，她眼中瞳仁里有一点白芒闪烁，尖利的呼啸声划破空气。

唐笑语就在身后，他不能躲，豪麻听声辨位，回身横刀胸前，当的一声大响，一支羽箭正中赤心，火星四溅，震得他后退了一步，好刚猛的力量。

如果他格挡不及，这一箭必定将他和唐笑语穿在一起。羽箭被他刀背所挡，滑开一旁，余势不歇，插在地上，犹自不住震颤。

豪麻抬眼寻找射手，远处箭来的方向一团漆黑。箭手如不是飞快跑开，便至少在三百步开外。豪麻这一惊非同小可，这箭长三尺有余，绝非弩箭，他深在酒肆之内，酒肆的门梁不过丈许，这么远的距离，羽箭必须保持近乎水平的夹角方能不被门梁阻挡，如此强劲的力量，真是骇人听闻。

他回身把唐笑语推到柱后，远处隐约有亮光一闪，屋上戒备的伍平显然是发现了目标,两箭连发,黑暗中也是两箭穿出,竟将伍平的首箭从中射断,第二箭跟着激射伍平,豪麻只听得格楞楞的瓦片碎裂之声和一声咒骂,是伍平跌下房来。一只羽箭赫然插在他的弓背之上。

"好厉害。"伍平显然也是在生死之间走了一趟,将那箭拔出在自己弓上一比,道,"怎么会有如此强横的弓?"

"二位果然不俗,恨不能常对饮言欢啊!"夜色中远远走来了吴亭,他手中是一把和夜色一般漆黑的长弓。

"哈哈哈,果然好弓,只是我在屋上,无从借力,再来一箭看看!"伍平不赞人先赞弓,显然心中十分不服,又一支箭拉在弦上,对着吴亭。

吴亭摊开双手,耸了耸肩,示意手中无箭,道:"几位果然不是凡夫俗子,我奉命控制驿站,早早布置,本来应该把诸位都射死在这门口。"他笑了笑,"开始我还只道是诸位运气好,竟从后窗直接撤离,现在一试,却是我自大了,这当面背后地射,也奈何不得两位呀!"

伍平看了看店中倒下的野熊兵,大都背后插着一支箭,嚷道:"这是怎么回事,怎么射起自己人来了?"

吴亭越走越近,道:"我是卫中宵大人的家将,不是野熊兵们的斥候。而且,我不喜欢没有规矩的人,也不太喜欢用下半身思考的兵士。我不觉得把歇脚聊天的地方变成屠场有多么开心。"

伍平望了一眼豪麻,道:"你有点意思,就有规矩这件事儿,和我们大人还真有点儿像。"

"你想做什么?"豪麻问。话一出口,他禁不住就开始思念甲卓航,若是有他在,话题定不会变得如此突兀无趣、笨拙不堪。

其实此刻吴亭什么都不用做,只消发出响箭,把野熊兵们都召集过来就是了。

"我恐怕还是得把你们交给小卫伯爵,你们知道,阳宪被野熊兵们圈住了。"

"但你现在只有自己。"伍平皱着眉头,他的箭尖微光闪烁。

"你们有五个是不是?哦,不,六个。"他看了一眼唐笑语,笑了,"这个尤其危险。"

"是的,你们有七个,也许你再说一句类似的话之后,就只有六个了。"安顺从影子里面走出来,手中的匕首架在一个野熊兵的脖子上。

吴亭侧着身子打量了安顺一眼:"建议你把弓先收起来,喏、像我一样。"他举手示意,"任何人控满弦如此长的时间,都会非常辛苦。作为一名弓手,我不希望被人射死,尤其不希望被射死的原因,只是由于弓手控制不了他酸痛的手臂。"

"放人。"豪麻对安顺说,如果野熊兵里再多出一两个如此强劲的对手,今晚,他们注定无处可逃,和他们对峙,是在浪费宝贵的时间。如果扬觉动和浮明光在,一定早就明白他引而不发,一定是有什么目的,只是自己还是更善于用刀剑说话。

唐笑语跑向店后,但他此刻无暇去看顾:"吴将军,你有什么考虑,可以说出来大家听听。"

"我越来越喜欢这小子了。"伍平缓缓放下了一直对着吴亭的弓,觉得手臂还真是有点酸痛，怎么刚才却完全不觉得。

(3)

"不瞒诸位，我今天抢到阳宪客栈，得到的密令，就是要把所有投宿的客商，全部处决。走了一人，白安伯便要我的项上人头。"漆黑如墨的长弓被他拿在手中，红色的弓弦在烛光下若隐若现，"虽然他不一定这么做，但他确实是这样跟我说的。"

他的话里寒气弥漫，此刻海风猎猎，天空既无星，也无月，云层渐厚、雷声隐隐，一场大雨即将来到。

这句话听得豪麻心中发紧，如果这吴亭带领数十名射手预先埋伏妥当，在扬觉动等人逃奔的时刻，一起射箭，想必就算有诸人拼死救护，扬觉动也难逃一死。他和伍平对视一眼，暗觉庆幸。

"为什么放我们走？"伍平憋不住心中的疑惑。

"是的，我没有背后发箭。不但没有这么做，我还看着你们从我的箭下疾驰而去，想到你们也许会回来，我还顺便清理了他们。"吴亭手指划过客栈中那些尸体，他口中的他们，显然就是不肯离开，意欲强暴唐笑语的那几名野熊兵。

"为什么？"豪麻的脸色变得前所未有的凝重。

"因为我的疑问，也许只有你们能够解答。是谁要你们死？你们不是跋扈南渚的世家豪族，也不是追腥逐利的行商旅人，甚至不是赤铁军。"

"你不知道？难道不是你们的白安伯让我们死吗？"伍平忍不住大

声接话。

"的确是他下的命令。"吴亭纠正道:"他说你们是携带重金的宁州富商,八成他自己也不相信。"

豪麻沉默了片刻,道:"我们都是无足轻重的小人物,白安也好、阳宪也罢,都太过渺小,今晚,一百个平民丧生,也许会让一千个人悲叹;一千名野熊兵哗变,也许会让一万名赤铁军登上战场;但今晚若有一个人遭遇不幸,却会燃起席卷八荒神州的连绵战火。"他停了停,道,"你前所未见、猛烈燃烧的战火。"

吴亭道:"那看来我真的找对人了。我实在想不出,怎样的人才能让你们这些沙场百炼的精兵投效。"

"除非他经营的不是财物,而是天下。"他的声音低沉下去,再抬起头来,眼中带着寒意,"我不知道你们来自何方,但我很想知道,在过去的半年中,是不是你们帮助并武装了野熊兵!"

这话一出,在场的几人都大为震惊,难道白安的叛乱并非简单的举义起事?野熊兵们本来就被赤研野釜底抽薪,赤铁军先扫荡了卫中宵部的中坚力量,又强行占领白安,以赤铁军的军备给养和兵力,星散的野熊兵余部在贫瘠的白安地区本应绝难再有东山再起的机会。

如果吴亭此言不虚,这次白安野熊兵突然起事,强攻阳宪,定是大大出乎南渚的意料。背后没有强有力的支撑,实在难以想象。

"绝无此事,"豪麻眉头紧皱,"我们和此毫无干系。"

"否则怎么会自陷绝地。"伍平补充。

风从空荡的客栈内穿堂而过,老旧木窗发出吱呀的声响,门楣上,半截紫色的细绳在风中飘荡,那里原来有一串风铃。

"那么,我还是没有答案。"吴亭神情冷漠地看着桌上摇摆的烛火。

豪麻沉默着,等他继续。

吴亭叹了口气:"从鹧鸪之乱到白安之变,我参与了整个事件,但始终不辨方向。我像一颗棋子,被一只无形的巨手摆弄前行。赤研野大兵压境,我护送二公子卫曜逃离白安;昔日的战友被绞死、黥面、断腕,我来重组野熊兵;白安镇我带领三十死士箭杀赤研野,鹧鸪山口我们飞夺百鸟关。但我不知是谁让这一切发生!"

他猛地转身,对着无垠的夜色:"我不知是谁在背后支持了鹧鸪之乱,谁促使赤研野将卫大人即刻枭首示众,谁又暗中帮助野熊兵兴兵白安,我只知道这个人,想要你们的项上人头。"

吴亭的声音渐渐嘶哑:"我活着,不过就是为卫中宵大人复仇,这决心,如箭矢一般锋利,有老大人的霹雳弓在,我以为终将得偿所愿。赤研野死去的时候,我开心了一刻,但今日见到了你们,我又开始怀疑。也许白安的野熊兵只是这张大棋盘上的一颗小小棋子,而我连下棋的人是谁,都不知道。"

他这一番话说得豪麻头晕目眩,心中闪过无数可能,阳宪遇袭,真的是随机事件么?这场变故关及一地大公,难道真有偶然可言?

一瞬间,他的心里已经闪过了千百个念头,其中一个就是,为何他们要行经阳宪,是谁帮助扬觉动做出了这个决定。

吴亭回身,似乎已经有了决断:"想必你的主公,也是一位了不起的人物。但如今,他也不过是这棋盘中的另一颗棋子罢了。我不知道谁在下这盘棋,但是我真讨厌做棋子的感觉。"

如果扬觉动死在阳宪……如果赤研井田认为白安之乱吴宁边做了幕后推手……豪麻不敢再想下去。

"我也不喜欢做棋子,"豪麻的声音涩涩的,"下雨是最后的机会,如果我们再不离开阳宪,你的疑问,就会变成永远的秘密。"

吴亭的双眼中有火光跃动:"我多年前得卫大人知遇之恩,一生一路向前,从未想过后退。敌人的敌人,就是我的朋友。"

吴亭声音很轻,但是却斩钉截铁:"我很想看看你们能走多远,看看那个操纵棋盘的人究竟是什么模样!"他回身招手,另外五名弓手从四围的掩体中走出,他们远远站在店外的黑暗中。

伍平长出了一口气,他不愿意面对吴亭这个对手,宁愿他能成为自己的朋友,他的话道出了所有人心中最重要的问题:"杀谁我都没有意见,但一切的前提,就是我们能够顺利离开这里。"

"东方是死路,我们没有办法通过百鸟关。"吴亭叹了口气。

天空划过第一道闪电,雷声隆隆。

"必须向东,我们需要一个向导,"豪麻嘴角的疼痛牵引着他的神经,"我们只能穿过鹧鸪谷。"

雨点流星般坠落下,落在吴亭面前的土地上,激起浅浅的浮尘。

"在南渚的歌谣中,电光是海神的利剑,而雨水是它的长鞭,如果我们真的得到神的眷顾,就请他在这个夜晚,让我们得到依靠。"吴亭不置可否,却清晰地念出了一段海神祷语。

"我们可以绕开百鸟关——如果你们想离开的话。"

唐笑语闪出身来,她已经洗去面上的血迹,神情带着几分憔悴,却拥有一双明亮的眼睛。她换上了一身蓝布紧身的服装,在长久的沉默后,终于说出了一句话。

雨的喧嚣压盖了火光和兵士的咒骂,隐隐约约中,远方依然有人在搏命厮杀。通往海神庙的路途上,奔驰着一些黑色的影子。伍平和安顺带着其余两名兵士,从满地狼藉的马厩货车中,取出了部分粮食和军械,而吴亭则牵来了备用的马匹。

通过商栈旁的道路时,铁骅骝的长嘶惊动了一队在路旁劫掠的兵士,他们护着将要熄灭的火把,拦在路中大声招呼。吴亭按下了伍平抬起的马弓,冲那些兵士含含糊糊大喊了几句。雨声浩大、震耳欲聋,对方赶在泥水溅上衣服前闪到了路边,只是把火把晃了几晃,并没有跟上来。

"这些是你征召的兵士吗?"伍平扯着嗓子喊,一张口,带着咸腥的风雨一起灌进了口中。

吴亭拉下兜帽,脸埋在高领大氅之中,"如果是我征召的,我们现在已经被射倒在泥水之中了。"

伍平咧嘴,但暴雨制止了他的哈哈大笑。

雨声太大,听不到响箭,豪麻想。他控制着铁骅骝想要狂奔的欲望,黑夜中,必须把控方向。他的身边是一匹枣红色的母马,即使已经把身子压得很低,但暴雨和风依然让她在马上晃来晃去,但她却一直没有掉下去。

片刻之前,当豪麻准备让唐笑语与安顺同骑的时候,还在担心两人的重量和湿滑的路面会影响到大队前进的速度,但是唐笑语却对他说,她可以骑马。"这些是战马,只服从可以驾驭它们的骑手,而且,雨天奔驰和日常的骑行也不一样,你会摔断脖子的。"他说完,唐笑语只是小声说:"我可以。"

于是现在她就在他的身旁纵马奔驰,上了马,她敏捷得就像一只山猫,恐怕连扬归梦也不能将马骑得这样好,豪麻想。雨水很大,从每个人的脸上流下来,他注意到她一直紧咬着牙根,有些哽咽。

在出发前,唐笑语拉住了他的马缰,说:"你爱吃那白米糕是不是?"豪麻愣住了,没有回答,大雨滂沱的时刻,他反而想起了这句话。

"是的,"他低声说,"因为这白米糕中,有月橘花的香气。"但是风雨吞没了他的声音。

前方就是海神寺了,黑暗中,几支火把在毕毕剥剥地燃烧。

地上有尸体,豪麻的心怦怦直跳,抽刀在手、打马上前,火光映亮了他的脸庞,是伍扬。

"不碍事,是几个野熊兵,应该是过来补防的,已经被解决掉了。"伍扬看着马上几张陌生的面孔,神情警惕。

"告诉扬先生,我们找到向导了。"伍平说。

扬觉动等打马上前,扬觉动的右臂殷红,被简单捆扎在胸前,豪麻心中一惊,他受伤了!

甲卓航越过浮明光和扬觉动,穿上前来,虽有雨水冲刷,他的甲内白衣却都是星星点点的鲜血,像宣纸上点染的淡红桃花。显然刚才的战斗并非伍扬说的那样简单。

而他却没有离开,豪麻望着那个有着钢铁般线条的老人。

"吴兄,"甲卓航笑嘻嘻地迎向吴亭,"你能来带路真是太好了。"

豪麻等准备下马,被扬觉动用手势阻住。

他对着吴亭的眼睛看了一刻,又看了看他身后跟着的沉默的兵士,清晰地道:"诸位好,我是吴宁边大公扬觉动。"

(4)

夜雨中的小莽山高峻幽深,盘山路通向阳宪的这一侧,断断续续的火光在黑暗中闪烁。

风雨如磐,豪麻小心地护着手中的火把,摇摆不定的光亮照亮了队伍前行的道路。积水从铁盔的缝隙中渗入,浸湿了内衬,整个人都因为潮湿紧绷了起来,寒意渗入肌肤,说不出地难受。

鹞鹄山口快到了,伍平忽然自言自语起来,当地敲了一下自己的头盔:"戴着这劳什子玩意儿不会让自己死得更慢一点。"这一路,他都在诅咒着雨水和小莽山。

按照唐笑语给出的信息,东西方向的山脊上,马匹难以通行,随着坡度升高,低矮的植物拢不住松脆的岩层,雨夜常常会引起山体滑脱,就算混杂着碎石的泥浆没有湮没这支小小的队伍,等到雨停,天光大亮,光秃秃的山脊上藏不住人,他们一行人多半会被人发现行踪。因此通过小莽山口进入鹞鹄谷是他们唯一的选择,这意味着他们必须通过现在已在野熊兵手中的山隘口。

队伍沉默地行进着,只有甲卓航和吴亭有一搭无一搭地闲聊,众人听从吴亭的建议,披上了黑色披风,不管有没有头盔,都拉下了兜帽。只有伍平肝火大动,一直梗着脖子。

小莽山虽然带着一个"小"字，但在黑暗的雨夜中却是连绵不绝的庞然大物。随着地势渐渐升高，两侧的山脊逐渐陡峭，崖壁上的树木伸出枝丫，如伫立在半空的妖魔。山口的断崖有两块巨石高高悬挂，像两颗尖锐的獠牙。队伍的正前方，有一座近乎方正的石头堡垒，居高临下建在狭窄的盘山路入口，草草堆建的外墙顶端，巨大的圆木顶着飞翘的檐角，青草从堡垒的石缝间隙生长出来，火光下，在雨水中摇摆倒伏，像巨兽身上柔软的绒毛。

豪麻的心情和大雨一样沉重，一路上，他们都必须仰视这座粗糙的堡垒，虽然盘旋上升的道路很难觉察到山坡的陡峭，但这里狭窄的地势决定了旅人的命运，越靠近这座堡垒越危险，哪怕是在如此的雨夜，这支队伍也会在避无可避的情况下被射成刺猬。

一路上，不断有加入战场的野熊兵擦身而过，他们已经走入了敌人中间，如果吴亭在说谎……

"你们怎么可能拿下这么险峻的要塞？"伍平喘着粗气，他受不了无边黑夜和暴雨带来的压抑情绪，"这鸟头盔勒死我了，我很快就要脑浆迸裂了！"

"过了山口你就会看到，隘口后面的道路虽然陡峭，但坡度很小，进入悬崖路段之前的十余里都很平坦，这要塞只是在山的这一面比较可怖。"吴亭耐心地解释，"再坚固的堡垒都有其脆弱的一面，这只是一座草率搭建的要塞，如果谁能正面攻下百鸟关，那才是真正的奇迹。"

"你们是怎么做到的？"脸上的伤口刺痛，豪麻也需要通过问答来分散自己的注意力。

"我们拿着赤研野的令牌,从正门走进去,然后占领了它。"

经过白安之乱,这种破关的方式可能永远无法复制了,豪麻想。

"那么背面呢?我们也可以从背面突破百鸟关?"

"没有可能,和这堆乱石相比,百鸟关是真正的雄关,抵达那里的最后一段山路,是由石梁悬架在半空的,马匹经过时,都要蒙上眼睛。如果有人试图拿起兵刃在石路上战斗,狂风就会完成本应由他的敌人完成的任务。"

"这么凶恶的路?"

"所以它才被称作百鸟关,因为只有长翅膀的鸟儿,才可以排队飞过。"

伍平忽然转向唐笑语:"喂,小姑娘,我们都没有翅膀,我也不会飞,你说能绕开那个见鬼的地方,不是在开我们的玩笑吧。"

雨声太大,唐笑语瘦弱的身子在马上一起一伏,没有说话,很可能她根本就没有听到。

"我认为她现在没有心情和我们开玩笑,"豪麻说。

"该死。"伍平小声嘟囔了一句,还是闭上了嘴。

这段路还要绕两个弯,马儿也在夜雨中疾驰了不短的时间,汗水和雨水混合在一起,牲畜的体表有一层蒸腾的水汽,众人放缓了速度,粗糙的巨大石条映入眼帘,隘口到了。

火光越来越近,一路上和谐亲切的气氛突然消失,队伍还在前进,但是人们彼此之间的关系似乎发生了微妙的变化。

雨水连成一条条细线,从天上坠下。吴亭和他的兵士走在先头,擦肩而过的野熊兵们全副武装。

擎着火把的兵士拦住了他们的去路:"白安伯有令,隘口只能出不能进。"

火光中,吴亭这一队人马显得十分古怪,有的穿着质地精良的重铠,有的则套着野熊兵的皮甲,有的则连铠甲都没有,他们大都裹在黑色的披风中,还有的披着简陋的蓑衣。

隘口的野熊兵们则身着鱼鳞甲,他们的佩刀纹路黝黑,雨水流过刀刃,化作滚珠滑落,这都是开刃不久的新刀,豪麻想。与吴亭的旧皮甲和青钢刀相比,这些野熊兵的装备明显更好。

吴亭道:"白安伯在哪里?"

"卫大人坐镇百鸟关,前方战场由辛都尉、史都尉、李都尉和吴都尉指挥。"这是他们一路遇到的第一位尽忠职守的兵士。

"很好,让开,我就是吴亭。"

野熊兵迟疑着,没有挪动脚步。所有人都堵在路口,迎面走来的兵士也停了下来。

豪麻仰头看去,雨水打在岩石上,激起了浓重的雾气,隘口上方,影子晃动,有人从堡垒上下来了。

铁骅骝不安地嘶鸣,鼻孔的热气在冷雨中变成了白雾,豪麻浑身紧绷,握刀的手滑腻腻的。

一名军官来到了众人面前:"你就是吴亭?你和你的斥候应该在通往灞桥的路上。"

"我的箭只会射向需要的地方。"

"我对吴都尉一向是钦慕的,谁能证明你是吴亭?"

吴亭从背负的箭筒中拔出一根长箭,搭在弓上,抬手满弦,利箭穿破雨幕，发出呜呜声响，堡垒高墙上、屋檐下的那只火把被利箭分成了两半，翻滚着落下深渊。

"算了，大雨天的，哪有那么多真假。"几名骑兵分开众人，他们身后走出一匹枣骝马，马上是名魁梧男子。

"这些人形迹可疑，不能轻易放过。"那军官坚持。

"他们是去百鸟关，又不是要去灞桥。"那男子的马不安地在原地兜着圈子，"这里好冷，要是我，应该去有鸿蒙酒、女人和火堆的地方更好一点。"说着，他从怀中掏出一个银酒壶，咕咚咕咚灌了两口，一张口，透出一股辛辣的酒气。他头上绑着一根赤色头带，并没有戴头盔。两腮铁青，满是没有刮干净的胡茬。豪麻注意到他身上穿的是和吴亭一般的旧皮甲。

守关的军官唰地拔出了佩刀，道："有白安伯严令，今晚谁也别想从这里过去。"

那高大男子跳下马背，大踏步走到那军官面前，足足比那个军官高了一个头，他贴着那军官的耳朵，道："你得相信，有些人的话其实就是随便说说，当不得真。"

紧接着他回过身来，走到这群骑马的人之中，把众人扫视了一遍，最后目光停留在了唐笑语身上，耸耸肩膀："我再在这里站下去，恐怕就要被锈在这里了。"

这人身上有股强大的气场，豪麻和他近在咫尺，感到一种无形的压迫。豪麻去看吴亭，发现自从这人出现以来，吴亭仿佛变成了一个雕像，僵硬在马上，再没有说过一句话。

"让他们过去，他是吴亭。"那高大男子声音没有起伏。

"不行！"那军官大吼一声，"出刀！"只听得铮铮连响，他身后的兵士和那男子的随从几乎同时钢刀出鞘。

"我说让他们过去！"这男子张嘴暴喝，如虎啸山林，震得众人耳膜嗡嗡直响。他猛地回头，一刀劈了下去，那军官横刀来挡，当的一声轻响，守关将领上好的精钢刀被从中劈断，他的头盔裂为两半，一道血线从他的额头笔直划过鼻尖，一直延伸至锁骨正中。

所有人都猝不及防，那将领的尸身直挺挺倒在大雨之中，泥浆四溅。

豪麻的战马长嘶退后，也只是这一瞬间，他的刀已在手，定身再看身旁，除了扬觉动仍旧一手牵着缰绳、一手吊在胸前，其余的战士纷纷亮出了兵刃。

"你不认识吴亭是谁也就罢了！你竟然连霹雳弓也不认识！"这男子大吼，面目狰狞，他抹去溅到脸上的鲜血，从皮甲中掏出酒壶，咕咚咕咚又灌了两口，翻身上马。

"你们过去吧，坐镇百鸟关的不是白安伯，好自为之。"他对吴亭努了努嘴，张口去接天空下落的雨水。

吴亭对那男子看了一刻，双腿打马，引导众人鱼贯而行。

唐笑语走过那男子身边时，他拉住了她的马缰，抬手褪去了她的兜帽，唐笑语的几缕发丝荡了出来，湿漉漉地贴在脸上。她颤抖着，说不清是由于恐惧或是寒冷。他的手划过她的嘴唇，嘴唇薄薄的，没有血色。

他解下身上的大氅，披在唐笑语身上，慢慢系好，道："小姑娘骑马，小心着凉。"接着转身，被一众人马簇拥着往阳宪而去。

一行人惊魂未定,马匹前后相贯,小心地踏着湿滑的路面,通过了狭窄的隘口。

在山口之北回望那堡垒,果然是又平又矮、毫不起眼的一座小工事,不知为何从下面看起来竟是如此壮观狰狞。远处的山脚下,蜿蜒的火把又开始流动。

"刚才那人是?"豪麻抑制住依然强烈的心跳,终于忍不住问道。

雨势不歇,夜色漆黑,吴亭的眼睛望向面前被火把映照的一小块光亮:"白安伯卫曜。"

他的声音轻轻的。

(5)

大雨转成小雨,夜色也逐渐晴朗,鹧鸪谷中水声沥沥。他们进入了两山间的天然裂隙,两侧悬崖高耸,地貌奇伟。

"传说小莽山中有九十九道裂隙,但绝大多数裂隙中不是有绝地天坑,就是有怪兽蛰居。也有人说,这谷中裂隙,道道相通,回环往复,只要一道走错,就会陷入海神的迷宫,永远不得脱身。"吴亭看了一眼唐笑语,"只有这一道裂隙将天堑变为通途。传说这道裂隙,是一千三百年前,由海神挥鞭劈开的。"

"若是海神所为,他一定相当手巧,这盘山栈道确是难得的神迹。"浮明光望着在他们头上依山盘旋的商路,忍不住感叹,"如果没有这条路,南渚和吴州、宁州的通商就要晚上数百年,就没有南渚今天的繁华,白安更可能不复存在。"

浮明光提到的传说每个人都耳熟能详，千年之前，海潮奔涌，平明古道尚在奔流河下。

"浮先生说得不错，但如果没有见过百鸟关前那三里的悬空石道，便不能说见到了真正的神迹。二十年前，我和家父争论海神是否存在，是这条悬空石道说服了我。"吴亭的目光随半山上的商路消失在山谷深处。

暴雨初歇，月亮散发着朦胧的光芒，过了隘口，唐笑语带领众人离开商路，下到深谷之中。谷底巨石耸立，崎岖不平，四处漫溢的溪流在乱石间流淌，众人只得下马缓行。

"我们要不要试试，万一百鸟关防备空虚？"伍平抬眼望头顶那条宽阔平坦的大路。眼下他们在巨石的罅隙中穿行，在黑魆魆的树丛和暴涨的溪水间跋涉，这些地方根本就不能被称之为路。

"如果你真的这么着急面见海神的话，"吴亭打断了他，"卫曜暴躁嗜酒，但非常聪明，他说百鸟关有人在等着我们。就算那里只有十个弓箭手，只要事先撤掉栈道的木板，也足以把我们都射死在关前。"

扬觉动也在注意聆听："几个时辰前，那些兵士居然不认识你和白安伯？"他的右手被简单包扎在胸前，棉布中隐隐渗出血迹，在海神庙附近，他被冷箭射中了小臂。

"大公也看出了，这不是一支完整的军队。"吴亭对扬觉动十分尊敬，"卫中宵大人当日身死，我们在东躲西藏中聚拢的野熊兵残部，一共不到二百人。卫曜是个狂放的武士，却不是一个优秀的统帅。"他叹了口气。

"许多白安弃兵加入了我们，我们也需要附近几州受过训练的流民和投机的武士,但我们缺钱少粮,所以这支队伍的规模一直很小,直到卫曜忽然有了钱。"吴亭的表情带着困惑,"那些日子,通过鹧鸪谷和安水,有源源不断的金钱和军械来到,越来越多的陌生人加入了野熊兵。人们都说新兵是战争的毒药,但白安伯无所谓,任何人,只要能和他一同走上战场,他都来者不拒。"

"所以你并没有参加野熊兵后来的招募?"

"是的,我去组织了白安伯的斥候部队。"吴亭小心避开树丛和脚下的石块,"我离开了白安,直到卫曜通知我,他将挥军灞桥,我为他眼中狂热的光芒而不安。这支一千余人、装备精良的部队,大半我压根不认得。"

"就像昨天那个兵士?"

"不错,不仅我不认得,他也不认得,这支军队建制混乱,包括了屠夫、农民、地痞、流人、野熊兵中被黥面断腕、判为罪犯的刑人,也包括来历不明、带来金子和兵器的职业兵士,不过卫曜一点都不在乎。甚至这个白安伯都是他为自己册封的,因为赤研井田在卫大人死后,褫夺了卫氏的一切贵族权利。"

"我了解这种人,他们的血液狂暴,对自己的生命也没什么所谓。"豪麻接口,在他这七八年的军旅生涯中,这样的人,并不少见。

"是的,不过二公子聪明,但是只限于他不喝酒的时候。老伯爵被诱捕的那一天,他本来应该一起应诏,却在李吴的妓院里喝得烂醉如泥。"

"李吴?"

"是的,希望我的话没有冒犯您,虽然您几乎统治了吴国和宁国的一半,但您统治的却是最麻烦的那一半,而吴国就算分裂成为白吴和李吴,但两个吴国依旧繁华。"

扬觉动笑了:"是,我也觉得我父亲挣来的这一大片土地除了使我必须枕戈待旦,也找不出第二个优点。"

鹧鸪谷内果然有数不清的天然缝隙。唐笑语带着众人穿过了一丛茂密的金缕梅,水声也渐渐远去。这时天空已经变成了一条细细的线,盘旋的商道再也见不到踪影,隐约的光线从空中点点滴滴漏下来。众人走进了一条布满碎石的狭长通道,更前方,天空的那一线光芒完全被合拢的山峰挤压,扬觉动决定在这里休息。

虽经过大雨的冲刷,鲸脂火把依然很容易点燃,众人聚拢枯枝,山腹中升起了温暖的火焰。篝火旁,人们分吃着不多的食物,经过一夜的奔波疲累,更多人直接进入了梦乡。

唐笑语在哨兵燃起的火堆旁蹲下,抱着膝盖,她没有更换的衣服,只能反复在火焰旁挪动身子,希望能尽快把衣服烘干。

甲卓航翻遍了自己的背囊,最后从豪麻的鞍袋里翻出了一块灞桥的红枣糕,向唐笑语走去。

林中幽静,豪麻半闭眼睛倚在二人下风不远处,甲卓航和唐笑语的谈话断断续续传入耳中。

"小姑娘,来尝尝这红枣糕,看看比你的白米糕如何!灞桥兼味斋的名点。"甲卓航笑嘻嘻地挑了一个靠近篝火的位置,把自己靠在一块干燥平整的石头上,嘴里嘟囔着,"一天也没吃上安生饭。"

唐笑语并没有回过头来,嗯了一声,权做回答。

"你是唐震的女儿?"

"不是，他是我的大伯。"唐笑语的声音很低，"爸爸死了后，他一直照顾我。"

甲卓航挠了挠头，不知为什么抬眼看了看豪麻，不知道怎么来继续这个话题。

"听说走出鹧鸪谷要花七天以上的时间？这是不是也太长了点儿？"

甲卓航问的，也是豪麻心里想的，大家心里清楚，如今对时间最敏感的，当是扬觉动，一切风平浪静还好，万一南渚生变，他们又没能在预定时间到达毛民，各种流言和猜测就会迅速传遍八荒，也许当他们历尽艰辛从山中走出去之后，这世界就完全变了模样。

"其实路途并不遥远，也许一天就可以走出去，也许七天我们也走不出去。"唐笑语闷声说。

她回过头来，火光照在她的脸上，她的眼眶还是红红的。不知道为什么，这小姑娘长得和扬归梦有一丝相像。那个顽皮的小姑娘，现在怎么样了？想到扬归梦，豪麻的心思沉重了起来，他把赤心慢慢抽出，轻轻擦拭，手指从赤心背上的凹槽掠过，仿佛这把刀是他最亲密的爱人。

"呵，可不要吓唬我，我和大安城的红杏姑娘有约在先，如果我约的时间还到不了，她恐怕就要另觅新欢了。"甲卓航叹气。

"大人，你定了亲？"甲卓航成功地把唐笑语的注意力从老唐之死上引开了。

甲卓航一脸严肃："不要叫我大人，叫我甲卓航。你识字么？对，甲乙丙丁的甲，对，就是这三个字。"甲卓航看唐笑语在地面上正确地划出了自己的名字。

"这年头识字的姑娘可不多。"听到甲卓航的夸奖,唐笑语的脸微微有点儿红。

"会骑马、会识字,又会做一手好菜的姑娘,我觉得这世上绝不会超过两个。"

唐笑语的脸更红了:"那还有一个是谁啊?大……甲大哥。"说完了这句话,她自己又有点儿不好意思。

甲卓航笑嘻嘻地道:"另一个,自然是我老婆啦,虽然还不知道她在哪里,但今天见了姑娘你,我一定用你的标准严格要求她。"

唐笑语的脸红到了脖子根:"你这人怎么油嘴滑舌的,你不是有了红杏姑娘了么!"

甲卓航眼睛一亮,道:"红杏姑娘不是我老婆,我留给她的银刀不够多。把你的名字告诉我,到了吴宁边,我可以介绍你们认识。"

"啊,红杏小姐是贵族么?她嫌弃甲大哥你没有钱?"唐笑语没有听懂。

"这怎么说,"甲卓航嘿嘿笑着,"我有钱的时候她更爱我。"

豪麻摇了摇头,红杏是大安城中春雨楼的头牌,甲卓航常去找她,一笛一筝寻个开心,也说不上有什么特别的亲近,这会儿又拿红杏出来逗这个不谙世事的小姑娘了。

唐笑语好像也忽然明白了过来,咬着嘴唇,不安地扭动了一下身子,转过身来对着豪麻。

"他的脸……受伤了?"唐笑语似自言自语。

"他?"甲卓航抬眼,豪麻头也不抬,仍在细细地擦着他的刀,从这个角度看去，只能看到火焰在柴草上忽明忽暗地燃烧。

"他叫什么名字？"唐笑语的声音中显出一丝好奇。

"你是说，那个刚卸了甲、坐得特别直的男人吗？"甲卓航的声音顿了顿，"他叫豪麻。"

深夜的密林中，泛起波波凉意，豪麻闭着眼睛叹了口气，拍拍身上的草杆飞灰，准备离开。

人一站起，他便看到了火堆对面的甲卓航，正翘起一边嘴角。"对，豪麻将军，一个严肃的男人。"甲卓航用碎石在地面上写下豪麻的名字，拍了拍手上的灰尘，"他很喜欢吃你做的白米糕。"

"我叫唐笑语。"唐笑语也站了起来，眼睛对眼睛，目不转睛地看着豪麻，这句话好像是对着豪麻说的。

这不是在战场上，豪麻的眼神犀利，却无从分辨唐笑语的意图，他张了张嘴唇，不知道要说些什么，犹豫了一刻，还是准备离开。

"大人留步。"

"我知道你叫什么，我还要值夜。"豪麻的话说得有些僵硬，他一张嘴，脸上就火辣辣地疼起来，然而他依然把每个字都说得非常清晰。

"你脸上的伤口必须要处理，"唐笑语并不腼腆，"在鹧鸪谷中，不能见血。"唐笑语的每个字，也说得很清脆。

豪麻一愣，停住了脚步。

夜风吹拂，火焰毕毕剥剥地燃烧着，飞溅出细小的火星，火堆旁的唐笑语缩了缩身子。她很瘦弱，却有着妙曼的轮廓。

(6)

　　她拿了贴身的药囊，伸出手来探伤口，豪麻下意识地伸手捉住了这只纤细的手腕。甲卓航从后面拍了拍他的肩膀，道："我去睡了。"

　　不知道为什么，豪麻有一丝紧张。

　　唐笑语慢慢等，从药囊中摸出油脂来，涂在豪麻脸上的伤口上。刚涂上时，有一点灼热的辛辣，接下来，伤口位置的疼痛慢慢低了下去，只有心脏跳动，像在脸上反复扯着一根细细的红线。

　　"鹧鸪谷中不能见血。"唐笑语收起了药囊。

　　豪麻坐下，和唐笑语保持着一臂的距离，安静了一会，忽道："那白米糕中，是不是放了月橘花？"

　　唐笑语睁大了眼睛："是呀！大人，你怎么知道？"

　　豪麻望着眼前跃动的火焰，道："我熟悉这种香气。"

　　他的心隐隐作痛，火焰中，隐约出现了一位身材窈窕的少女，她蓦地回过头来，面容却模糊不清。

　　"吴宁边的娴公主身上，常带着这种香气。"他的声线平稳，仿佛扬一侬是一个和自己毫无关系的陌生人。

　　唐笑语有些惊讶："娴公主好雅致，南渚的小姐们是从来不用这七里香的，她们更喜欢用名贵而浓郁的苏合香，除此以外，龙脑、甘松、迷迭等香料也很受欢迎呢。"

　　豪麻嘴角泛起一丝笑意，他这样的武人并不懂得香料这样繁复精致的东西，但月橘却不需要他去特别学习。这月橘虽然带一个橘字，但和水果的"橘"字却毫无关系。这是一种白色小花,花开仅得三五瓣,由于花朵过于纤细伶仃,因此常一簇一簇聚集开放。在山野和路边都极为常见,各州的百姓们就叫这小花七里香。

"是啊,这月橘花朵虽香味沁人心脾,不易飘散,但实在太过平凡,不像是公主应当采用的香料。事实上,她身上有这香气,只是因为爱这小花罢了。"豪麻对着唐笑语笑了一笑。他脸上的伤口被牵动,肌肉有些抽搐,但伤痛没有影响到他的表情。

吴宁边没有南渚的金玉繁华,从大公到民众,生活相对简单朴素。这小小的花儿在吴宁边的山阴水畔常有,豪麻小的时候,曾千百次从这小花上踩踏而过,也不觉有什么异样。然而在吴宁边扬府中,身上带有这七里香味道的,却只有扬一依一人。

她虽远在关山之外,那白米糕的香气却将她带回了他的身边。

"娴公主,她很漂亮么?"唐笑语侧着脑袋,看起来有些好奇。

"她是天底下最美丽的女子。"豪麻语调缓慢,用手中的树枝去拨弄面前的野火,这句话里充满了柔情。

"想必这月橘花和大人还有一段故事吧。"唐笑语抱膝而坐,火焰将她的脸孔映得红红的。

豪麻看了一眼唐笑语,不知道该说些什么。

所有的故事,都成了过去的事。

扬一依小时候贪玩,浮明光时常带她出去踏青,她偏喜欢洁白纤细的月橘花,采了又采,衣上常带月橘的芬芳。浮明光见她喜欢月橘,便告诉她,这月橘花的果实可散瘀止痛、行气活血、解毒消肿,扬一依便牢牢记在心里。

那时豪麻是扬觉动的侍从，驯马技术不熟，常被马儿踢得鼻青脸肿。恰逢月橘花花期已过，扬一依采了些月橘朱果来玩儿，偶尔看到豪麻遍体鳞伤的狼狈模样，顿感大有用武之地。心下便想，不知道浮叔的法子到底有用没用，便跑去豪麻身边，要拿他来试上一试。

浮明光的经验自然是对的，她好奇试过，便很快忘了。但扬一依小手冰凉，沾上月橘碎果，那柔腻温软的掌心在豪麻额头轻轻搓揉的一刻，舒适受用的感觉豪麻却再难忘记。

此后扬一依年岁渐长，完全不记得年幼时有过这样的故事，也是豪麻提起来，扬一依才笑着想起。只是豪麻心爱这女子，把扬一依的一举一动，都记得清清楚楚。

自此以后他征战归来，见到路旁风中这摇曳着的小小花朵，总觉清丽脱俗、温柔解语，便如扬一依一个模样。

眨眼之间，那些曾经带着月橘清香的甜蜜感受，如今都已变得万分苦涩。回忆，真的是最最无用的东西。

"哪里有什么故事呢?"豪麻的沉默让他的言语变得言不由衷，他本就不是一个善于言辞的人。

"这米糕蒸起，热气一定会破坏月橘花瓣的清香，不知道如何能使它既软糯，又花香不减?"豪麻岔开了话题。

"新米米香正浓，上屉就蒸，定会淡了花味。可以用陈年黄稻将花瓣先行搅拌，外层再以糯米包裹，如是反复蒸上几回，就留下了这香气。"唐笑语笑了一笑，女儿家多少都有些纤巧细腻的心思，显然，她对豪麻刚才的回答并不相信。

唐笑语的声音柔软温婉，倒和扬一依有几分相似。

豪麻凝神细想,微微点头,道:"黄稻不吸香气,这做法真是极妙。"

唐笑语抬头轻轻说出"正是"两个字来。

"大人若是喜欢,有空的时候,我可以多做些。"唐笑语语调欢快。

"这白米糕很好,我吃了不少。"豪麻讷讷的,他此刻很希望有谁出来认同自己的观点,因为忽然之间,他不知道如何把话题继续下去。然而甲卓航已经沉沉睡去,伍平在外守夜,不知什么时候,这火堆之侧,只剩下他们两个人在闲聊。

"怕还不只是不少,刚才那位甲大哥说,他想吃一块,也没夹到呢。娴公主一定温柔又漂亮,才劳大人这样挂心。"

唐笑语的眼睛清亮,几缕发丝垂下了额头,她仍带着半指的皮手套,手指白皙纤长,适才就是这双手,控制着战马狂奔,游刃有余。

她别过脸去拨弄篝火的时候,极似扬一依的样子,然而她回过头来说笑的时候,却有着扬一依没有的开朗。

此刻,唐笑语若有所思,豪麻心中也在想着一个问题,当甲卓航请命返回客栈寻找向导的时候,他为什么阻止了甲卓航。

确实,在酒肆饮酒时,唐笑语这白米糕让他印象相当深刻。当时微风拂过,那小小的瓷碟中一缕淡香让他凝固当场,这香气如此熟悉,以至于让他魂梦相系。他将这白米糕看了良久,一片入口,清香淡雅,不正是春天在吴宁边开了漫山遍野的七里香么!

等唐笑语出来殷勤招呼,谈笑风生,他便生直觉,这米糕大概就是眼前这个女子的手笔吧。唐笑语生得一双剑眉,稚气中又有几分英气，和扬一依和顺温婉的样子并不相像，倒有一丝扬归梦的影子，不知为何，他心中竟会有几分空落落的失望。

是为了这淡淡的月橘香气，还是为了关山之外的扬一依？

他护着扬觉动突围而出时，竟少有地产生了犹豫，而他这个见惯了杀戮和尸体的战士，回到酒肆踏进门槛的那一刻，心脏却跳动得异常厉害。

是的，一直以来，他只能用本能来应对一次又一次的激变，没有思考的时间，但现在这个小姑娘就坐在自己的身边，当他们同在一堆深夜燃起的篝火旁细语，往事一下子被拉得很长，他却开始困惑，还有一点不知所措。

这个漫长的夜晚意味着什么？

"不早了，歇息吧，明日还要辛苦你带路。"豪麻觉出了自己口气中的生硬。

"多谢豪麻将军的关心，大人也早些歇息。"唐笑语嫣然一笑，但这一问一答，却一下子让两个人的关系变得生涩疏远起来。

豪麻不知道还要说些什么，犹豫了一下，最终站起，大步走出篝火的热力范围，脸上的辛辣已经转为清凉，血止住了，肿胀也在消退。

赤心归鞘，异常安静。

他觉得有一双眼睛一直在背后望着他。

这不是真的，就和亲爱的扬一依一样，不是真的。火光闪烁，他能感觉到那些隐约晃动的影子。

第八章 海兽之血

离开小湖,顺着溪流的方向,前方是一条溅出彩虹光影的瀑布,"先穿过瀑布,下方的山腹温暖又干燥,然后我们再翻越双石峰,就会看到平明古道了。"

唐笑语从来没有走过这条路,但此刻,她身上仿佛负载了千年的记忆,而一千年里,这条路她已经走了无数遍。巨木之下、重晶之上,那条流萤的长河,也在深夜流淌了一千年。

(1)

  额间一点冰凉，唐笑语从梦中惊醒，昨晚的篝火早已熄灭，垒砌的石灶尚有余温，而清晨的露水打湿了身下的柴草。
  坐起身来，天光未明，那滴露水顺着脸颊滑到嘴角，痒痒的。唐笑语伸出手指把它抹到了口中，露水带着一点清甜。她试着活动了一下身子，散了架一般酸痛。已经太久没有骑过马了，昨日在马背上颠簸，又在鹧鸪谷中冒雨行进，耗尽了她所有的力气。
  甲卓航抱着他的刀，斜倚在树旁，众人零落地散在周围，都还在睡梦之中。
  那个男人呢？唐笑语揉揉肩膀，站起身来，发现了盘坐在扬觉动身侧的豪麻。火光是神界的灵媒,昨天篝火熊熊,驱散了大雨的潮湿,也驱散了黑暗,闪烁的光亮中,那张写满隐忧的脸有着鲜明的棱角。然而在这个清冷的清晨看去,她才发现,其实他很瘦削,是火焰和影子带给了他魁伟的身姿。那道细细的伤口从一侧嘴角蜿蜒到他的耳根,留下一道深紫色的伤疤。

哪怕在睡眠中,豪麻依旧正襟危坐,微微弓起的身子,像豹子一样,一只手还是搭在他的刀柄上。

这究竟是一个怎样的男人?

太阳渐渐升起,鹧鸪谷升起了薄薄的雾气,若隐若现的水流声大了起来,唐笑语平心静气,闭上眼睛。一条模糊不清的黝黑道路上,银色的蹄印在闪闪发光,那是一条充满未知的曲折小路,她努力捕捉这条路的影子,但是随着日光渐渐暖了身子,它的方向越来越模糊了。

蝉鸣四起,众人醒来,整马备鞍,五彩斑斓的鹧鸪隐在密林深处,在一片"行不得也哥哥"的纷乱声中,众人打起精神,继续上路。

"小姑娘,你说这鹧鸪谷下的裂隙有近百条,我数了一下,从昨晚到现在,说不得也已经穿过了八九条,至多再走个不到九十条就能找到正确的路。是也不是?"伍平几次手痒想射猎,但是被唐笑语不断提醒,一直忍着。

"唐姑娘说的没错,千年来,平明古道还在奔流河下的时候,总有人试图绕过百鸟关,找出更便捷的路来,却不知只要下到这谷底,那些蛛网一样的缝隙,有的通向幽深的山腹,有的下达无底的深渊,哪有那么容易绕得开。"唐笑语还没回答，吴亭接了话。

"一点不错，自从海神劈开小莽山以来，怎么说也有数万人，在不同的时代，由于不同的原因进入这谷底，但再也没有人见过他们。"甲卓航一本正经。

"你这真是张口就来，"伍平眼睛一瞪，"吴亭是白安人，他真真假假说说也就罢了，你一个迎城出生的家伙，也来凑什么热闹。"

唐笑语被这几个经常拌嘴的人逗笑了，道："甲大哥说得夸张了些，数万人太多了。在这谷底失去音讯的，自我记事以来，几十人是有的。若是一代一代传下来的，怕是有上千人吧。"

豪麻转过头来，看着唐笑语，好像要问什么，终究又没有说话。他依旧双眉微皱，脸上笼着一层说不清道不明的忧虑。

唐笑语明白，豪麻的沉默，代表他有太多的问题，这十几个人的小小队伍中，每个人的问题都不会比豪麻少。

"唐姑娘，还有多久我们能穿过鹧鸪谷？"浮明光的发问颇有代表性，血腥而漫长的一夜过后，所有人关心的，都是如何能够尽快回到平明古道。

"浮先生，也许一两天，也许十余天。"唐笑语牵马在前，那些细微的艾草香气和脚下的溪流，告诉她前进的方向。

"要么一两天，要么十余天？哪里有忽长忽短的道理！"伍平是个急性子。谷中没有道路，太阳远远悬在天上，这谷底湿雾缭绕，又不见有风，此刻，便跟个大蒸笼一般，众人都出了一身汗，十分难受。

甲卓航瞪了伍平一眼："就你这般的急性子，恐怕就是一个时辰飞回大安城，也还嫌太长。唐姑娘说时间不定，自然有时间不定的道理。"他转头笑嘻嘻地望着唐笑语,道:"唐姑娘,是也不是?"

甲卓航话虽这样说,但看他狡黠的眼神,分明就是要唐笑语给出一个交代。

"两天回去便正好!我怎么会嫌一个时辰还长!"伍平说话抓不住重点,大家便都哈哈大笑。

唐笑语也不禁抿着嘴,道:"伍平大哥不要急,若想通过这谷底,必须要找到路才行。"

"什么叫找到路?你没有走过?"伍平瞪大了双眼,"这地方古怪得很,万一我们出不去怎么办!"伍平实在热得难受,脱了甲胄搭在马上,而他的黑马也热,摆出一副勉为其难的样子。

唐笑语这句话说得众人都是一愣,一时无人说话。

"难道姑娘从来都没有穿出过这深谷吗?如若姑娘没有把握,我们还是回到山腰走商路,去百鸟关冒险一搏好了。"豪麻终于开口。

"是啊,这一行干系重大,你要是在情急之下,怕我们不带上你编出谎话来,也该及早挑明才是。"伍平真的急起来。

众人不约而同勒马,停止前进。所有人的眼睛都看着唐笑语。

唐笑语在心中叹了口气,回头向来时的道路看去,只见处处杂花生树,草长莺飞,若有若无的雾气早已将来时的道路隐没。

"路,怎么没有了?"甲卓航回马,顺着唐笑语的目光看去,这声疑问便再也忍不住。

"唐姑娘怎么说?"吴亭的马兜兜转转,他骑在马上也用疑惑的眼神望着唐笑语,"冲过百鸟关是绝不可能的,如果不走谷底,我们就只能原路返回阳宪。"

"这个地方很是古怪。"斥候安顺举起了手中的匕首,上面有着淡棕色的汁液,众人皆回头看他,"我在一路的水松上做了标记。"他顿了顿,"但是,这里的树是会自己愈合的。"他说话慢吞吞的,显然颇为犹豫,不知道是不是应该把这个情况通报给所有人。

尚山谷跳下马来,接过安顺手中的匕首,在旁边的水松上用力刻了一个交叉的十字,被剥起的树皮落下,树干渗出棕红色的汁液,仅仅过了一刻,众人见到树皮慢慢地结痂收缩,汁液凝固,创口竟然渐渐合拢,不消片刻,又复平滑光洁。

这样的情况太过违反常识,每个人都目瞪口呆。

"我们失去了方向。"尚山谷这句话说了等于没说。

气氛一时十分微妙。

"我相信她。"豪麻闷声说,转过脸来,看着唐笑语。

适才一群人七嘴八舌,说到底,都是怀疑她能不能将大伙带出深谷,然而信任并没有那么容易。唐笑语心里一暖,一丝不易察觉的微笑挂上了嘴角。

她看了豪麻一眼,道:"是的,这里是一片永葆生机的完美森林。每个进入鹧鸪谷的人,最初的感觉是相似的,觉得这谷底和一般的山林峡谷不大一样,但又说不上来到底有什么异常。"

她举目四望,手指在空中滑过,仿佛在抚摸一些看不到的东西:"事实是,这里的一草一木都绝无刀砍斧斫的痕迹,亦无雷劈电击的迹象。四季轮回,每一株植物都生机勃勃、清爽如新,连脱落的松枝都是自然凋零,绝无疤痕、断口。"

"所以这是个什么鬼地方?"安顺皱着眉头用手指轻轻擦了一下刀

口,一滴鲜血涌了出来,他看了半天,自己的伤口毫无变化。

"外来的人和物是不会和这谷中的一切发生联系的,伤口还是伤口,不会自动愈合。"唐笑语在药囊内挖出一点药脂,替安顺把细小的伤口盖上。

"跟着我,我们可以走出鹧鸪谷。"唐笑语的声音虽然轻柔,却十分坚定。

"在南渚的传说中,鹧鸪谷底,是海神的寓所。"吴亭道,"这几十年来,海神崇拜日益衰败,这里便成了鬼怪聚集之地,已经不大有人提及这个传说了。"

"是,扶木原和小莽山一带,人们叫这谷底白鹿森林,这里的裂隙多如牛毛,上面便是云雾缭绕的万丈悬崖,日光时常隐没在巨石峭壁之后。在一年中的大多数季节,阳光无法射透谷底,这里阴暗潮湿,生满了绿色青苔和粗大的血藤,东南西北也无从分辨。千百年来,冒险进入这里的人们,大多有去无回。"

唐笑语耐心解释着,牵马带头缓行,道:"不知道大人们听没听过关于海神的传说?"

甲卓航道:"这个大伙儿多少都听过一点儿吧,不是说上古之时五神兽曾统治八荒神州,这五神兽之一的犬颉就是海神吧?"

"犬颉是海神的神兽变,真正的海神是水灵重晶。"吴亭接话,"白安自古有这个传说,也有很多人崇拜海神,不过此一时彼一时,年代久远的海神寺早已破落,南渚最大的,也是唯一还有灵师主持的海神寺,也被赤研家下令拆毁了。"

浮明光道:"海神的传说二十多年前我也听过,不过北方平原一马平川,大家不大瞧得上这些故事,觉得都是为了蛊惑人心创造出的奇谈。"

"是,没有见过重晶的人,都很难相信它的存在。海神有许多形态,其中,最著名的两种神兽变,一种就是犬颉,鳞甲光耀的烈焰巨兽,它是海神勇武和凶暴一面的神兽变,也是南渚赤研家的图腾,另一种著名的神兽变,就是蕉鹿。"

说话间,众人跟随着唐笑语,渐渐走上一条狭窄的石梯,这阶梯平滑黝黑,晶莹如玉,映出了每个人的影子,马儿到此惊恐嘶鸣,不肯靠近,众人只好用粗布将马眼蒙上,这才能勉强牵马通过。

"蕉鹿是海神生机与善意一面的神兽变,是一头高大健壮的雄鹿。传说中它翅白若雪,冬死夏生,泽润万物,宛若梦幻。凡是信仰海神的地方,都将蕉鹿作为疗救和守护的护佑神灵。"吴亭替唐笑语解释。

"唐姑娘,这些神啊怪啊的只是传说,不会你都把这些当真了吧?我们当下要紧的,是找到路绕出这鹧鸪谷,可不是来这里跟着你绕圈圈听故事的。"伍平抱怨。

唐笑语笑笑:"我是在海神寺长大的,如果我说这些传说都是真的,会不会吓到伍平大哥?"

"阳宪的海神寺吗?"此刻唯一坐在马上的,是扬觉动。扬觉动没有下马,一是坐骑神骏,二是虽然经过浮明光的精心照料,他的左手伤势却一直不见好转,过了一晚,身体更加虚弱。

"是灞桥的海神寺。"

"灞桥的海神寺已经在七年前成了废墟,有人告诉我,是因为灵师们卷入了木莲的朝堂之乱。"

"大公对于影响整个八荒的故事,一定比我熟悉得多,那时候我还小,我隐约知道,是有不少灵师参与了当年的那一场变乱,赤研大公拆毁海神寺,也确实是借了这个由头。但是更重要的,还是因为道家曾经支持赤研洪烈世子吧。"

"哦,"扬觉动看了浮明光一眼,若有所思,"你对个中情况如此熟悉,是当日海神寺中的小灵师吗?"

唐笑语脸色微微泛红,道:"我哪里够灵师的资格,我其实只是一个采珠人罢了。"

唐笑语此话一出,众人纷纷侧目,重新打量这个身材瘦弱、总是两眼弯弯的小姑娘。

(2)

"世人都道没有南山珠这种东西,但扬某当年在木莲见过一颗,只是今日才见到采珠之人。"

吴亭道:"南渚立国数百年,南山珠只出了六颗。大公见过南山珠,在南渚,就是受海神庇佑的幸运之人。"

"吴大人所言不虚,这南山珠对采珠人来说,也是几世方得一颗,我也并没有见过。"听到扬觉动说曾见过南山珠,唐笑语的心跳都漏跳了一拍。千年来,南山珠现世,一直被当作山海巨变、重晶再临的标志。自从上一颗南山珠出现,到现在已经十余年了,这世上却还没有风暴,而那一刻,唐笑语不但见过南山珠,还抚摸过。

"大概三十年前,我在木莲先帝朝远寄的宫中,见过一颗正在沉睡的南山珠，时间仓促，乍看起来这南山珠并无十分特别之处。"

唐笑语点头："大公说得极是，在太平岁月，南山珠不会有什么特别。"

甲卓航不耐寂寞，道："对南渚的明珠，我也稍有了解，我来说说，姑娘看看有没有什么不对。"

夜行露宿，只有他把一身甲胄穿戴整齐，连领口和中衣接口处的铰链都细细擦过。

"南渚的明珠名冠八荒，莹白如玉、绝无瑕疵的，称白珠，上佳白珠，一金一颗；幽蓝清透、暗夜流光的，称明珠，夜里不能发光的明珠，十金一颗，夜里可以发光的，万金一颗；还有一种，传说可以应人悲喜，称南山珠，有市无价，有史以来记载的，不超过十颗。"

"甲大哥对珠子的行情很是了解，说得一点都没错。人人都以为南渚明珠出自海上，确实，白珠是深海蚌类心血结成，并没有错，但是夜明珠和南山珠，却都是和海神相关的宝物。"

众人已经越过了狭窄的石阶，在林中，渐渐显出一条若隐若现的路来。

"明珠可以夜明，是犬颉身上的鳞甲掉落，被其愤怒产生的烈焰融化，掉落世间的产物。犬颉本来就难得一遇，而让它愤怒又难上加难，更困难的是，如果它不暴怒，鳞甲不落，且没有烈焰，也是无法变成明珠的。最最困难的是，见过犬颉暴怒还能活下来的采珠人，并没有几个。"

"而南山珠，则和蕉鹿有关。南渚有传说，蕉鹿每生死一次，遗珠一颗，南山珠是弑神之珠。上古有传说，若是南山珠现世，必是重晶再临,海神觉醒。而海神醒,火神墨羽也会同时临世,八荒大陆必将有一场浩劫登场。"

尚山谷插话道:"我看这说法也未必对,这南山珠虽然稀少,但是不也有那么七八颗,咱们谁也没有听过这八荒烧了七八次。"

"尚大哥说的也没错,只是现在遗落在这世上的南山珠,没有人知道它们诞生的确切年份。在传说里,八百年前的青王朝立国那一次八荒大战,就是其中一次了。"

浮明光道:"我有个好朋友,叫作疾白文,是日光木莲的大灵师,他给我讲过,南渚的采珠人分两种:一种是善于海泳和捕捞的渔人;另一种人就神秘得多,世代和八荒的神祇打交道,人数极少,他们的灵术,是八荒灵师之外的另一系传承。我问他,那么谁的灵术更强一些,他说,优秀的采珠人,其能力是可与八荒最好的灵师相比肩的。"

疾姓,由于八荒神州几乎所有大灵师都在这个姓氏的笼罩之下,因此被誉为和神最接近的姓氏,但是也由于几乎所有疾姓成员的归宿都非常凄惨,也被称作被诅咒的姓氏。以浮明光地位之尊,是不会随便编排故事的。

"是的,采珠人身份卑贱,无论乱世、盛世,只是些普通的手艺人,但是他们确实也蛮厉害的。"

至少,有一个采珠人,是很厉害的,这个人,就是唐简,唐霞的弟弟,唐笑语的父亲。

唐笑语四岁的时候,这个视她为掌上明珠的男人,带给他的小女儿一颗南山珠。

一个异常温暖的冬天，唐简在一个翠绿色的清晨敲响了柴屋的房门，他浑身都是雨水，脸色苍白，疲惫不堪。

关上门，他颤抖着从鲛皮口袋里摸出一颗滚圆的珠子，放在桌上。唐笑语的眼睛瞪得圆圆的，异常明亮。唐简对女儿说，传说是真的，这是一颗南山珠，我见到蕉鹿了。

这颗红绿相间的珠子有着薄如烟雾的色彩，伸手去摸它，温温的，仿佛有生命一般，让人心神宁静，舍不得放开。

不知道什么时候，屋顶上的雨水不会落下来了，而是停在空中，流转不去，形成了一个巨大的水泡，一层一层累积起来，团团围绕在小屋外。在唐笑语终于收回手的那一瞬间，这个已经累积得很厚的巨大水泡轰然炸裂，铺天盖地的水汽扑面而来，淹没了这个好奇的小孩。

在漫天晶晶亮的水滴包裹中，唐笑语不哭不闹，咧开嘴笑了起来。

然后，唐简将南山珠收入背囊，带着四岁的唐笑语，踏上了去灞桥的路。

父亲把自己放在海神寺，从此这个男人的一切几乎都被抹掉了。

抹不掉的是，南渚圈龙坊里唯一的一颗南山珠，也是八荒历史上第七颗南山珠，还在陨星阁沉睡。

"父亲是很厉害的采珠人，四岁那年，我跟他去了灞桥，一直到九岁，我都在南渚道家长大。"

"怪不得姑娘会骑马、能识字，懂得这么多南渚古老的传说逸事。"甲卓航拍手,"原来是在幼功,南渚的锦衣玉食,是真的养人!"

甲卓航心思活络,对一切细节都十分敏感,而豪麻,并没有什么意外和惊讶。想到昨天火堆旁,自己还在和豪麻讨论贵族们使用的高档香料,如果对象是甲卓航,可能早就刨根问底了。

唐笑语一笑:"采珠人的女儿,哪有什么锦衣玉食的贵族生活,而且七年前,海神寺崩毁,扶木原原本不多的采珠人也被赤研大公尽皆掳走了。以往鹧鸪谷,采珠人每年都会结伴进入的,从那之后,只有我还会来。"

"这就对了,近十余年,夜明珠的价格成倍上翻,越来越少,原来是你们这些采珠人都转行了。"

"是,其实传说也不尽真实,夜明珠无非是重晶泪,每过三五年,总会结出几颗,只是我年纪太小,没有学到采珠的本领,因此以后南渚的夜明珠,可能就真的没有了。"

"诸位大人,接下来我们就要穿过谷底了,"唐笑语顿了顿,"鹧鸪谷底,是重晶之地。"她的声音轻轻的。

"我们会不会遇到,呃,你们的海神?"甲卓航有些犹豫。

"也许会,也许不会。"唐晓语在一片怀疑和犹豫的目光中,独独注视着豪麻的眼睛。

"我们走吧。"豪麻打马,跟了上来,和唐笑语并排而行。

山中的路要一步一步走,快了,也并没有什么用处。这样长大到十七岁,唐笑语几乎已经忘记了初见南山珠的那一夜,在灞桥的五年时光,恍如一个梦。

也不知道身侧的这个人,是不是一个梦。

阳宪初见，这个人就与众不同，话少得可怜，严肃得过了头，也显得有些木讷，整个人冷气袭人，怎么看，都不是讨人喜欢的面孔。

谁能把他和昨夜火堆旁，那个说起心爱的女人就满眼温柔和失落的青年联系起来呢？谁知道一个刀头舔血的硬得像钢铁一样的战士，也了解稻谷物性，知道灶火瓦釜蒸煮这些琐碎的事情？老唐要一桌清淡菜肴，四样小菜中，她最自得的是那盘白米糕。一桌四人，扬觉动和浮明光的注意力并不在吃食上，小菜虽然可口，但不过是饱腹之物罢了。甲卓航是个吃货，单从味道上讲，济山豆腐也是极鲜的，可和这月橘糕相比，总是显得俗气了些。她特地从后厨溜出来，查看这些不凡客人的反应，只有甲卓航把豆腐一通猛夸，她便有些空落落的失望。偏是一声不吭的豪麻把几片米糕翻来翻去，她情不自禁地就对这个青年留意起来。

甲卓航要她再上小菜，唐笑语便到后厨吩咐。其他菜倒是好办，只有这米糕是昨日舂米附带着做做，已经吃完。她想着这一桌客人，却在后面卖力地把新米和黄稻又舂将起来，把店外窗下的月橘花又采了些，在后面又捣又蒸，一心想做出上佳点心来，全然没有听到外面的一番变故。现在回想起来，自己也实在是有些莫名其妙。

酒肆生乱，险象环生，她藏在后厨，险遭不测，然而在被野熊兵兵士扑倒在地，竭力挣扎时，她想到的竟是那几名佩刀而坐、尝她小菜的客人，但椅倒桌翻，他们已经杳无踪迹，只有噩梦无休无止。

我是海兽之血吗？也许不是，海神眷顾的人，不会这样死在这里吧。所以他们都错了。唐简的女儿，不一定是另一个唐简，她只能独过最最普通的人生。

像风吹过夜晚的蜡烛,就这样无声无息地熄灭掉了。

她闭上眼睛,思绪纷乱,直到吴亭射出利箭,周围陷入沉沉的寂静,只有她怦怦的心跳。

她心中一片空明,手里抽出了身上尸体的随身匕首,等待最后的时刻降临。

然而,那个一脸冰霜的男人又一次在昏暗的灯光下出现,瞠目裂眦、身披重甲,带着浓重的血腥和杀气,为她挡住了致命的一箭。

她竟然没有意外的感觉,她实在很想问问豪麻,在刚刚过去的那个充满欲望和血腥的夜晚,你,是为我回来的吗?

不过这是个傻念头,她小声对自己说,这只是一个乡间姑娘见到英武英雄后的狂想罢了。何况,他爱月橘糕,不过是因为另外一个姑娘,一个万人中央的、世上最美的姑娘。

"唐姑娘,唐姑娘,不顺着溪水走了吗?"唐笑语蓦然从沉思中惊醒,回头见一行人正在身后犹豫不决,自己和豪麻已经偏离了溪水,前方是一片繁花和杂乱无章的密林。

"我们要回去吗?"豪麻问。

"不要,"唐笑语嫣然一笑,"我们继续前进,只要穿越重晶之地,就能走出小莽山。"

(3)

蝴蝶在淡红色的野薄荷中翩翩来回,路旁缀满了白色、奶黄色的花朵，一路上，唐笑语都在跟着路旁零落的粉白色小花。

"这是蕉鹿的蹄印。"唐笑语小心翼翼地蹲下，伸出手去，触碰那七瓣叶子的小小花朵。她的指尖轻触，那花瓣竟慢慢变得透明，可以见到花瓣中蛛丝般的细细纹路，翠绿的花萼带着尖锐的芒刺藏在花瓣之下，同样依稀可见。

"好奇怪的花朵。"浮明光也蹲下来，当唐笑语的手指缓缓离开花朵，那花瓣的颜色又渐渐恢复粉白。"我也略通物性，却从未见过这样的花草。"

浮明光的眼神里满是焦灼，说话却平心静气。又行了大半日，众人的疲劳闷热都是小事，只是扬觉动的额头却渐渐烫起来，只半天的工夫，已经舌苔发白、眼神浑浊。

唐笑语已经看到浮明光在用紫苏叶和水线草来清热，但看起来收效甚微，这里谷深人杳，周围常用的草药十分稀少，加上环境湿热，为防瘴疠，浮明光不敢贸然处理，唐笑语也理解他的难处。

众人虽是沉重，但也不觉意外，临阵受伤引起的连锁反应，在这些战士身上是家常便饭，唐笑语通医术，也替扬觉动查看了伤口。不过是普通的箭伤，问过浮明光和甲卓航，伤及扬觉动的，是一支普通的铜箭，放箭人的目标并非扬觉动，是伍平一箭穿心，对方的箭失了准头，楔进扬觉动护腕的缝隙，擦出了半指深的伤口。这枚箭头浮明光一直保留，唐笑语仔细检视，也未发现什么异常。那箭头老旧，带着自然锈蚀的铜绿，或许有些许铜毒，但经浮明光清创包扎后，应该无大碍。不知为什么走了半日，扬觉动竟然昏沉了起来。

那奇怪的小花在众人面前上下微摆，浮明光也学唐笑语，伸手去碰那花瓣，只轻轻一触，花瓣又生变化，呈现出淡淡的青褐颜色，他缩回手，那小花的颜色又慢慢恢复。

"浮先生，你心中有很重的忧思呢。"

"这花可以体察我们的心绪吗？"浮明光轻轻搓了搓自己的手指。

"我来看看。"伍平伸出他的拇指，按在那小小花朵之上，和唐笑语浮明光不同，他这手指由于常年控弦，已经骨节粗大，变形得厉害，这一按也颇有力道，看起来这小花就要经受不起，不过在过度弯折后，花瓣竟然又舒展回原状，花朵亦是慢慢透明，只不过带着些许红褐的颜色。

"这是什么意思？"甲卓航一边问，一边把自己的手指也触了上去。

唐笑语道："伍大哥心中想必十分焦灼，这红褐色代表躁郁的情绪。"

正说着，甲卓航手触碰过后，花朵颜色竟然也和伍平一般，他忙叫嚷："这花坏掉了。"

唐笑语却笑："你的躁郁比伍平大哥还要深上几分。"

甲卓航火燎一般，慌忙收手，道："小姑娘，话不要乱讲，你甲大哥我为人最是光风霁月、坦荡清爽，怎么会和伍平一样！"

他这样一说，众人也懒得理他，只有伍平在一旁频频点头。

唐笑语怔了怔，道："甲大哥不要心焦，即便急了些也无妨。大家身陷险境，总有法子解决，倒是你越是紧张，表现出来就越散漫随意。我看伍平大哥、豪麻将军都有焦心之事，但想来，也就是一件两件，只有你，心里不知翻腾着多少件和自己全不相关的事，就连我这个小小姑娘,你也要照顾周全,这样下来,心神就劳损太巨了。"

"我知道他,不管上一刻他在想些什么,只要他一刻不多嘴说话,总会想到一件事。"伍扬挤上前来,"我也来试试。"

唐笑语轻轻巧巧的一席话,甲卓航的脸色变了数次,他愣在一旁沉思着。

众人从未见过这样神奇的花朵,也都伸手去触碰,颜色浓淡各不相同,按唐笑语的解释,也大都不脱烦闷躁郁的情绪。

唐笑语走到豪麻身边,道:"将军,要不你也试一试?"

豪麻迟疑了片刻,终于还是伸出手去,手指轻轻按下小花的花瓣,却见一抹淡淡的黄色四散晕开。唐笑语拍手道:"没有想到,将军的心境却最是宁静平和呢。"

豪麻奇怪地看了唐笑语一眼,不出意料,这结论让所有人都觉得十分意外。

浮明光道:"唐姑娘,这花朵奇怪,是什么花?"

唐笑语道:"这小花儿只有这鹧鸪谷中才有,在八荒灵师的经典著作《黑曜七玄》中,被称为解语花,又叫千忧解,相传是蕉鹿的蹄印幻化而成,不仅能感受人的细微情绪,还能显示人的气血精神、生命元气。"

"这花朵这样神奇,怎么从不见人提及?"

"天神的四季和人间长短不同,传说五天神以八百年为一季,而蕉鹿则冬死夏生,如今我们见到了这千忧解,证明它已经复生世间,然而距离上一次它离去的神之冬季,已经过去了太长的时间。"

吴亭道:"反过来说,假如这蕉鹿在神之夏季复生,那中间岂不是隔了一冬一春,整整一千六百年?"

"正是,《黑曜七玄》是本古书,一千多年来,再没有关于千忧解的记载。"

"反正你说什么就是什么了!"伍平道,"这些花儿虽然稀罕,但现在遍地都是,真正稀罕的,恐怕是你说的那条通向什么重晶之地的道路。"

"我也来试试。"在马上一直闭着眼睛的扬觉动突然说话。

浮明光和豪麻忙将他扶下马来,从清晨到上午的短短几个时辰,扬觉动已经眼眶深陷,脚步虚浮,他在马上正襟危坐,不言不语,众人尚不知他的状况已经到了如此严重的程度。

和吴宁边的将士同行,自然少不得会聊到这个一方霸主、天下枭雄。

扬觉动是个自制力极强的人物,青年征战沙场之时,曾经被羽箭射穿胸部,离心脏只有一指之遥,他硬是挺着拒不下马,直到敌人的最后一面大旗倒在夕阳之中。如今的扬觉动,却满头细细密密的汗珠,紧咬嘴唇,面色苍白,显然走出的每一步都在用极大的毅力和身体的痛苦搏斗。

扬觉动的手指触碰到花瓣,花瓣上泛起了浓重的紫色,一丝一缕,凝聚不散,过了好半天,才慢慢褪去,然而被扬觉动碰过的那一瓣,竟然落了下来。

浮明光用目光看着唐笑语。

唐笑语咬紧嘴唇,没有说话。众人情不自禁都加快了脚步。

脚下的石子越来越细碎,慢慢转成丰厚的泥土。众人沿着千忧解零落生长的方向，一步步走进山谷深处。

吴亭和唐笑语行走在前，忽然抬手示意众人停止前行，众人顺着他的目光看去，晃动的蒿草中，有什么东西在阳光下散发着光亮。

众人都是战士，第一反应便是伏击者兵刃的反光。

向着可能的方向，伍平发出了连珠三箭，对面却只有一只鹧鸪扑棱棱飞起，远远望去，除了巨石、古树、血藤，似乎一切风平浪静。

等众人小心翼翼靠近之后，却发现有一具身材高大的骷髅，斜倚着一株血藤，盘坐在地上。

他的身上零星挂着几片掉了釉的钢片，残甲上繁复的花纹显示出了精湛的工艺，这骨骼的大部分，都被绿色的青苔所覆盖，有许多关节已经被蛀蚀殆尽，但身体露出血藤的一部分骨骼，却变得莹白如玉，非金非石。

"这家伙死去至少得有一千年了。"伍平走上前去，看着骷髅手里握着的一柄巨剑，它深深插入面前的泥土之中，同遗骨一样，这把巨剑上也爬满了青苔，只有剑脊一面靠近剑柄的地方，一颗幽蓝的明珠，在日光的照耀下散发着夺目的光亮。

"别碰！"甲卓航的话慢了一步，伍平已经伸出手去拔那剑柄，骷髅的手骨和他的手指一接触，纷纷碎裂，显然早已腐蚀成了空空的薄壳。碎裂从骷髅的指尖开始，延续到它的整个身体，除了锈蚀在背后岩石上深深的痕迹，这千年前的武士已经化作空气中的浮尘。

伍平抿着嘴，依旧把手牢牢握在剑把上，他抬手抽剑，剑柄上的青苔让他的手飞快滑脱，那巨剑却纹丝不动。

"有点意思。"伍平两手齐上，握住剑柄，凝神运气，又是猛地一挣,这次倒没有滑脱,他憋了一个满脸通红,这巨剑还是一动不动。

"让我来!"跟随吴亭的野熊兵孙百里是个力士,他大踏步走上前去,也是双手握住剑柄,躬身拔背,大喝一声,"起!"

轰的一声,孙百里一屁股坐倒在尘埃之中,手头只握着一个剑柄。原来他力大无穷,生拉硬拽之下,竟把锈蚀的剑柄直接薅了下来。

尚山谷走上前去,斩断了大血藤的根须,拨开厚厚的地衣和青苔,这才发现,这剑是插在一块巨石之中,而这巨石中也含有金属,天长日久,便和这巨剑锈蚀在了一起,如若想把这剑从石中拔起,必得连着这千钧巨石一起,当然是个不可能完成的任务。

看到眼前的景象,众人尽皆骇然。这死去的武士不知是何方神圣,竟能插剑入石,这样的天生神力,闻所未闻,只是不知他又如何停留在此处,化为枯骨。

"这是不是夜明珠?"伍平看唐笑语的眼睛一直看着那剑柄上的珠子,好奇地问。

"是,没错,"甲卓航走过来握住那剑柄提了提,"好重。"

唐笑语走上前来,握住了伍扬的手腕,他正掏出匕首,想把那夜明珠撬下。

唐笑语的手指在那明珠上抚摸了片刻,那明珠竟然变软,从那孔洞中脱落,在风中抖上一抖,又重新变成坚硬爽脆的一颗。

伍扬张大了嘴,唐笑语把这颗夜明珠放在他的手中,转身继续向前走去。

越是前行,众人越是心惊,更多甲胄兵刃的残骸在众人面前隐约串起了一条看不见的路径，这些零散的物品有新有旧，年代不一，有的甲胄锈蚀掉了大半，还隐约能看出上面的铆孔和花纹，有的，则只剩下了巨石上留下的轮廓，而那轮廓又被流水冲刷、青苔覆盖，模糊不清了。

在那武士残骸后，众人陆陆续续又发现了三具相对完整的骨骼，从盔甲上来看，他们应该是一同进谷的战士，这些留存的骨骼都是依托山崖或巨石，或坐或卧，都被血藤和植物覆盖，所以能够保留至今，但这几具尸体的倒伏方向，却令人惊疑不已。

这些经验丰富的战士，都背对着千忧解延伸而去的方向，互为掩护，试图躲避着什么，只是也许伤重，也许力竭，也许受到突如其来的攻击，他们终究没能再向着离开的方向迈出一步。

不知什么时候开始，每个人都刀在掌中，箭在弦上，缓缓前进。

唐笑语想要说些什么，终于忍住，因为吴亭已经满弓。他们的正前方，水流声很急，空气中弥漫着星星点点的绿色荧光，重重水雾中，有一个黑色的影子，隐隐是一个坐着的男人轮廓。

（4）

"不要射！"浮明光按下了吴亭的手，千百颗荧光中的一颗似乎发现了他们的存在，飘飘摇摇向他们飞来，到了目力所及的范围，大家才发现，原来是一只萤火虫。

"这萤火虫比我们老家田间的要亮得多啊。"这只小虫悄悄落在了伍平的马弓上，翅膀翕动，即使天色还没有完全暗下去，它尾部的光芒也清晰可辨。

　　浮明光带头拨开苇草，循水声而去，待到众人穿过巨石掩映的拐角，才发现这里被高达数十丈的巨木遮盖，粗大的血藤从巨木的枝桠下垂到地面，上面又爬满了更为细小的绿色藤蔓，在树叶的穹顶下，幽深有如黑夜，只有漫天的萤火虫漫无边际地飞舞，在前方不远处的溪水中，一个男人正端坐在平滑如玉的黑色石上。

　　无数的萤火虫从前方一个小湖中奔涌而出，汇成磅礴的光流在夜空中飞舞，像一条在空中奔腾流淌的大河。

　　光芒下，那个男人暗红色的甲胄上爬满了青绿的苔痕，一张面孔埋在头盔下的阴影中，那个身影对于唐笑语来说十分熟悉，又足够陌生。她还记得十三年前下着大雨的那个清晨，是他带来了那颗绝少有人知晓的南山珠。

　　泪水慢慢盈满了眼眶，模糊了双眼。七年前海神寺毁灭，谁都不知道那个采珠人唐简去了哪里，唐笑语也不知道，只能姑且当他死掉了。她记得他说过的那句话："我们流着海兽之血的人，在哪里死亡，就会在哪里重生。"

　　鹧鸪谷是凡人的禁地，但唐笑语每年都要来，如果那个清晨真实存在，如果南山珠温润的暖意不是一时的幻境，如果蕉鹿已经重生……这么多年来，唐笑语都想知道，究竟自己身体里是不是也流着海兽的血脉。唐简说过，这细细的血脉并非来自家族，它是一种机缘，海神会在世间寻找自己的余脉，所有的海兽之血，将汇聚成一条汹涌的赤色长河，将世间的一切涤荡，悲和喜，血与火。

　　海兽之血，终将顺着命运的绳索，再次相逢。

采珠人的夜明珠来自重晶，小时候，唐简带着唐笑语来过重晶之地，重晶中封印的无数灵魂，其中一个，就是他的妻子，她的母亲。之后的这十几年，唐笑语一直都在寻找。

鹧鸪谷的大门只会为海兽之血开启，一万年来，死在鹧鸪谷的人们，不知道怎样才能和海神血脉相通。唐笑语并不害怕，她等这一刻，已经等了太多年。

唐简在这里，海兽之血在守卫着重晶。如果不成功，那么，就一起葬身谷底吧。唐笑语吸了一口气，飞身扑进了溪水里。

水边诸人都在惊疑不定地看那男人的反应，随着唐笑语这一扑，咚的一声，豪麻也跃入了水中。"小心！"他步履矫健，跃了三两下，已经来到了唐笑语的身后，伸手抓住了她的手臂。

唐笑语头也不回，向后一推。豪麻的手臂滚烫火热，而她的手臂却冰凉如丝，一握之下，两人都是一愣。

"是他。"唐笑语仍要挣扎，豪麻则用力一拉，将唐笑语扯回到了身边，他用尽全身气力后撤，已经顾不上怀中唐笑语的挣扎，这一刻，石上的男人身上的铠甲发出莹莹绿光，他的眼眸是蓝色的，空空荡荡，他的目光转向唐笑语的一瞬间，露出了一个淡淡的笑容，整个身子化为无数的流萤，四散飞舞。

浮明光觉察到不对，横刀挡在扬觉动的马前，喝道："谁！"他嗓音浑厚刚劲，声贯深林，震得无数鸟儿在这巨木搭成的殿堂中鸣叫飞翔。

然而一根马鞭搭到了他的肩上，浮明光回头，大惊失色，此刻扬觉动的眼睛混浊无光，嘴角留下一丝涎液，整个人从马上倒了下来。

"难道伤势恶化,是因为靠近了这个古怪的地方?"浮明光的脸黑了下来,喃喃自语。

唐笑语挣开豪麻,跑上了黑色石块,流萤仍在飞舞,她回过头来,脸色苍白,问豪麻道:"刚才我们看到的,不是我的幻觉,是不是?"

豪麻点头,四下环顾,他的赤心已经出鞘,不安地翕动着,赤心从来没有这么激动。

衣带风声,唐笑语注视着荧光所出的那一块湖水。

这里的水颜色更深,与周围碧绿带有浮萍水草的湖水绝不相容,深蓝纯净,像一片波光粼粼的宝石。

"这就是重晶么?"甲卓航不知道什么时候来到了两个人旁边,吴宁边的射手和斥候已经散开警戒。

"嗯,这就是天下最为昂贵的珍宝。"唐笑语俯下身子,用手掬起一捧重晶,感受到了它沉甸甸的重量,不动时它们就像凝固的蜂蜡,她微微侧手,那水又化作长长细丝,注回湖中。

水极清澈,在幽蓝的深处,伸出无数根须,有的壮硕,有的细微。

"那就是夜明珠了。"唐笑语看着那根须间星星点点的光芒,"重晶每年五至七月,都会凝珠,半个月凝成,一朝离散,采珠人要在明珠将成之际沉入水中,把它摘下,愈向下,明珠越大。"

"这样看来,水性好些好办事。"甲卓航一边说着,一边探头看去。

"怎、怎么这么多兵刃?"一眼看去,他口中喃喃。

唐笑语面前的这一片深蓝中，漂浮着无数兵刃和甲胄的碎片，有的锋利簇新，有的形制古老，它们曾经沾染的鲜血化作了金属上红褐色的瘢痕，在夜明珠的映衬下散发着诡异的流光。

"蕉鹿曾是上古先民猎杀的对象，因为它虽是神祇，但是性情温和善良，而且它的眼泪会化作夜明珠。"

"弑神？"甲卓航满脸的不可思议。

"是的，神也会死，就像海神也必须以神兽变寄托自己的形态。当神兽们赖以生存的血脉断绝，它们也会孤独地死去。"唐笑语抚摸着重晶上的细小波纹，感受它变动不居的棱角。

"传说中曾记载了三次蕉鹿之死，每次，都有一位顶天立地的英雄宣称是自己杀死了海神。这三个人有两位是神祇，还有一位是凡人。当蕉鹿的首级被砍下，它的躯体里，会流出无数移神散魄的夜明珠，其中最特别的一颗，就是南山珠。"

唐笑语叹了一口气："只有采珠人知道，能杀死蕉鹿的，不是巫蛊、鲜血或者兵刃，而是哀伤。"

"哀伤？"

"是的，蕉鹿是海神之善，和犬颉相向而生，它们一温顺、一凶暴，一善良、一冷酷，一个洒下爱与希望，一个散播鲜血与烈火。每次蕉鹿目睹人世间的黑暗和恶意，它的生命就会减损，每次蕉鹿疗救了世人的苦痛，它就承受了更多的苦痛。当恶意、欺骗和血腥耗尽了蕉鹿的生命，它就会倒下死亡。"

"这些，都是想要杀掉蕉鹿的人们的武器？"豪麻也为眼前的情形所震惊。

"对,每一次恶意的兵刃刺入蕉鹿的身体,它都会将它们全部接受。"

甲卓航两眼发直,忽然说道:"其实一个人就足以杀死蕉鹿。"

豪麻习惯性地皱眉:"这下面的兵刃都够组织起一支军队,一个人怎么可能?"

甲卓航道:"这个人只需不断自残,蕉鹿为了救他便要损耗生命,被救回后他再循环往复,最终蕉鹿就会难过而死了。"

豪麻被这古怪的理论弄得直瞪眼,一时之间却也无法反驳。

唐笑语道:"这样的情况永远不会发生,因为千年前蕉鹿的那次死亡之后,八荒神州开始有了护佑灵师。为了不再发生山海巨变、烈焰焚城、百兽食人的惨象,他们发誓在世人重新贪婪的时代,守护海神,并为之献身。如果不能护佑蕉鹿,他们就会转而除掉所有的海兽之血。"

"海兽之血?"

"蕉鹿死后,犬颉重生,重晶会挑选自己在人间的血脉,这些人,就是海兽之血。虽然已经太久没有人去认真理解传说,但通常来说,灵师们认为他们将秉承犬颉的意愿,毁灭八荒。"

"我在木莲两年,没有听灵师们谈起过这样的信仰。"豪麻的声音有些疑惑。

"是的,信仰历经千年,早已经破碎了,只有采珠人还相信神迹。因为我们以此为生。"

"蕉鹿不会害人,然而世间的人却会为了弑神而大开杀戒。"豪麻的声音闷闷的,看着那重晶中缓缓流动的兵刃,不知道那些化作枯骨的武士们因何而来,又是不是被神的守护者们截杀。

"豪麻。"浮明光脸色铁青,召唤豪麻和甲卓航。

扬觉动躺在地上,脸上乌黑黯淡,毫无神采,他的护腕被解开,伤口十分干燥,并无通常的肿胀迹象,但箭伤四周却析出了白色的晶体,他的半只手臂变得肿胀透明,血管像细细的红线,在皮肤下一点一点伸展。

浮明光拉过豪麻,面色如冰:"我从未见过这样的伤口。如果今次大公不能活着走出鹬鸪谷,你要带着大伙尽快回去。没有了大公,没有人有足够的实力主掌吴宁边,百济公、蓝仓侯这些人,一定会产生激烈争斗。只希望你能忍耐,并前往日光城,请回大公主。"

"大公会没事的!"豪麻面目有些狰狞,一滴眼泪划过脸庞,他伸手去拂拭,手背擦过脸庞,忽然僵在那里,他脸上的那一道箭伤已经悄悄愈合!

"唐姑娘!"豪麻飞身跃到扬觉动身边,抱起扬觉动,向重晶奔去。

豪麻额头冒汗,喉结上下抖动,紧张地看着唐笑语的眼睛:"蕉鹿在哪里?它能不能救回扬大公?"这一瞬间,他不再是烽烟烈火中横刀立马的青年将军,而是变回了那个大安城中曾为了爱人和未来患得患失的少年。

"蕉鹿,"唐笑语的声音低低的,"蕉鹿在十三年前,已经死了。我见过那颗南山珠。"

唐笑语的话音虽轻,但显然所有人都听到了。

看到豪麻嘴角僵硬的线条,唐笑语勉强笑了笑,道:"还有机会,如果海神尚未神兽变,还有一种可能让它现世,那就是血和生命的召唤。"

"什么意思?"豪麻心下一片茫然。

"神兽变需要生命和骨骼来支撑重晶,你眼前看到的这些荧光,每一颗,都是这大陆上为海神庇佑过的生灵所幻化。只是在海神沉睡的时刻,再多的鲜血也无法唤醒神兽。但若是蕉鹿已死,星陨大地,山海巨变即将来临,百兽复苏的时代再次来到。唤醒海兽,只需要一次献祭和牺牲。"唐笑语语气凝重而缓慢。

"蕉鹿已死,还能再复生吗?"

"我不知道。"唐笑语苦笑。

伍平道:"反正我不相信有什么蕉鹿!"

"你看看我的脸。"

豪麻脸上嘴角到耳根的伤口已经愈合,只有一道浅色的细线,虽然并不醒目,但这道线割断了他脸上原有的肌肤纹理,多少显得有些怪异。

伍平沉默了。

"先不说蕉鹿能否重生救下大公,万一,我是说万一,神兽变不是蕉鹿,而是犬颉怎么办?"甲卓航终于没有了风度和笑容。

"我们在灞桥的时候,也听到犬颉重现的传闻了。"豪麻望向唐笑语。

"没有什么办法,一旦鲜血滴入重晶,便会源源不断奔涌而出,海兽将以这鲜血作为骨骼筋脉而重生世间,是不是蕉鹿,我不知道,只是这献血之人,却没有再生的机会了。"

唐笑语一番话说完，众人尽皆沉默。

"事到如今，我只能赞成一试。"浮明光拔出了匕首。

那么是谁来承担不幸？众人面面相觑，不知道该说些什么。

(5)

唐笑语接过了浮明光的匕首，脸上现出两个浅浅的酒窝。

怀疑，是这世间最锋利的尖刀，唐笑语从来不知道唐简告诉自己的这些故事究竟是不是真的，然而她只能相信。她是抱着必死的决心进入鹧鸪谷底的，如果不再试一次，可能她就永远失去了这个机会，她并不甘心。

一双眼睛一双眼睛看过去，她知道，他们并不相信。

而豪麻，则没有抬起眼睛。

"我的法子不知道行不行，但我没有骗你们。"她伸手向自己的手腕割去。

一只手在空中握住了她的匕首，锋利的钢铁割断血脉，人们都惊讶地看着豪麻的血从指缝中滴滴滑落。

是他！唐笑语一阵眩晕。

鲜血滴在岩石上，滑落青苔，触碰水面，然后变成涓涓细流，化作万道柔丝，纠缠着深入到重晶之中。

豪麻闭着眼睛，轰然坐倒。

唐笑语怔怔地，看着那血线蜿蜒向下，渐渐凝聚，心中一阵绞痛。

豪麻伸出手来，握住她的手，那手掌上的热力渐渐褪去。唐笑语也恍惚了起来，眼前晃过一张张熟悉的面庞，人们的话语声仿佛从遥远的云端传来，以至于模糊不清。她是唐笑语，然而，在此刻，她可能也是那个叫作扬一依的女人。

"赤心，你带着。"这是豪麻说的最后一句话。

甲卓航牢牢攥住赤心，扭头就走。

豪麻流血的手腕垂在了重晶之中。

绿色的荧光之河仍在流淌，古老的尸骸和神秘的植物中，千百年来，有过多少沉默的过客？甲卓航看着那匕首坠落重晶之中，渐渐下沉，他的肘弯一伸一缩，仿佛这一刀，是割在自己的手腕之上。

整个森林突然寂静了下来，暑热和潮湿吸走了人们的气力。

浮明光守在扬觉动身边，一只萤火虫在他眼前盘旋，飞落在扬觉动身上，他一直目不转睛地看着这个须发花白的威严男子，看他灰色的脸颊和深凹的眼眶。他没有伸手去驱赶那萤火虫。

天色渐暗，这小小虫儿腹部的荧光愈加明亮。它在扬觉动的小臂上悠然爬行，时不时停下来左顾右盼。在它路过之后，那些析出的白晶慢慢渗回皮肤，伤口渐渐出现血色，青紫的肿胀消退，密如蛛网的细碎血管也渐渐深埋……浮明光瞪大了眼睛，他在目睹奇迹的发生。

唐笑语笑了笑，惊喜爬上了浮明光的脸庞，但当他回头去看豪麻时，脸色又灰暗了下来。

唐笑语的手依然在豪麻的掌心，只是此时，他的手已经没有半点力气。他所剩不多的鲜血还在缓慢注入重晶之中，红色的血迹在深蓝重晶中织出繁复的花纹，但那水面却没有发生任何变化。

"快救人！"看到扬觉动慢慢睁开眼睛，甲卓航和伍平一起大声喊起来，唐笑语拦在了豪麻身前。

"不行。"她简短的两个字，居然凝固住了两个人的脚步。

"不能动，大公虽然睁眼，但眼神里还没有内容"浮明光咬着牙根说出话来，"豪麻失血太多，你们救不回他了。"他看了一直在一旁照顾豪麻的唐笑语一眼。

唐笑语对浮明光点了点头，如果扬觉动没有康复，豪麻的牺牲就会变得毫无意义。在所有人心中，扬觉动必须首先好起来，也许，除了唐笑语。

豪麻的身体渐渐冰冷，这种选择对这个老人来说并不容易，"是豪麻的血让大公好起来的。"浮明光冲着唐笑语说，接着，他把这句话又重复了一遍。唐笑语知道浮明光在想什么，无论扬觉动会不会康复，豪麻的用心白费了，走出小莽山之后，他们不会再让自己活着。

甲卓航一直握着豪麻的另一只手，他的脸正和豪麻一起慢慢灰败下去。

"看来海神寺里面有很多有意思的传说。"甲卓航的笑容有些勉强。

是的，他们没有人相信我的话，唐笑语张了张嘴唇，最终还是什么都没有说。

扬觉动已经苏醒，众人在树下的干燥地带升起了火焰，豪麻冰冷地坐在岩石上，唐笑语忽然觉得他的姿势和唐简有些相像，不知道明日一早，他会不会也化作点点流萤。

远离火焰的溪水旁潮湿又寒冷，甲卓航和伍平坚持守在豪麻身旁，唐笑语则一个人抱膝，坐在巨木的阴影中。这里远离火光，虽然整座树林都有萤火虫在飞舞，虽然她已经躲得远得不能再远，但心底的恐惧却甩也甩不脱，如果有一条萤火虫从豪麻的方向向她飞来，可如何是好？

萤火是逝者的灵魂，唐简的声音仿佛还在耳边回响。

深夜又下了雨，雨水先噼里啪啦打在山谷巨木阔大的叶片上，再轻轻滑落到地面。

水滴打在甲卓航的脸颊上，他这一夜在不断地翻身，而伍平则依旧鼾声隆隆。

甲卓航为唐笑语升起的那小堆篝火，还在不紧不慢地燃烧，唐笑语终于觉得自己应该闭上眼睛了。摇摆的火光带来了红色的暗影，唐笑语的衣襟上，系着一条夔纹手帕。手帕上的金银线，绣着一朵栩栩如生的月橘花。

大雨将临，那个扯住她的衣襟的武士，不敢看她赤裸的上身，匆忙转过头去，却有一条手帕自他怀中飘落，掩在青砖浮尘中。离开之前，她便将那手帕悄悄藏起。

手帕黑底红丝，细密精美，她从未见过这么好的绣工，举在眼前，有淡淡的月橘味道。透过手帕，他看到了一个娉婷的身影走在盛开着七里香的草原上，那是豪麻心中住着的那个姑娘。她是大公的女儿，唐笑语遥遥地站着，失去了所有的勇气，只能远远看着那优美的背影。

那个叫扬一依的姑娘眉头微蹙，在四下里寻找着什么。唐笑语下意识把那手帕藏在身后，却被那女子看见，她笑吟吟地走过来，好像看穿了唐笑语的所有心思。

唐笑语脸上发烧,正不知如何是好,忽然浮明光从一旁转了出来,劈手将她手中的手帕夺走,厉声道:"蕉鹿在哪里?你满口谎言!你害死了豪麻!"

"我没有!"她很害怕,不住后退,一直退到了溪水中。她很想要回那条手帕,终于鼓起勇气,但浮明光冷冷的目光让她不敢再迈步向前,"你知道这手帕什么来历?这是二小姐给他亲手绣的,他们已经订婚,他们是珠联璧合的一对璧人,我们和三小姐陪大公春猎,二小姐亲手将这手帕系在他的衣襟上!"

"她是世上最美的女子。"豪麻的声音在他耳畔回响。

唐笑语感到了从未有过的沮丧,我永远也要不回这手帕,正像我永远也无法得到那个人的热情。浮明光把手帕交到了豪麻手上,他脸上没有伤痕,神情中没有疲惫,他欢欢喜喜从唐笑语身边大步迈过,走向那个明眸皓齿的姑娘。

她正伤感,忽然萤火灿然,父亲从黑色的巨石上坐起,他身上沾满了小小的萤火虫,以至于整个面孔都散发着幽绿的光芒。

你死了,妈妈死了,老唐也死了,这世间只剩了我一个。她情绪低落,眼泪涌出了眼眶。"不要哭。"唐简用手轻抚她的头发,在他面前,她永远是个小孩子。

深谷在这一瞬间变成了高大的海神寺,她变得很小,它伫立在落月湾码头的一侧,在这里,有太多的阴影可以轻而易举地吞没这个八岁的小女孩。

"记住,你有海兽之血。"唐简蹲下来,按着她的双肩,"看着我的眼睛,"他说,"你也是守护山海的人。"

"我知道,我知道。"稚嫩的童音在海神寺寥落的长廊中回响。

"很好,"唐简和以前一样,满意地点着头,"当山海巨变来临,旧有的美好都将不复存在,但你要记得你是谁。"他踏着大步离开,走进高大的拱门外那团明亮的光线中,再也没有回来。

"你们都走了!"她只有八岁,她不断地哭,以至于自己都惊讶于自己的伤心。她只想有个温暖的地方躺着睡觉,不再醒来。

晨光穿透树叶洒下了点点光斑。

"唐姑娘,你不走我们可走不了呢。"是油嘴滑舌的甲卓航的声音,咦,伍平又把这句话重复了一遍,真是睡过头了啊。

唐笑语睁开眼睛,鹧鸪鸟儿扑棱着翅膀远远飞过,她"啊"的一声惊叫起来,豪麻在马上回过头来,疑惑地看着她。浮明光和扬觉动正在聊着什么,吴亭在慵懒地活动肩膀。

她踉踉跄跄扑进溪水之中,来到了那块黑玉般的巨石之上,她眼前的重晶微微翕动,舒缓透明,那些回旋盘绕的甲胄武器都已不知所踪。

"唐姑娘,你没事吧?"甲卓航遥遥地喊,豪麻正在他身边看着她。

难道一切都是一场梦?唐笑语不敢相信自己的眼睛。

"唐姑娘,我看这万水之水也没什么稀罕,就是比普通的水沉重些。"甲卓航最爱和唐笑语聊天,他笑嘻嘻地拍了拍鞍侧的酒壶,小声说,"话虽这么说,我还是想要些夜明珠的。"

唐笑语无暇和甲卓航闲扯,她见豪麻就在前方,忍不住打马上前:"将军,介意我看一下你的右手么?"

豪麻感觉十分奇怪,但还是伸出了手掌,这是一只坚定的手,掌心横着一道早已愈合的长长的伤口,唐笑语激动而又惊讶,豪麻却有点不大自在。他从唐笑语温滑的手掌中抽回手来,道:"这是十五岁那年留下的,已经不碍事了。"

"啧啧,唐姑娘还会看相,"甲卓航夹马跟上,"想不到睡了一觉,唐姑娘对我们豪麻将军兴趣倍增。"

难道一切都是一场梦?唐笑语压根就没听到甲卓航在说些什么。

"你看那把刀!"甲卓航指给唐笑语看,在豪麻的腰侧刀带上,悬着一把样式古朴的短刀,黑黝黝的刀鞘上没有任何装饰,沿着它优美的弧线,爬满了淡淡的绿色铜锈。

"豪麻昨天在重晶畔的巨石上发现了它,爱得不得了。"甲卓航又贴近小声说,"大公也同意,他那把赤心,给我啦!"

泪水涌上了唐笑语的眼眶,那把刀她认得,是唐简的贴身佩刀,千年来海兽之血的护卫——流萤。

离开小湖,顺着溪流的方向,前方是一条溅出彩虹光影的瀑布,"先穿过瀑布,下方的山腹温暖又干燥,然后我们再翻越双石峰,就会看到平明古道了。"

唐笑语从来没有走过这条路,但此刻,她身上仿佛负载了千年的记忆,而一千年里,这条路她已经走了无数遍。巨木之下、重晶之上,那条流萤的长河,也在深夜流淌了一千年。

一声唳鸣,天空飞过一只鹰隼。

唐笑语闭起了眼睛,她像这只鹰一样飞在天空。南渚的山水在她的翅下无声掠过。

她感受到另一颗心脏在跳动。

暴雨落在他的脸上,酥酥的,有点麻痒,他睁开眼睛,这个乌沉的世界一片漆黑,如同万古长夜。

张开嘴,雨水落进口中,他贪婪地吮吸着。他不知道自己躺了多久,只感觉身体格外冰冷僵硬。他最后的记忆,是化身海兽的光焰万丈。

那个姑娘?他心里一惊,挣扎着坐了起来。

一道苍白的闪电划过夜空,照亮了他身前一个黑色的模糊影子,"海兽之血是不死的。"

唐笑语微笑着,一只温暖的手向卜宁熙伸了过来。

第一卷终

八荒神州的

  八荒神州的历史，自上古时代的史家疾荒庐最初为八荒立传以来，史料已经汗牛充栋，不过用虚构戏说的笔法来进行通俗写作的，确实不多。作为八荒神州历史的研究者，我注意到最近有一位史家八月槎，钩沉历史，发潜阐幽，用小说的笔法发掘出八荒神州黑暗纪元的许多故事。

  像我这种坐在书斋里的人，一般来说是不看田野怪谈的，这次在复旦大学出土文字与古文献研究中心助理研究员谢明文先生的推荐下，试着信手翻阅这一部小说，却发现作者对《八荒寰宇志》《续志》等八荒神州的古籍史料的运用非常考究，甚至对涉及古代算学和天文的科技著作《黑曜七玄》也有涉猎，这已经使我颇感惊异了，更令人意外的，是作者基于对史料的把握和理解，对八荒历史上许多重大历史事件的起因和发展做出了自己的判断，这些颇为合理的推理，也勾起了我继续阅读的兴趣。

  譬如八荒历史上著名的黑暗时代大战乱的起因，历来众说纷纭，这一时期以往史家多认为是经济流动寻求更合理的制度保障引起的，即随着中北十州的经济发展,木莲王朝在战争中确立的社会生活管理方式受到新兴的市民阶层抵制,从而导致地方自治州经济实力迅速崛起,进而引发战争。然而这一思路却忽略了南渚、宁州等飞速发展的经济实体,在经济体量迅速增大的同时,却被不断边缘化的原因。

八月槿先生便是从这些细微之处入手,以地缘政治学理论为基础,着眼于政治权利在新的经济格局下的再分配问题,以吴宁边和南渚的政治联姻为切入点,重点研究了黑暗纪元前期吴宁边大公扬觉动系的政治选择对于八荒历史发展的影响,而在黑暗时代前期研究中往往被忽视的南渚赤研家族也因之浮出水面。这对于我们以往过于重视生产力要素影响的经济学史学范式,提出了有力挑战,提示我们,在强调历史发展的必然规律的同时,也不能忽略偶然因素的作用。这样的研究思路,重新审视了历史中被经济史学遮蔽的鲜活细节,给现有的研究以全新的启示。

这几天闲时翻阅此书,用小说的趣味读历史,读着读着,竟莫名想起蒲松龄先生《聊斋自志》中的一句话来:"松,落落秋萤之火,魑魅争光;逐逐野马之尘,魍魉见笑。"这月下灯旁的闲读,心情竟也随着文字波澜起伏。

八月槿先生一部《山海变》,虽然加入了神话传说和大量虚构情节,但在历史真实性的探索上,在八荒历史文化对青年读者的传播上,都起到了传统学术著作不能达到的积极作用。这是十分值得肯定的。

月前,八月槿先生向我约稿,以八荒历史冷僻幽深,希望请我写一点关于八荒神州历史的补充说明。对于邀请,我曾一度犹豫,熟悉我的人都知道，我这人在学术研究之外，生性散漫，拖延成癖，雅好搜神，鬼话连篇，并不适合做这样的普及工作。

但架不住八月槎先生的再三盛情邀约，又觉得《山海变》这种较为严谨的历史通俗作品对当代史学的普及也颇有助益，我也就不揣鄙陋，为《山海变》做一些边角八卦的说明，聊博方家一笑。

于是，这一系列"八荒神州史学随笔"，也将按照八月槎先生小说《山海变》的进度，为读者朋友们揭开八荒神州历史的世界迷雾。如果有读者朋友们经由小说阅读，产生对于八荒历史进一步的兴趣，去阅读原典，进而略窥历史研究的门径，那么对于我们这些书斋校园里的研究者来说，更是幸莫大焉！

是为引言。

八荒食事略论

《山海变》的故事发端于燧石纪九百一十二年的春夏之交，小说中，描绘了日光木莲王朝南渚州的繁华景象，出现了许多美食佳肴，一般来说，判断一个时代的繁荣和发达程度，只要看看老百姓吃什么，怎么吃，就可大概了解。从这个角度，我们聊聊八荒神州的饮食文化也不能只说是因为嘴馋。

从小说中我们可以看到，八荒神州不同行政州之间的饮食风俗习惯有较大的差异，其中，南渚由于贸易繁盛、物资丰富，人民富裕，又长久处在和平的环境之中，因此形成了精致发达的饮食文化，并且形成了相当规模的产业链。

何以见得？从酒说起好了。

【酒】

故事开篇"宁州商人"章中，卜宁熙在马掌柜的包子铺要酒喝，马掌柜自己店内并不存酒，而是"转身就去隔壁老萨酒坊提了酒来，再端上一个缺了口的粗瓷大碗"。在"离城"一章，甲卓航在南渚街头闲逛，又去了老萨酒坊，这里有一段描写："这小小的作坊不甘只卖薄酒，勉强在店面临街的一侧生生挤出三尺空间，搭上木板，做出了窄窄一条座位，排上了两张桌子。"

从小说的细节描绘我们可以看到，这里的酒坊不是饭店，而是专门的前柜后厂的酿酒作坊，而甲卓航来老萨酒坊，最开始想喝的，不是后来喝到的鸿蒙酒，而是火棘果酒。

这说明，这个在阳坊街上贩酒的作坊内，产出的酒的品种并不单一，除了以淀粉质谷粒霉菌发酵酿制的粮食酒（鸿蒙酒）之外，还有类似葡萄的水果乳酸发酵后酿制的果酒。

老萨酒坊的鸿蒙酒，是价格不高的村酒，小说中十二文即可买到一袋，这种酒略显浑浊、青色，烈。口感苦涩辛辣，有爽滑感，其中的苦涩口感，可能是来自盛装鸿蒙酒的容器麻叶袋。喝下鸿蒙酒的状态可以借用书中乌桕的感受，"初入口还不觉得怎样，一到腹中，马上变成一道燃烧的火线，由下自上顶了上来，把乌桕呛得眼泪直流。"

阳坊街上老萨家的酒，只用浮玉稻浸泡发酵，加以蒸馏。浮玉稻，是南渚西北部毗邻的浮玉州产的稻米，浮玉稻属于粳稻，其直链淀粉的比例比较低，米粒较短，比较黏，煮制后可以聚成一小团，哪怕气温较低，也可以保持柔软。这种稻米大约在赤研家族统治南渚初期出现，到赤研井田主政时期，浮玉稻的产量大大提高，因为青水贯通浮玉及灞桥，因此浮玉稻也逐步成为灞桥民众主要的日常食物。从原料、制法等几个方面来综合判断，鸿蒙酒是一种成本低廉但度数颇高的粮食酒，也是日光木莲时期灞桥民众最普及的酒品。

鸿蒙酒既然是市面上大家都喝的寻常酒品，就每个酒坊都会有，竞争起来，小说中也有提到，为了出新出奇，有许多酒坊就在酒中加些果蔬，调出不同的味道来。

但甲卓航去寻找的火棘果酒，不属于粮食酒，而是一种果酒。

火棘果今天属于蔷薇科，是一种常绿灌木，可药可食，春季可以看花，冬季观果，在灞桥以西的济山山麓非常常见，平民们常常以果实、根、叶入药，能清热解毒。火棘一般在秋冬结果，果期大概在南渚的十月至次年三月，因此甲卓航记着火棘果酒好喝，来了却扑了个空，就是因为采摘火棘果的季节刚刚过去。

火棘果并不昂贵，因此火棘果酒也非常普及，但对于南渚之外的客商来说却可以说得上是别有风味，因为火棘结果需要适宜的温度、矿物质和水，济山山麓远离奔流河，这里的火棘果不会因为水分过多导致淡薄无味，对比历史上的济山气候数据，和史籍中对灞桥火棘酒的口味描摹，这一时期的灞桥火棘果，普遍在含氮过量的土壤中生长，枝叶茂密，果实接受的日照减少，从而在甜度上有所欠缺，但酸度和香气化合物却十分浓郁，因此风味独特。

甲卓航在火棘酒中可以品出果香、木香和粮食香，其酿造工艺和今天的葡萄酒工艺大体相仿。

从这两种酒的描写和老萨在闹市中开辟的专门卖酒的酒坊来看，南渚的酿酒工艺已经达到了相当水准，然而本卷中出现的酒类还不只是这两种，南渚相思节令中，出城贩酒的小贩，推车上是米酒。在南渚大公赤研井田的宴会上，赤研瑞谦用来招待扬觉动和豪麻的是昂贵的名酒"朱鲸醉"，在阳宪小镇，扬觉动一行喝到的是另一种果酒——青柠酒。

米酒和鸿蒙酒类似，都是粮食酒，从其冬季更为盛行的情况来看，很可能是另外一种低温发酵的度数较低的酒品。

小说中的朱鲸醉值得多说几句。朱鲸醉是由南渚威锐公爵赤研瑞谦私藏，酒品呈琥珀色，颜色深红清亮，仿若胭脂，中有寸长一丝红线在杯中飘动，极是奇特。从赤研瑞谦的介绍中，我们可以得知，朱鲸醉有通血强体之效，被他称为南渚神品。具体的制作过程为将浮玉稻发酵三蒸三聚后，再加入济山黄米酒曲及深海鲸血酿造而成。

朱鲸醉和普通酒的制作过程不同的是，加入了深海鲸血。今天来看，这种用动物血液参加发酵过程的做法似乎不可思议，而《八荒寰宇志》记载，饮用朱鲸醉能使人飘飘欲仙，解乏宁神，配上燥热海流中的琉璃鱼骨，"可销凡人三魂七魄，可见鸿蒙海上楼台。"

只看描写，更有可能是上好的高度数粮食酒在制成之后，加入动物组织和血液混合，类似今天的虎骨酒一类的补品酒品。

朱鲸醉的酿造，由于原料的特殊，已经不在阳坊街这类档次的小酒馆，为灞桥知名酒店会所兼味坊一类的场所自酿，并且产量极少。

这里我们至少可以得到两点启示：第一是米酒和果酒的酿酒技术

在南渚已经得到普及,并且被酿酒师们因地制宜创造性地使用;第二,是酿酒技术得到充分开发,酿酒已经成为一个单独的职业,从农业中完全分化出来。

【食材】

除了酒以外,说南渚饮食文化发达,必须要有具体的例子加以佐证,其中,食材的丰富多样就是一大证明。

在小说中,圈龙坊的孩子们编排吴宁边,提到了香酥的乳酪,在阳宪镇的打尖,甲卓航又尝到了淋着麻油的小莽山春笋,从这些信息来看,动物脂肪的提炼、乳制品的制作和植物油的榨取技术,在南渚也已经得到了掌握,饮食中对油脂的运用也很平常,哪怕是民间,也可以经常使用动物脂肪来烹饪食物。在本卷中,出现的食材还有:

梨子鱼、鲸脂、糯米、青柠、鹿肉、熊掌、驼峰、绒鸡、鳜鱼、雪梨、龙蟹、杏仁、鹧鸪、鱼骨、黄米、鲸血、酒曲、青橘、甜瓜、蜜枣、松子、腊肉、火腿、白醋、咸鱼、猪肉、牛肉、羊肉、獐鹿肉、蜜蟹、冰糖、莲子、青豌豆、春笋、麻油、豆腐、盐、葱白、黄稻、月橘花等等。

我们将这些食材做一个粗略分类:

粮食:糯米、黄米、黄稻。

肉类:鹿肉、熊掌、驼峰、绒鸡、鹧鸪、鲸血、腊肉、火腿、猪肉、牛肉、羊肉、獐鹿肉。

水产：梨子鱼、鳜鱼、龙蟹、鱼骨、鱼干、蜜蟹、咸鱼。

蔬菜豆类：豆腐、青豌豆、春笋、葱白。

调料：酒曲、白醋、冰糖、麻油、盐。

油料：鲸脂、猪油。

奶蛋：乳酪。

鲜果干果：青柠、雪梨、杏仁、青橘、甜瓜、蜜枣、松子、莲子。

其他：月橘花。

可以看出，这一时期的南渚，从较为高档稀见的鹿肉、熊掌、驼峰、绒鸡（均出现在朱鲸醉宴上）到家常的青豌豆、豆腐、春笋等，琳琅满目，应有尽有，在调料上也颇为丰富。

这样的食材名单，既有鲸血、鱼骨、鳜鱼等南渚地域特产，又有发达的水路贸易带来的其他地区的珍贵食材。

朱鲸醉宴上，一味吴宁边特产绒鸡，曾让吴宁边籍高级将领豪麻大为惊叹，理由是，绒鸡是离火原东部红叶野鸡错时串种的产物，没有生殖能力，无法规模养殖，因此即便是在产地吴宁边也极为难得，想吃到这道菜也要看时令和运气，但是托福于贸易兴盛和交通的发达，在南渚的权贵之家，一样可以吃到来自他州的美味。

对繁多食材的恰当运用绝不仅仅凭借食材的珍稀程度，普通食材只要运用得当，一样可以产生惊人的效果。小说中的多位人物，都在阳坊街的马氏包子铺用过餐，这马氏包子铺里的包子里并无特殊的食材，却让卜宁熙乃至贵族小姐扬归梦都赞不绝口的原因，就在于对普通食材的取舍和独特的烹饪技艺。

马氏包子铺可能是作者虚构，但实际上，灞桥的"阳坊街包子"却颇有名气，这种包子大概流行了一二百年的时间，其中素馅包子被称作芙蓉水仙包，而肉馅的包子被称作咸肉水仙包。这里且以肉馅的咸肉水仙包为例，看看灞桥的普通百姓是如何在日常生活中让一只鲜香多汁的小小包子，入口产生数种层次的。

根据《八荒寰宇志·南渚·美食》记载，咸肉水仙包馅料，用的是灞桥特产的梨子鱼的肉蓉，调味的是秋天收下的济山松子，外面还要用一片薄得透明的咸肉火腿滚上。在制作上，水仙包须要上屉大火急蒸，直到雪白的面皮中，馅料变成粉红一丸，才算大功告成。这时候吃到嘴里，满口生香，既有鱼肉的滑润嫩爽，又有松子的清香宜人，最后那咸香带甜的火腿把味一提，的确是入口生津，鲜香的汁水冲刷着牙缝，馅料紧实，面皮松软，令人欲罢不能。

谈到食材，水果类的济山青橘，也不得不提。青橘产自灞桥城外济山脚下，在远近几州非常有名，味辛、略苦，啖之一刻，又有微微甘甜回味于唇齿之间，清凉柔爽，回味无穷。由于不易储存，外州百姓寻常难得一尝。关于青橘的传说很多，有些至今还在流传，用南渚旧说，这青橘之味恰似相思一刻，心结不解，总是心酸，但如若无此牵挂，又没有情思缭绕蓦然梦回的甜蜜回味。相思不得，水深火热，恰似济山深林初夏清晨的薄雾，有炽热中的一点清凉。到得六月中旬以后，青橘已经落果，未落的青橘也已经转为赤红，果实不再有青时的甘甜，而是苦味浓重、辛辣，不宜再食。

从食材的丰富程度而言，南渚已经形成了强大的流动的食材市场和食材采集贩卖渠道，在吃这件事情上，南渚一地已经具备了出产逆天佳肴的基本条件。

【机构】

同样可以说明南渚饮食文化繁荣的，是丰富的各个层级的饮食机构。前面我们已经看到，灞桥内一条阳坊街热闹异常，既有众人相聚喝酒的酒坊，也有可以吃日常点心的小店。同时，这些街面店铺，也已经有了比较高超的饮食烹饪技术和平易近人的价格，一袋麻叶鸿蒙酒只要十二文钱，而一只咸肉水仙包也只要四文。

除此以外，灞桥城内已经有了鸿蒙商栈这样的专业大酒店和兼味斋这样的高端饮食会所，前者是历史上有名的南渚鸿蒙商会的产业，主要接待过往的商旅，规模宏大。今天从考古角度证实，鸿蒙商栈占地八千平方米左右，至少有两层结构和广阔的厅堂，二楼还有不错的观景位置。而兼味斋在历史上同样真实存在，高达四层，装修金碧辉煌，且价格昂贵。

贵到什么程度呢？像卜宁熙这样手里握着三十万金生意的外州商人，只要稍微犹豫，也不舍得去兼味斋消费一次。这也是基本符合历史状况的。史料记载，大公赤研井田曾经亲临兼味斋用餐，餐后发出了"一餐不知饥，万户号秋风"的感慨，在兼味斋一餐之资可以替万户平民人家抵御饥寒。

然而昂贵的价格也要具体分析，兼味斋这样的专属会所的昂贵到底在菜式、人工还是品牌？诚然，兼味斋可以提供高品质的珍稀美酒朱鲸醉，但在鹧鸪谷底，甲卓航去跟唐笑语搭讪，拿的红枣糕也是兼味斋出品的。

红枣糕是街头巷尾的普通食品，兼味斋同样出产，而普通消费者（卜宁熙）还是舍不得随意消费（他转去了阳坊街吃包子），只有吴宁边来的上层贵族——花钱大手大脚、出自巨富之家的甲卓航和对金钱没什么概念的豪麻可以毫无顾忌地在此消费，灞桥的饮食行业，已经由原料和人工的初级竞争，上升到品牌和形象的竞争。这也说明，南渚的重商政策，催生了一批生活奢靡的极度富裕阶层，并且造成了严重的贫富不均和社会财富的大量浪费。

在远离中心大城的地方，类似阳宪这样的小镇上，也有非常周到的饮食服务机构。阳宪唐简打理的驿站和酒店连接在一处，同样提供来往客商的饮食，虽然饮食的规格和档次不及灞桥城，但是也并不以原料匮乏为苦，可以针对不同层次的消费者，形成以本地山珍为主打的招牌菜，并有较为丰富的品种供顾客随意选择。

除了人人都可以消费的大众餐饮，贵族私厨的品位也不能忽视，在大公赤研井田招待扬觉动的宴会上，来自天南地北的珍稀食材被流水一样端上端下，让大公爵扬觉动和曾经留学帝国首都日光城的高级军官豪麻都为之惊叹，可见贵族饮食的奢华和讲究。

此外，我们知道老萨的儿子进入圈龙坊是去做帮厨，说明在贵族子弟学校这样的机构内，已经聘有专职的厨师，有了独立的饮食供给，并且厨师可以自由雇用助手，如果我们查看更多的史料，会发现，在当时的灞桥，知名的厨师也拥有极高的身价，在官方机构服务的同时，也可以去私人会所或者酒楼兼职，人才流动十分频繁，各家饮食机构之间的竞争也非常激烈。

【高端洋气上档次的菜式】

有了花样繁多的食材，美味佳肴就有了物质基础，于是官廷、酒店、民间各种菜肴开始大放异彩，让人口水横流。目前为止，在小说首卷中，比较集中的两次饮食描写，一次是宴饮（朱鲸醉），一次是小店小酌（阳宪夜雨），此外还有几次零散的小吃描写，笔者试择其要者简单评述如下。

先说朱鲸醉一宴，南渚大公爵招待吴宁边大公爵的宴席，当然不比寻常，不管这两个八荒神州极有势力的人物要在酒席上达成什么目的，我们关注的只是菜肴。在小说中，这一宴席有名可考的共有九道菜肴，其中有极北寒地的鹿肉、熊掌、驼峰、绒鸡四味，又有南渚名菜荷叶鳜鱼、雪梨龙蟹、济山豆腐、杏仁鹇鹉四道。作者形容，这四道菜均极为精致。除了对来自扬觉动本家吴宁边的绒鸡略作渲染，以示南渚的繁华霸道之外，对其他菜肴并未过多介绍。

书中着墨比较多的一道，是鸿蒙海中的琉璃鱼骨，作者形容，"更有一道琉璃鱼骨，是鸿蒙海中特产，一碗乳白浓汤中浮着一节弯曲透明的红色骨架，晶莹剔透，看起来不似食物，倒像一件难得的工艺品，极为诱人。"

在小说中囿于情节的发展，作者不能尽情展开对美食的描摹，也在情理之中，这里就多说几句以飨读者。这琉璃鱼骨的记录原载《八荒寰宇志·鸿蒙志》，据疾声闻记载，这琉璃鱼通体幽光，体长丈二，藏于深海之中，极难捕获，唯有每年二三月间，鸿蒙海海潮乱流，将其卷至海妖礁附近，渔夫偶得，可换万金。深海鱼类骨骼坚韧，原是无论如何也不会出现在浅海水域的。但从史料来看，南渚历史上，确实有过食用琉璃鱼的记载。

按照常理推断，日光木莲时期，南渚已经可以制造远洋牙船，因此出海捕捞虽然风险不小，但也是有可能的。

今天通过远洋捕鱼船，偶尔也会捕捉到类似琉璃鱼的深海虎斑，这类鱼大多皮肉紧致，并不好吃，唯有鱼骨颇有说道。海鱼和河鱼的一大不同，便是没有那么多的浮刺和细刺，因为不需要它们来支撑结缔组织，尤其深海鱼受到压力较大，所以鱼骨与普通鱼骨颇有不同，普通的鱼骨骼轻、小，较少与钙结合成矿物，胶原蛋白没有那么坚韧，低温烹调的时候，不需要太长时间便可以软化、溶解，而这琉璃鱼骨，则清透脆硬，需先留肉，入米泔水煨二日，然后以生油脂包裹反复蒸炙，直到变软，此时加入酸醋，再次蒸煮，直到鱼骨抖而不散，晶莹剔透，方可入味烹饪，做好之后，入口即化，兼具深海之冰与火焰之炎，确实非常难得。

一条琉璃鱼，只有头颈相连处的十数根中空软骨可以处理，因此极为珍贵。南渚大公赤研井田宴请扬觉动，上了这道菜，也确实比较大方，只是这道菜肴被赤研瑞谦有机可乘，却是他早先没有想到的。

在阳宪客栈，还有一味白米糕引起了远游的豪麻的相思，这里也简单叙述一下。唐笑语手制的月橘白米糕，是在新米中加了黄稻，和月橘花瓣一同打碎，看起来软糯，实则颇为劲道，入口一片淡淡清爽，米香醇厚，新米米香正浓，如果按照常理上屉蒸熟，月橘花的香味也会淡去，但唐笑语心思敏巧，想出了用陈年黄稻将花瓣先行搅拌，外层再以糯米包裹，反复蒸制的法子，陈年黄稻不吸香气，能够很好地保留月橘花的香气，这才有了让豪麻魂不守舍的相思回忆。

这里从"酒""食材""机构""菜式"四个角度向大家简单介绍了南渚的饮食习惯和特色食物，相信在第二卷和更多新章节中，还会出现更多八荒美食的新线索，到时再和大家分享。

名词索引

神话传说

【重晶】

海神重晶是南渚民众信仰的神祇，在过去的千年之中，受到人们的崇拜祭祀。《八荒寰宇志》载，重晶，柔软、质实，百年不迁其穴。水寒化冰，晶寒化玉。重晶寒玉，斩铁削金，价值连城。

【重晶再临】

星辰秘术的一种，将会燃烧心血，呼唤海神幻影。

【采珠人】

南渚古老职业，一种是善于海泳和捕捞白珠的渔人，另一种人就神秘得多，世代和八荒的神祇打交道，人数极少，他们的灵术，是八荒灵师之外的另一系传承。优秀的采珠人，其能力可与八荒最好的灵师相比肩。

【海兽之血】

海神重晶留在人间的后裔，海兽血脉并非来自家族，它是一种机缘，海神会在世间寻找自己的余脉，蕉鹿死后，犬颔重生，重晶会挑选自己在人间的血脉，这些人，就是海兽之血。传说所有的海兽之血，终将顺着命运的绳索，再次相逢。海兽之血代表海神的人间力量，虽然海神有善恶两种神兽变，但通常来说，灵师们认为他们将秉承犬颔的意愿，毁灭八荒。

【灵师】

由于蕉鹿死亡之后，海神会化身凶暴的海兽犬颔。为了不再发生山海巨变、烈焰焚城、百兽食人的惨象，八荒神州具有星辰之力的人们聚集起来,自称灵师,保护蕉鹿,他们发誓在世人重新贪婪的时代,守护海神,并为之献身。如果不能护佑蕉鹿,他们就会转而除掉所有的海兽之血。灵师在日光木莲诞生后遭受连番打击,八荒最后的占星术士已经全部被收入皇家设立的机构圈龙坊中。

【犬颉 & 蕉鹿】

犬颉和蕉鹿是海神重晶的两大神兽变,海神有许多形态,其中,最著名的是两种神兽变,一种就是犬颉,鳞甲光耀的烈焰巨兽,它是海神勇武和凶暴一面的神兽变,也是南渚赤研家的图腾。另一种著名的神兽变,就是蕉鹿。蕉鹿是海神生机与善意一面的神兽变,是一头高大健壮的雄鹿,传说中它翅白若雪、冬死夏生,泽润万物、宛若梦幻。凡是信仰海神的地方,都将蕉鹿作为疗救和守护的护佑神灵。蕉鹿是海神之善,和犬颉相向而生,它们一温顺、一凶暴,一善良、一冷酷,一个洒下爱与希望,一个散播鲜血与烈火。蕉鹿和犬颉是海神的两面,一死一生,交替主掌人间,一旦蕉鹿死去,犬颉重生,八荒必将大乱,生灵涂炭。

【犬颉再生】

星辰秘术的一种,用人体鲜血搭建海神重生的骨架,置换鲜血的人类将死亡,或被海神接纳,变为海兽之血。

主要人物

【扬觉动】

日光木莲王朝吴宁边承天大公爵。

【扬一依】

吴宁边娴公主,大公扬觉动二女儿,原被扬觉动许配给将军豪麻,在朱鲸醉一宴后,被指婚给南渚威锐公爵赤研瑞谦之子赤研弘。

【扬归梦】

吴宁边梦公主,大公扬觉动幼女,原被扬觉动许配给南渚世子赤研恭,后逃婚南渚。

【扬叶雨】

吴宁边大公扬觉动之父,吴宁边政权开创者。

【浮明光】

吴宁边大公扬觉动参谋，吴宁边右相。

【豪麻】

扬觉动随从，吴宁边骠骑将军。

【甲卓航】

扬觉动随从，吴宁边巨商之子，骠骑将军豪麻副将。

【尚山谷】

扬觉动随从之一，吴宁边骑兵教习。

【伍平】

扬觉动随从，吴宁边神射手。

【赤研井田】

日光木莲王朝南渚承天大公爵。

【赤研瑞谦】

南渚大公赤研井田之兄，受封威锐公爵，统领南渚最为精锐的部队赤铁军，并在左右丞相之上参知政事。

【赤研恭】

南渚世子，南渚大公赤研井田长子。

【赤研弘】

南渚威锐公爵赤研瑞谦之子，朱鲸醉宴后指婚吴宁边娴公主扬一依。被南渚大公赤研井田册封为骠骑左将军加南海侯。

【赤研敬】

南渚公子，南渚大公赤研井田次子。

【赤研星驰】

南渚前世子赤研洪烈之子，南渚大公赤研井田之侄，南渚冠军侯，南渚赤铁军都统。

【关声闻】

南渚赤铁军副都统。

【戴承宗】

南渚赤铁中军四营之飞鱼营统帅。

【陈振戈】

南渚陈穹世家公子，武英公陈穹孙子。

【陈可儿】

陈振戈之妹，南渚青石武英公陈穹孙女。

【李秀奇】

南渚平武侯，南渚四大主城之一平武城城主。

【徐昊原】

日光木莲王朝澜青承天大公爵。

【卜宁熙】

宁州商人，在灞桥邂逅扬归梦与道逸舟。

【封长卿】

南渚圈龙坊大灵师。

【乌桕】

圈龙坊书童，大灵师封长卿弟子。

【占祥】

南渚圈龙坊大灵师，礼宾典史。

【唐笑语】

南渚阳宪镇采珠人。

【道逸舟】

扬归梦老师，原南渚道家大灵师，为救扬归梦亡于鸿蒙海上。

【道婉婷】

南渚灵师世家道家后人。

【朱盛世】

南渚鸿蒙商会掌柜，朱里染之侄。

【朱里染】

南渚鸿蒙商会大掌柜。

【卫中宵】

南渚野熊兵统领白安伯，被赤研家族诱杀。

【卫曜】

卫中宵次子，卫中宵死后，自封白安伯，发动叛乱。

【吴亭】

白安伯卫中宵家将。

【越系船】

生于打鱼人家，渔夫越海潮之子。

【越传箭】

渔夫越海潮之女，越系船之妹。

行政区划

【日光木莲】

名义上统治八荒神州的帝王政权，实际上真正完全掌握的地盘只有中北十州，加上七个附庸势力。木莲政权中南渚、吴宁边、澜青、浮玉、坦提、霰雪等多个大州都是割据势力演变而来，名义上是木莲一州，接受日光木莲册封，岁贡朝见，但实际上是独立王国。木莲开国皇帝朝承露逝世已近七十年，纲纪废弛，内乱不断，导致诸州之间互相攻伐已成常态。

【吴宁边】

扬叶雨家族割据称霸的政权，是当年吴国和宁国的一部分。以羊肉肥美、乳酪香酥、弯刀雪亮和少女高挑著称。

【南渚】
南渚位于八荒神州大陆的东南，日光木莲二十七州之一，是八荒神州面积最大的行政区划之一，东接鸿蒙海，与海外大陆朱雀隔海相望，首府灞桥，拥有四城二十八镇。

【日光城】
木莲州首府，日光木莲王朝帝都。

【大安】
原吴国帝都，吴宁边首府，地处离火原要冲。

【灞桥】
（一）南渚首府、南渚四大主城之一，位于南渚核心位置的港口大城。灞桥城的东头，穿城而过的青水平静地汇入浩瀚无边的鸿蒙海中。灞桥的城门高大雄伟，青色的砖墙从济山脚下绵延而来，宛若长龙。伴随着晨光，城中一道道炊烟薄得透明，海鸟啸叫着低低盘旋，大海的呼吸沉稳而浑厚，掩盖了商旅们纷杂吵闹的声响。

（二）横跨穿过灞桥城的青水之上的灞桥城主桥。

【箭炉】
南渚四大主城之一，位于南渚北方扶木原，靠近澜青州边境的战略要塞。

【平武】
南渚四大主城之一，位于南渚西侧与浮玉州接壤的边境地区，现任平武侯为李秀奇。

【青石】
南渚四大主城之一，位于南渚腹地，为青石陈家世代镇守，现任武英公陈穹是南渚赫赫有名的元老人物。

【白安】
南渚二十八镇之一，位于白吴、吴宁边、南渚三州交界处，南临鸿蒙海，北通毛民，西接白吴，东达鹧鸪谷北口的百鸟关。阳宪远东偏北，安水和小莽山余脉之间，周遭环境恶劣，是吴宁边、白吴和南渚三州交界之地的唯一城镇，因此曾经在诸王争霸时代具有重要战略意义。纵横二百余里。

【桃枝】
灞桥二十八镇之一，南渚四港之一，隶属青石城。

【阳宪】
南渚二十八镇之一，在灞桥

城外东北方向，奔流河下游的小山渡附近，左邻奔流河，右扼小莽山，是灞桥的门户。

【紫丘】

南渚二十八镇之一，在扶木原东侧，靠近吴宁边。

【百鸟关】

南渚小莽山险隘，鹧鸪谷出口，通关山路由石梁悬架在半空，长达三里，被认为"只有长翅膀的鸟儿，才可以排队飞过"。

【毛民】

吴宁边军镇，位于吴宁边南部，与南渚接壤。

【南津】

吴宁边军镇，位于凤旅河畔，一马平川，兵家必争之地，诸侯攻伐的战场。

【迎城】

吴宁边东侧主城，甲卓航的故乡。

【商地】

原吴宁边军镇，与澜青接壤，在吴宁边与澜青对战中，被澜青掠夺。

【白驹城】

肥州首府，木莲建国皇帝朝承露在此与八荒诸侯订立白驹之盟，创立日光木莲。

【白吴】

日光木莲二十七州之一，旧吴被扬叶雨灭掉后分离出来的嫡姓吴国，位于南渚东侧。

【浮玉】

日光木莲二十七州之一，在西北侧与南渚毗邻，青水由浮玉发源，经济山山脉穿过南渚，在灞桥落月湾入海。

【长葛】

浮玉州首府，号称为巫城。

【澜青】

日光木莲二十七州之一，南方接壤南渚，东侧接壤吴宁边。

【平明城】

澜青州首府。

【宁州】

日光木莲二十七州之一，位于八荒神州东侧。

【坦提草原】

坦提为日光木莲二十七州之一，位于八荒神州西侧，阳处州南侧。

【霰雪】

日光木莲二十七州之一，固伦柯族世居地，位于八荒神州西北。

【阳处】

日光木莲二十七州之一，木莲朝氏王朝发迹地，善治兵刃，位于八荒神州西侧。

自然地理

【奔流河】

南渚主要河流之一,从扶木原一路南下,在小莽山口打了一个旋,转向西南,冲济山奔腾而去,在济山脚下,同北上的小杏河一起,汇入浩荡穿过济山深峡的青水,穿过巨城灞桥,奔流入海。

【白鹿深林】

位于鸥鹕谷底,传说中海神的寓所,这里的裂隙多如牛毛,上面便是云雾缭绕的万丈悬崖,日光时常隐没在巨石峭壁之后。在一年中的大多数季节,阳光无法射透谷底,这里阴暗潮湿,生满了绿色青苔和粗大的血藤,东南西北也无从分辨。千百年来,冒险进入这里的人们,大多有去无回。

【扶木原】

南渚东侧平原,号称南渚粮仓,位于金麦山和小莽山之间的狭长地带。

【风旅河】

吴宁边西部主要河流,也是肥州、吴宁边和澜青的界河。

【浮玉泽】

八荒神州三大沼泽之一,位于浮玉州境内。

【鸿蒙海】

八荒南部海域名称,常常雾气弥漫。

【济山】

灞桥西侧山脉,盛产青橘、火棘。

【离火原】

吴宁边腹地平原,一马平川。

【鲤鱼渡】

奔流河两个永久性渡口之一,位于箭炉附近。

【落月湾】

位于南渚灞桥,是小杏河、青水、奔流河三水汇聚的入海口,也是灞桥的天然深海港。

【泥鳞】

八荒三大沼泽之一。

【平阳古道】

穿过八荒数州的贸易古道,南段在南渚境内。

【平明丘陵】

位于澜青州,平明城东侧丘

陵地带。

【青沼】

青水发源地,八荒三大沼泽之一。

【双石峰】

鹧鸪谷底白鹿深林出口。

【小莽山】

南渚山脉,位于灞桥东北方向,阳宪镇北侧。自古以来林木深幽、百鸟汇集,缓慢升高的地势驱使奔流河远离大海,形成了若干祥和宁静的村落,星星点点分布在缓慢爬升的山脊上。小莽山口是穿过鹧鸪谷的小路,出了谷口,北面就是荒凉沉静的安水,小路在安水之南折而向西,和平明古道又复相接,延伸至吴宁边与南渚两州边界的重镇毛民。

【小山渡】

奔流河两个永久性渡口之一,位于阳宪附近。

【小杏河】

南渚主要河流之一,位于灞桥西侧群山之间,由南向北注入青水。

【鹧鸪谷】

小莽山中峡谷,灞桥西北的一道屏障,鹧鸪谷的小路沿山盘行,曲折回绕,极为险峻,只消少许驻军,几座工事,便可抵挡百万雄兵,但由于小莽山侧有四通八达的平明古道,这鹧鸪谷在军事战略上的意义就大大降低。传说鹧鸪谷中有九十九道裂隙,但绝大多数裂隙中不是有绝地天坑,就是有怪兽蛰居,也有人说,这谷中裂隙,道道相通,回环往复,只要一道走错,就会陷入海神的迷宫,永远不得脱身。

【朱雀】

鸿蒙海外大陆,与南渚有着密切贸易往来。